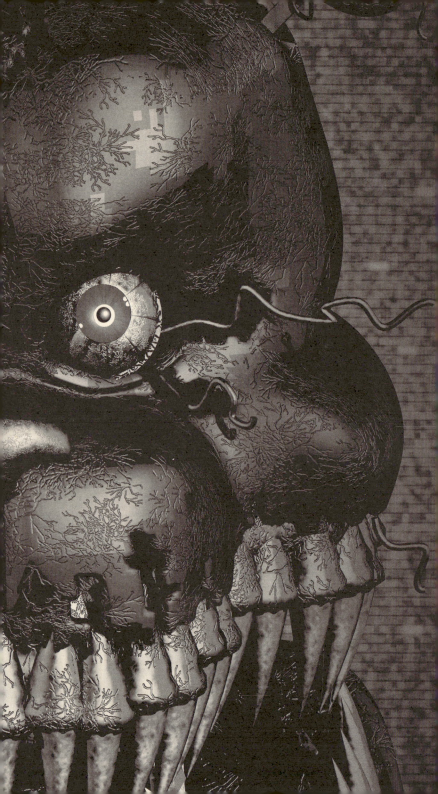

Five Nights at Freddy's
VOLUME 2

OS DISTORCIDOS

**SCOTT CAWTHON
KIRA BREED-WRISLEY**

Tradução de Rafael Miranda

Copyright © 2017 by Scott Cawthon
Publicado mediante acordo com Scholastic Inc., 557 Broadway,
New York, NY 10012, USA.

TÍTULO ORIGINAL
Five Nights at Freddy's: The Twisted Ones

REVISÃO
Rayana Faria
Milena Vargas

DIAGRAMAÇÃO E ADAPTAÇÃO DE CAPA
Julio Moreira | Equatorium Design

IMAGEM DE CAPA
© 2017 Scott Cawthon

ARTE DE CAPA
Rick DeMonico

VINHETA ESTÁTICA DE TV
© Klikk/Dreamstime

CIP-BRASIL. CATALOGAÇÃO NA PUBLICAÇÃO
SINDICATO NACIONAL DOS EDITORES DE LIVROS, RJ

C376d
    Cawthon, Scott, 1971-
        Os distorcidos / Scott Cawthon, Kira Breed-Wrisley ; tradução
Rafael Miranda. - 1. ed. - Rio de Janeiro : Intrínseca, 2018.
        288 p. : il. ; 21 cm. (Five nights at freddy's ; 2)

        Tradução de: The twisted ones
        Sequência de: Olhos prateados
        ISBN 978-85-510-0302-2
        1. Ficção infantojuvenil americana. I. Breed-Wrisley, Kira. II.
Miranda, Rafael. III. Título. IV. Série.

17-46905   CDD: 028.5
                                   CDU: 087.5

[2018]

Todos os direitos desta edição reservados à
EDITORA INTRÍNSECA LTDA.   *1ª edição*   MARÇO DE 2018
Av. das Américas, 500, bloco 12, sala 303   *reimpressão* AGOSTO DE 2025
22640-904 – Barra da Tijuca   *impressão*   LIS GRÁFICA
Rio de Janeiro – RJ   *papel de miolo* PÓLEN NATURAL 80 G/M²
Tel./Fax: (21) 3206-7400   *papel de capa* CARTÃO SUPREMO ALTA ALVURA 250 G/M²
www.intrinseca.com.br   *tipografia*   BEMBO

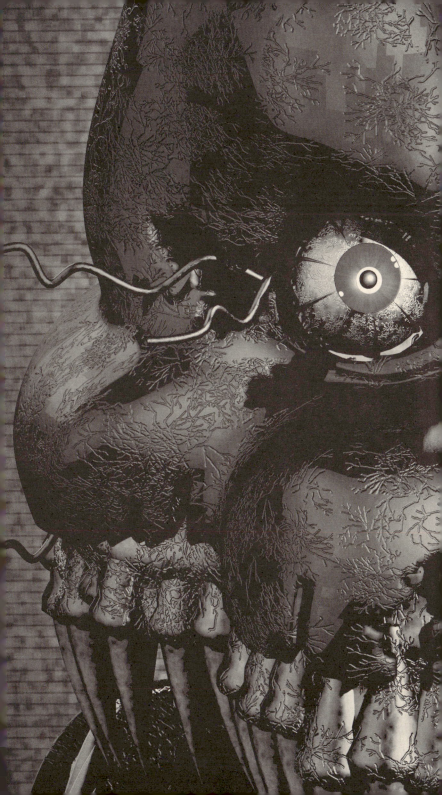

CAPÍTULO UM

— **Não confiem nos seus** olhos.

A professora Treadwell andava de um lado para o outro no tablado do auditório. Seus passos eram lentos e ritmados, quase hipnóticos.

— Nossos olhos nos enganam o tempo todo ao preencherem as lacunas de um mundo sobrecarregado sensorialmente. — Uma imagem com detalhes geométricos vertiginosos iluminou a tela atrás dela. — Quando digo "sobrecarregado sensorialmente", é em um sentido quase literal. O tempo todo, os sentidos recebem bem mais informações do que são capazes de processar, e a mente é obrigada a escolher a quais sinais dar atenção. Ela faz isso com base nas nossas experiências e expectativas em relação ao que consideramos normal. Na maior parte do tempo, podemos ignorar o que nos é familiar. O exemplo mais claro disso é a fadiga olfativa: deixamos de perceber um cheiro quando passamos certo tempo expostos a ele. E temos muito a agradecer por esse fenômeno, dependendo de quem for nosso colega de quarto.

Como que por obrigação, a classe deu risadinhas, mas logo se calou quando a imagem de outra figura multicolorida piscou na tela.

A professora esboçou um sorriso.

— Quando não há movimento, a mente cria. Ela preenche cores e trajetórias com base no que já vimos, e assim calcula o que *deveríamos* estar vendo. — Outra imagem surgiu. — Se a mente não fizesse isso, um ato simples como ver uma árvore num passeio ao ar livre consumiria toda a nossa energia mental, deixando-nos sem recursos para qualquer outra coisa. Para que possamos funcionar no mundo, a mente preenche os espaços daquela árvore com seus próprios galhos e folhas.

Centenas de lápis rabiscaram ao mesmo tempo, lotando o anfiteatro com um som de patas de rato arranhando o chão.

— É por isso que vivenciamos uma sensação momentânea de atordoamento quando entramos pela primeira vez em uma casa. A mente está recebendo mais estímulos do que de costume. Está desenhando a planta da casa, criando uma nova paleta de cores e registrando um inventário de imagens aos quais recorrer mais tarde para que não tenhamos que passar sempre por essa exaustiva assimilação. Na próxima vez em que entrarmos na mesma casa, já saberemos onde estamos.

— *Charlie!* — sussurrou uma voz exasperada a centímetros do seu ouvido.

Charlie continuou escrevendo. Não tirava os olhos do monitor bem na frente do anfiteatro. À medida que prosseguia, a professora Treadwell acelerava o passo e apontava para a tela vez ou outra para ilustrar algum argumento. O raciocínio parecia andar lá na frente, deixando as palavras para trás. Já no segundo dia de aula, Charlie notara que a professora interrompia uma explicação para concluir um pensamento completamente diferente. Era como se sua mente estivesse sempre lendo um texto, e a mulher acabasse soltando uma palavra aqui e outra ali. A maioria dos alunos da turma de robótica achava aquilo irritante, mas Charlie gostava. Assistir àquelas aulas era como montar um quebra-cabeça.

A tela tornou a piscar, dessa vez com várias partes mecânicas e o diagrama de um olho.

— É isso que vocês vão ter que recriar. — A professora Treadwell se afastou da tela e se virou para olhá-la junto com os alunos. — A inteligência artificial básica é toda controle sensorial. Vocês não vão trabalhar com uma mente capaz de filtrar tudo isso sozinha. Vai ser preciso elaborar programas que reconheçam formas básicas à medida que descartem informações irrelevantes. Quero que façam para o robô de vocês o que nossa mente faz para nós. Criem um conjunto de informações simplificado e organizado que se baseia no que é relevante. Vamos começar dando uma olhada em alguns exemplos de reconhecimento de formas básicas.

— *Charlie* — sibilou de novo a voz, e a jovem, impaciente, balançou o lápis para a figura que se esgueirava por cima de seus ombros, seu amigo Arty, tentando enxotá-lo.

O gesto lhe custou alguns instantes, deixando-a meio passo atrás da professora. Mas Charlie se apressou para alcançá-la, ansiosa para não perder nenhuma informação.

O papel à sua frente estava coberto de fórmulas, anotações nas margens, rabiscos e diagramas. Ela queria dar conta de tudo de uma só vez: não só da matemática, mas de tudo que aquilo lhe trazia à mente. Se conseguisse relacionar as informações novas ao que já sabia, assimilaria a matéria com muito mais facilidade. Charlie estava faminta e alerta, aguardando cada novo pedacinho de informação como um cão debaixo da mesa de jantar.

Um garoto quase na primeira fila levantou a mão para fazer uma pergunta, e Charlie sentiu um breve arroubo de impaciência. A classe inteira teria que esperar enquanto Treadwell explicava novamente um conceito simples. Charlie deixou a mente vagar e, desatenta, ficou rabiscando a margem da folha.

John estaria ali em uma hora, e ela olhava inquieta para o relógio. *Falei para ele que talvez nos víssemos de novo algum dia. Acho que esse algum dia vai ser hoje.* Ele tinha ligado do nada: "Vou dar uma passadinha aí." E Charlie não se deu ao trabalho de perguntar como ele sabia onde ela estava. *Claro que ele saberia.* Não havia por que não encontrá-lo, e ela se viu em parte animada, em parte em pânico. Naquele momento, com a mente longe, rabiscando retângulos por toda a página, seu estômago revirava, num pequeno espasmo de coragem. Parecia que havia se passado uma vida inteira desde a última vez que tinha visto John. Às vezes, parecia que se passara só um dia, e não um ano. Mas a verdade era que, mais uma vez, tudo mudara para ela.

No último mês de maio, na noite do seu aniversário de dezoito anos, os sonhos haviam começado. Fazia muito tempo que Charlie se acostumara a ter pesadelos, os piores momentos do seu passado voltando à tona na forma de terríveis memórias distorcidas que nunca deveriam ter retornado. Pela manhã, ela empurrava aqueles sonhos para os confins da própria mente e os trancava lá, sabendo que só irromperiam quando a noite voltasse a cair.

Mas esses sonhos eram diferentes. Quando acordava, Charlie se sentia fisicamente exausta: não apenas esgotada, mas dolorida, os músculos fracos. Suas mãos ficavam tensas e com dores, como se tivesse passado horas com os punhos cerrados. Não acontecia toda noite, mas algumas vezes esses sonhos interrompiam seus pesadelos habituais. Às vezes estava correndo desesperada para salvar a própria vida ou perambulando sem rumo por uma tediosa combinação de vários lugares por onde passara durante a semana. De repente, do nada, ela sentia: Sammy, seu gêmeo perdido, estava por perto.

A presença de Sammy era tão certa quanto a sua própria, e, não importava no meio de qual sonho ela estivesse antes, tudo se esvaía: pessoas, lugares, luz e som. Charlie se via procurando pelo irmão na escuridão, chamando seu nome. Ele nunca respondia. Ela se abaixava e engatinhava, tateando o caminho às cegas, deixando que a presença dele a guiasse até uma barreira. Era lisa e fria, de metal. Charlie não conseguia vê-la, mas a golpeava, e o som repercutia. "Sammy?", chamava, socando mais forte. Charlie se levantava e se esticava tentando escalar a barreira, mas a superfície escorregadia era muito alta. A garota socava a barricada até que seus punhos doessem. Gritava o nome do irmão até perder a voz, depois, encostada no metal sólido, descia ao chão, pressionando a bochecha na superfície fria e torcendo para ouvir algum sussurro do outro lado. Charlie podia senti-lo como se Sammy fizesse parte dela.

Nos sonhos, ela sabia que ele estava ali. Mas o pior era que, quando acordava, não o encontrava.

Em agosto, Charlie e a tia Jen tinham brigado pela primeira vez na vida. As duas sempre mantinham certa distância que as impedia de chegar a discutir. Charlie nunca sentia necessidade de se rebelar, porque Jen não era autoritária e nunca levava para o lado pessoal nada que a sobrinha fizesse. Contanto que a garota estivesse segura, Jen não a proibia de fazer nada. No dia em que Charlie foi morar com ela, aos sete anos, tia Jen disse com todas as letras que não era uma substituta dos seus pais. Depois de crescida, Charlie compreendeu que aquilo era um gesto de respeito à memória do pai, um lembrete de que ela sempre seria a filha dele. Na época, porém, as palavras pareceram um aviso: *Não espere que eu faça papel de mãe. Não espere amor.* E foi o que Charlie fez. Jen nunca havia sido negligente. A garota jamais passou fome ou ficou sem ter o que vestir, e Jen lhe ensinou a cozinhar, a cuidar da casa, a administrar o dinheiro e a consertar o próprio carro. *Você precisa ser independente, Charlie. Precisa saber se cuidar. Você tem que ser mais forte do que...* Ela nunca concluía a frase, mas Charlie sabia o que ela queria dizer: *do que seu pai.*

Charlie balançou a cabeça e tentou afastar esses pensamentos.

— O que houve? — perguntou Arty, ao lado dela.

— Nada.

Charlie passou o lápis outras tantas vezes por cima das mesmas linhas: para cima, de novo, para baixo, de novo, o grafite se desgastando e o traço ficando cada vez mais forte.

Quando Charlie revelara que voltaria para Hurricane, o rosto da tia tinha se petrificado, e a pele, empalidecido.

"Por que você faria uma coisa dessas?", questionara ela com um tom de voz perigosamente calmo.

O coração de Charlie tinha acelerado.

Porque foi lá que eu o perdi. Porque preciso mais dele do que de você. A ideia de voltar vinha atormentando-a havia meses, ganhando força a cada semana. Certo dia, ela acordou e a escolha tinha sido feita, ganhado forma, se instalado com solidez em sua mente.

"A Jessica vai fazer faculdade em St. George", contou para a tia. "Ela vai começar no verão, então vou poder ficar com ela enquanto estiver lá. Quero ver a casa de novo. Ainda tem tanta coisa que não entendo. Acho... importante", concluiu, a voz fraquejando, morrendo conforme os olhos de Jen, azul-escuros como bolas de gude, a encaravam.

Depois de um longo silêncio, enfim, Jen respondeu: "Não."

Por que não?, talvez, em outros tempos, Charlie tivesse questionado. *Você me deixou ir da última vez.* Mas, depois dos acontecimentos do ano anterior, quando ela, Jessica e os outros voltaram à Freddy's e descobriram a verdade horripilante por trás dos assassinatos na antiga pizzaria do pai, as coisas haviam mudado entre as duas. Charlie havia mudado. Então, determinada, a menina desafiou o olhar da tia.

"Eu vou", afirmou, tentando não gaguejar.

Foi quando tudo explodiu.

Charlie não sabia qual das duas tinha começado a gritar primeiro, mas gritou até ficar com a garganta ardendo, despejando de volta todas as dores que a tia já lhe infligira, todas as feridas que a mulher não conseguira evitar. Jen rebateu aos berros que sua intenção sempre fora cuidar de Charlie e que sempre dera o máximo de si, lançando palavras reconfortantes que, de alguma forma, escorriam veneno.

"Estou indo embora!", gritou Charlie, resoluta, e a caminho da porta, Jen segurou-a pelo braço e puxou-a com violência. Charlie tropeçou e quase caiu, mas se apoiou na mesa da cozinha. Diante disso, Jen, chocada, soltou o braço da sobrinha. Um silêncio se instaurou, e Charlie saiu.

Com a sensação de que tinha se desligado da realidade e entrado num mundo paralelo impossível, a garota arrumou a mala, entrou no carro e foi embora. Não contou para ninguém. Não tinha nenhum amigo próximo ali. Ninguém a quem dar satisfação.

Quando chegasse a Hurricane, a intenção era ir direto para a casa do pai e ficar por lá alguns dias, até sua amiga Jessica chegar ao campus. Mas, assim que se viu nos limites da cidade, algo a deteve. *Não posso*, pensou. *Não posso voltar nunca mais*. Deu meia-volta, foi para St. George e passou uma semana dormindo no carro.

Foi só quando bateu à porta do alojamento e Jessica a recebeu com cara de espanto que Charlie se deu conta de que não chegara a mencionar seus planos para a amiga, de quem tudo dependia. Ela então contou o que tinha acontecido, e Jessica, embora hesitante, lhe ofereceu abrigo. Charlie passou o resto do verão dormindo no chão e, mesmo com o próximo semestre se aproximando, Jessica não pediu que ela fosse embora. "É bom ter alguém aqui que me conhece", disse.

Contrariando toda a sua natureza, Charlie a abraçou.

Charlie nunca tinha sido muito fã do ensino médio. Não era de prestar muita atenção nas aulas, mas tirava notas boas. Nunca havia parado para pensar se gostava ou não das matérias, mas às vezes um ou outro professor conseguia despertar nela uma fagulha de interesse durante o ano.

Não tinha muitos planos para quando o verão acabasse, mas, ao folhear despretensiosamente o guia de cursos de Jessica e encontrar disciplinas de robótica avançada, algo se encaixou. St. George era uma das faculdades em que ela havia sido aceita no início daquele ano, embora não tivesse intenção de se matricular em nenhuma. Mas, naquele momento, ela foi até a secretaria e pleiteou sua vaga até receber autorização para se matricular, mesmo que o prazo tivesse acabado havia meses. *Ainda tem tantas coisas que eu não entendo.* Charlie queria aprender, e tinha interesse por tópicos bem específicos.

Claro que ela precisaria estudar um pouco para se preparar para um curso de robótica. Matemática sempre fora algo objetivo, funcional, uma espécie de jogo para Charlie. Era só fazer o que tinha que ser feito e obter a resposta. No entanto, nunca tinha sido um jogo lá muito interessante. Era divertido aprender algo novo, mas aprender consistia em praticar por semanas ou meses a fio, até morrer de tédio. Bem-vinda ao ensino médio. Mas na primeira aula de cálculo, algo acontecera. Era como se ela tivesse passado anos empilhando tijolos, presa a um trabalho lento, sem enxergar nada além da argamassa e da espátula. De repente, então, alguém a puxou e disse: "Olha só, você estava construindo este castelo. Agora vai brincar lá dentro!"

— Por hoje é só — concluiu a professora Treadwell.

Charlie olhou para o papel e percebeu que não havia parado de mover o lápis em momento algum. As linhas escuras tinham perfurado a folha, e ela riscava a carteira. Com a manga da camisa, esfregou as marcas sem muito empenho e abriu o fichário para guardar as anotações. Arty espiou por cima dos ombros de Charlie, que fechou o fichário depressa, mas não adiantou.

— O que é isso, um código secreto? Arte abstrata?

— É só matemática — retrucou ela, um tanto seca, guardando o caderno na bolsa.

Arty era bonitinho de um jeito bobo. Tinha um rosto simpático, olhos escuros e um cabelo castanho encaracolado que parecia ter vida própria. Das quatro matérias que ela fazia, três eram com ele, que, desde o começo do semestre, a seguia por toda parte feito um patinho rejeitado. Para sua surpresa, ela se deu conta de que não se incomodava com aquilo.

Quando Charlie ia saindo do auditório, Arty, como de costume, juntou-se a ela.

— E aí, decidiu sobre o projeto?

— Projeto? — Charlie se lembrava vagamente de um projeto que ele queria fazer com ela.

Arty assentiu, esperando que a ficha caísse.

— Não lembra? Temos que bolar um experimento para a aula de química. Pensei que podíamos fazer juntos. Sabe como é, com a sua inteligência e o meu rostinho bonito... — Ele sorriu.

— É, sei lá... Na verdade, eu preciso encontrar uma pessoa mais tarde.

— Você nunca se encontra com ninguém — observou ele, surpreso e enrubescendo no momento que deixou escapar aquilo. — Não foi bem isso que eu quis dizer. Não que seja da minha conta, mas, quem é? — perguntou o garoto, abrindo um enorme sorriso.

— John — respondeu Charlie, sem mais explicações.

Por um momento, Arty pareceu cabisbaixo, mas logo voltou ao normal.

— Ah, claro, John. Deve ser um cara maneiro — provocou. Ávido por detalhes, Arty ergueu as sobrancelhas, mas Charlie não disse nada. — Eu não sabia que você... Que você tinha... Que legal! — O garoto cuidadosamente tentou disfarçar a fisionomia.

Charlie olhou para ele, confusa. Sua intenção não tinha sido dar a entender que ela e John eram um casal, mas ela também não sabia como corrigir. Para explicar quem John era, precisaria revelar a Arty bem mais do que queria.

Os dois caminharam em silêncio pelo pátio principal da faculdade, uma pracinha gramada cercada por vários edifícios de tijolos e concreto.

— Então... o John é da sua cidade? — perguntou Arty, por fim.

— Minha cidade fica a trinta minutos de distância. Isso aqui é basicamente uma extensão de lá. Mas, sim, ele é de Hurricane.

Arty hesitou e depois chegou perto dela, espiando ao redor como se alguém pudesse estar escutando.

— Eu sempre quis perguntar uma coisa.

Charlie lançou um olhar exausto para o garoto. *Não pergunte.*

— Tenho certeza de que as pessoas vivem perguntando isso, mas, sabe como é, você não pode me julgar por ficar curioso. Aquele troço dos assassinatos já meio que virou uma lenda urbana por aqui. Quer dizer, não só por aqui. Em todo lugar. A Pizzaria Freddy Fazbear's...

— Nem começa. — De repente, a expressão de Charlie ficou congelada.

Parecia que mexer o rosto exigiria uma habilidade que ela já não tinha mais. O semblante de Arty também tinha mudado. Seu sorriso fácil se esvaíra. O garoto estava quase apavorado. Charlie desejou ter controle facial naquele momento para mordiscar o lábio.

— Eu era muito pequena quando tudo aconteceu — disse ela, com calma. Arty assentiu, rápido e sentindo-se desconfortável. Charlie abriu um sorriso forçado. — Tenho que encontrar com a Jessica agora.

Tenho que me livrar de você.

Arty tornou a assentir como se fosse um boneco. Ela se virou e saiu em direção ao dormitório, sem olhar para trás.

Charlie piscou à luz do sol. Flashes do que acontecera no ano anterior na Freddy's a bombardeavam; fragmentos de memória puxando suas roupas como dedos frios de ferro. *O gancho afiado, pronto para atacar, sem deixar escapatória. Um vulto no fundo do palco, o pelo vermelho emaranhado escondendo muito mal o esqueleto metálico da criatura assassina. Ela ajoelhada nos ladrilhos frios do piso do banheiro na escuridão, e, em seguida, aquele olho gigante de plástico duro encarando-a pela fresta, o miasma quente do hálito sem vida em seu rosto.* E a outra memória, mais antiga: *o pensamento que lhe causava dores indescritíveis, a angústia preenchendo-a como se tivesse sido injetada em seus ossos. Ela e Sammy, sua outra metade, seu irmão gêmeo, brincando no aconchego familiar do depósito de fantasias. Então, o vulto apareceu à porta, olhando para eles. Em seguida, Sammy desapareceu, e o mundo acabou pela primeira vez.*

Charlie deu por si quando já estava na porta do quarto, quase sem saber como tinha chegado ali. Lentamente, tirou as chaves do bolso e entrou. As luzes estavam apagadas. Jessica ainda não tinha voltado da aula. Charlie fechou a porta, checando o trinco duas vezes, e se encostou nela. Respirou fundo. *Agora acabou.* Resoluta, ela se recompôs e acendeu a luz, inundando o quarto com uma iluminação crua. Segundo o relógio ao lado da cama, tinha ainda pouco menos de uma hora antes que John chegasse; daria para trabalhar um pouco em seu projeto.

Após a primeira semana morando juntas, Charlie e Jessica dividiram o quarto com fita adesiva. Jessica havia sugerido aquilo em tom de brincadeira, disse que tinha visto num filme, mas Charlie abrira um sorriso e a ajudara a tirar as medidas. Sabia que Jessica estava desesperada para manter a bagunça de Charlie bem longe. O resultado era um quarto que parecia uma foto de "antes e depois" usada como propaganda de um serviço de faxina ou de uma arma nuclear, dependendo do lado que fosse visto primeiro.

Na escrivaninha de Charlie, uma fronha cobria duas formas indistintas. Ela foi até lá, pegou a fronha, dobrou com cuidado e a colocou na cadeira. Em seguida, deu uma olhada no projeto.

— Olá — disse com carinho.

Dois rostos mecânicos estavam apoiados em estruturas de metal e presos a uma tábua comprida. As feições eram indistintas, como estátuas velhas desgastadas pela chuva ou esculturas de argila fresca ainda sendo esculpida. Eram de plástico maleável e, na parte de trás das cabeças, havia circuitos, microchips e fios.

Charlie olhou de perto, examinando cada milímetro, para certificar-se de que tudo estava como ela tinha deixado. A garota apertou um pequeno interruptor preto, e então luzinhas piscaram e minúsculas ventoinhas começaram a zumbir.

Os objetos não se moveram a princípio, mas houve uma alteração. As feições vagas assumiram uma expressão. Seus olhos cegos não se viraram para Charlie, mas de um para o outro.

—Você — falou o primeiro.

Os lábios se moveram, mas não chegaram a se abrir. Não foram feitos para isso.

— Eu — respondeu o segundo, fazendo o mesmo movimento suave e travado.

—Você é — disse o primeiro.

— Eu sou? — indagou o segundo.

Charlie observava, a mão pressionando a boca. Com medo de incomodá-los, prendeu a respiração. Esperou, mas ao que tudo indicava os rostos tinham terminado e, àquela altura, estavam apenas se olhando. *Eles não enxergam*, Charlie repetiu para si mesma. Desligou-os e girou a tábua para ver a parte de trás. Enfiou a mão na estrutura e ajustou um fio.

Então se assustou ao ouvir o som de uma chave na fechadura. Pegou a fronha e cobriu os rostos enquanto Jessica entrava no quarto. A amiga parou à porta com um sorriso no rosto.

— O que foi isso? — perguntou.

— O quê? — indagou Charlie, desconversando.

—Ah, vai... Eu sei que você estava trabalhando naquele troço que nunca me deixa ver. — Jessica largou a mochila no chão e se jogou dramaticamente na cama. —Ah, quer saber? Deixa pra lá, estou exausta! — anunciou. Charlie deu uma gargalhada, e a amiga se sentou. — Mas me conta. O que está rolando entre você e o John?

Charlie se sentou na própria cama, de frente para Jessica. Apesar de terem estilos de vida muito diferentes, ela estava gostando da experiência de morar com a amiga. Jessica era carinhosa e inteligente, e embora Charlie continuasse um pouco intimidada pela leveza com que a colega encarava o mundo, já se sentia parte daquilo. Talvez ser amiga de Jessica significasse absorver um pouco de sua confiança.

— Ainda não me encontrei com ele. Tenho que sair em... — Por cima do ombro de Jessica, deu uma espiada no relógio. — Quinze minutos.

—Você está animada? — perguntou a amiga.

Charlie deu de ombros.

— Acho que sim.

Jessica riu.

— Acha?

— Estou. Estou, sim — admitiu Charlie. — É que já faz tanto tempo.

— Nem tanto — insistiu Jessica, e então pareceu pensativa. — Não, na verdade acho que faz mesmo. Tudo está tão diferente desde a última vez que você o viu.

Charlie pigarreou.

— Quer dizer que você quer mesmo ver o meu projeto? — indagou ela, surpreendendo-se.

— Quero! — exclamou Jessica, saltando da cama. Animadas, as duas foram até a escrivaninha, e Charlie apertou o interruptor, puxando a fronha num movimento pomposo, como se estivesse fazendo um truque de mágica. Jessica arfou e, involuntariamente, deu um passo para trás. — O que é isto? — perguntou, a voz cheia de cautela.

Mas, antes que Charlie pudesse responder, o primeiro rosto falou:

— Eu.

—Você — respondeu o outro, e ambos tornaram a ficar em silêncio.

Charlie olhou para Jessica. A amiga tinha um semblante aflito, como se estivesse contraindo o corpo todo.

— Eu — falou o segundo rosto.

Charlie se apressou para desligá-los.

— Por que está com essa cara?

Jessica respirou fundo e sorriu.

— É só porque ainda não almocei — respondeu, mas havia algo em seus olhos.

Jessica observou Charlie cobrir os rostos novamente com todo o carinho, como se colocasse uma criança para dormir. Desconfortável, deu uma olhada no quarto. A metade de Charlie era um desastre: roupas e livros espalhados por toda parte, mas também havia os fios e as peças de computador, ferramentas, parafusos e pedaços de plástico e metal que Jessica não sabia identificar, tudo amontoado. Não era só uma bagunça, era um emaranhado caótico onde qualquer coisa poderia se perder. *Ou se esconder*, ela concluiu, com uma pontada de culpa por ter pensado aquilo. Jessica se voltou para Charlie.

—Você está programando esses rostos para que façam o quê? — perguntou Jessica, e Charlie sorriu, orgulhosa.

— Não estou programando para que eles façam nada, na verdade. Estou ajudando-os a aprender sozinhos.

— Certo, claro. Óbvio — concordou Jessica devagar, quando algo chamou sua atenção: dois olhos reluzentes de plástico e orelhas compridas de pelúcia se destacavam em meio a uma pilha de roupa suja.

— Ei, nunca tinha reparado que você trouxe seu coelhinho robô, o Theodore! — exclamou, contente por ter lembrado o nome do brinquedo de infância de Charlie.

Antes que a amiga tivesse tempo de responder, Jessica puxou o bicho de pelúcia pelas orelhas... e quando viu estava segurando apenas uma cabeça.

Jessica deu um gritinho e largou o coelho, tapando a boca.

— Desculpa! — disse Charlie, pegando a cabeça do bichinho no chão. — Eu o desmontei para estudá-lo. Estou usando algumas peças dele no meu projeto. — Ela apontou para o troço na escrivaninha.

— Ah... — respondeu Jessica, tentando ao máximo disfarçar o choque.

Ela olhou ao redor e, de repente, notou que havia partes do coelho por todos os lados. O rabinho, que era uma bolota de algodão, estava no travesseiro de Charlie, a perna, pendurada na luminária da escrivaninha. O torso tinha caído num canto, quase imperceptível, dilacerado. Jessica olhou para o rosto da amiga, redondo, alegre, e seu cabelo castanho desgrenhado na altura do ombro, e fechou os olhos por um momento.

Ai, Charlie, qual é o seu problema?

— Jessica? — Charlie chamou-a. A amiga tinha uma expressão de dor. — Jessica? — Dessa vez, Jessica abriu os olhos e deu um sorriso inesperado e radiante para Charlie, jorrando alegria.

Era desconcertante, mas Charlie já tinha se acostumado.

Jessica piscou com força, como se estivesse reiniciando o próprio cérebro.

— Então? Nervosa para ver o John?

Charlie pensou por um instante.

— Não. Quer dizer, por que eu deveria estar? É só o John, não é? — Charlie tentou rir, mas desistiu. — Jessica, eu não sei o que falar! — soltou ela, de repente.

— Como assim?

— Não sei o que falar *com ele*! Se ficarmos sem assunto, vamos começar a falar sobre... o que aconteceu ano passado. E eu simplesmente não consigo.

— Certo. — Jessica pareceu pensativa. — Talvez ele não toque nesse assunto — conjecturou.

Charlie suspirou, voltando a olhar com ansiedade para seu experimento encoberto.

— Duvido. É a única coisa que temos em comum. — Ela desabou na cama e se deitou.

— Charlie, você não é obrigada a nada — disse Jessica, gentilmente. — Cancelar o encontro é sempre uma opção. Mas duvido que o John vá colocar você em uma saia justa. Ele gosta de você. Acho que não está preocupado com o que aconteceu em Hurricane.

— Como assim?!

— Eu só quis dizer que... — Com todo o cuidado, Jessica afastou uma pilha de roupa suja, se sentou ao lado de Charlie e pôs a mão no joelho da amiga. — Só quis dizer que talvez esteja na hora de *vocês dois* superarem isso. E acho que é o que John está tentando fazer.

Charlie virou o rosto e se voltou para a cabeça de Theodore, que estava de cara no chão. *Superar? Não sei nem por onde começar a fazer isso.*

Jessica falou de um jeito mais delicado:

—Você não pode mais viver em função do que aconteceu.

— Eu sei. — Charlie suspirou, e então decidiu mudar de assunto: — Aliás, como foi a sua aula?

Charlie esfregou os olhos, torcendo para que Jessica entendesse a mensagem.

— Incrível. — Jessica se levantou e se alongou, como quem não quer nada, curvando-se para tocar os dedos dos pés, dando a Charlie a chance de se recompor. Quando Jessica se levantou, a amiga estava de volta a si com um sorriso radiante. —Você sabia que cadáveres podem ser preservados em pântanos de turfas, que nem múmias?

Charlie franziu a testa.

— Hum... Agora eu sei. Então é isso que você pretende fazer quando se formar? Rastejar por pântanos de turfas procurando corpos?

Jessica deu de ombros.

—Talvez.

—Vou dar para você de presente de formatura um macacão de proteção — brincou Charlie, e olhou o relógio. — Hora de ir! Me deseje sorte. — Deu uma conferida no espelho pendurado atrás da porta, jogando o cabelo para trás. — Estou um trapo.

— Está ótima. — Jessica assentiu, encorajando.

— Eu tenho feito abdominais — explicou Charlie, meio sem jeito.

— Hã?

— Esquece.

Charlie pegou a mochila e se encaminhou para a porta.

—Vai lá e acaba com ele! — gritou Jessica quando Charlie já estava de saída.

— Não sei como fazer isso! — retrucou ela, deixando a porta bater antes mesmo de terminar a frase.

Charlie o avistou ao se aproximar da entrada principal do campus. John estava recostado à parede lendo um livro. O cabelo castanho, bagunçado como sempre, e usava uma calça jeans e camiseta azul, mais casual do que da última vez em que ela o vira.

— John! — chamou Charlie, a relutância evaporando assim que colocou os olhos nele, que fechou o livro, abriu um sorrisão e foi depressa ao encontro dela.

— E aí, Charlie? — cumprimentou.

Os dois ficaram ali parados, meio constrangidos, e então Charlie abriu os braços para abraçá-lo. Ele a segurou bem forte por alguns instantes e depois, abruptamente, soltou.

—Você está mais alto — disse ela com ar acusatório, e ele riu.

— Estou mesmo — admitiu, e olhou para ela, como se a analisasse. — Mas você não mudou nada — afirmou, com um sorriso intrigado.

— Cortei o cabelo! — corrigiu Charlie, fingindo estar ofendida.

Ela passou os dedos pelas mechas para comprovar.

—Ah, é! — exclamou ele. — Gostei. Mas o que quis dizer foi que você está exatamente como eu lembro.

— Eu tenho feito abdominais — explicou ela, entrando em pânico.

— Hã? — John lhe lançou um olhar confuso.

— Deixa pra lá. Você está com fome? Minha próxima aula só começa daqui a uma hora, mais ou menos. Podíamos comer um hambúrguer. O refeitório não fica muito longe daqui.

— Sim, seria ótimo — concordou John.

Charlie apontou para o outro lado do pátio.

— É por ali. Vamos.

— Então... O que você está fazendo aqui? — perguntou Charlie quando os dois se sentaram à mesa com suas bandejas.

— Desculpa. Fui grosseira?

— Não, não, nada grosseira, embora também caísse bem um "John, a que devo o prazer desta deliciosa visita?".

— É, eu super falaria isso — disse Charlie, seca. — Mas, sério, o que você está fazendo aqui?

— Arrumei um emprego.

— Em St. George? Por quê?

— Em Hurricane, na verdade — explicou ele, com um tom propositalmente casual.

— Você não está estudando?

John ruborizou diante daquela pergunta e ficou olhando para o prato por um instante.

— Eu pretendia, mas... custa um dinheirão comprar livros, quando se pode usar o cartão da biblioteca de graça, sabe? Meu primo me arrumou um emprego na área de construção civil, e, quando posso, escrevo meus textos. Me dei conta de que, mesmo que eu queira ser um artista, não preciso passar fome. — Ele deu uma mordida no hambúrguer para ilustrar o que estava dizendo, e Charlie sorriu.

— Então por que você está aqui? — insistiu ela, e ele levantou o dedo enquanto terminava de mastigar.

— A tempestade — respondeu John.

Charlie assentiu. A tempestade atingira Hurricane antes de Charlie chegar a St. George, e as pessoas se referiam a ela como "A tempestade". Não foi a pior que passara pela região, mas quase isso. Um tornado tinha aparecido do nada e varrido cidadezinhas inteiras, destruindo uma casa com uma precisão sinistra, enquanto deixava a casa vizinha intocada. St. George não sofrera muitos prejuízos, mas Hurricane fora, de fato, destruída.

— Como ficou a cidade? — perguntou Charlie, mantendo um tom de voz despreocupado.

— Você não foi lá ver? — retrucou John, incrédulo, e dessa vez foi Charlie quem desviou o olhar, constrangida, depois balançou a cabeça. — Está bem ruim em alguns pontos. Principalmente no subúrbio. Charlie... eu achei que você tivesse pelo menos passado lá.

Ele mordiscou o lábio.

— O que foi?

Algo na expressão dele estava deixando Charlie preocupada.

— A casa do seu pai foi uma das atingidas — contou John.

— Ah... — Sentiu um aperto no coração ao ouvir aquilo. — Eu não sabia.

— Você não foi lá nem dar uma olhada?

— Nem pensei nisso — disse ela.

Mentira. Ela havia pensado mil vezes em voltar. Mas nunca lhe havia ocorrido que justo a casa dele poderia ter sido atingida pela tempestade. Na cabeça de Charlie, a casa era inatingível, imune ao tempo e a mudanças. Sempre estaria ali, cada detalhe do jeitinho que seu pai tinha deixado. Charlie fechou os olhos e a imaginou. Os degraus da frente envergados pelo abandono, mas a casa em si intacta, feito uma fortaleza, protegendo tudo o que havia dentro.

— Ela... se foi? — indagou Charlie, a voz fraca.

— Não — respondeu John, depressa. — Não, ela ainda está de pé, mas um pouco destruída. Não sei o tamanho do estrago, só passei por lá de carro. Achei que eu não deveria ir lá sem você, sabe?

Charlie assentiu, distraída. Era como se estivesse bem longe dali. Estava vendo John, ouvindo-o, mas havia uma espécie de barreira entre os dois, entre ela e tudo mais, separando-a de tudo, menos da casa.

— Eu imaginei que... A sua tia não contou o que aconteceu?

— Tenho que ir para a aula — disse Charlie. — É por ali. — Ela gesticulou vagamente.

— Charlie, como *você* está?

Charlie não olhou para o amigo, nem mesmo quando ele segurou as mãos dela. Não queria que John visse seu rosto.

— Bem — respondeu ela, afastando a mão do toque dele e dando de ombros várias vezes como se estivesse tentando tirar algo das costas. — Foi meu aniversário — disse ela, enfim olhando para ele.

— Desculpa por não ter lembrado — disse John.

— Não, não, isso não é... — Ela inclinou a cabeça para um lado e para outro, como se assim fosse capaz de equilibrar os pensamentos também. — Você lembra que eu tinha um irmão gêmeo?

— Como assim? — John pareceu intrigado. — Claro que lembro. Me desculpa, Charlie, era disso que você estava falando?

Ela assentiu, da forma mais discreta possível. John tornou a estender a mão, e ela a segurou. Conseguia sentir a pulsação dele em seu polegar.

— Desde que fomos embora de Hurricane...Você sabia que gêmeos têm uma conexão, uma espécie de ligação especial?

— Claro.

— Desde que fomos embora, desde que descobri que tive mesmo um irmão, senti como se ele estivesse comigo. Eu sei que não está. Ele morreu, mas, durante aquele ano inteiro, não me senti mais sozinha.

— Charlie. — John apertou a mão dela. —Você sabe que não está sozinha.

— Não, quis dizer que não estava sozinha *mesmo*. Como se existisse outra Charlie: alguém que é parte de mim e que está sempre comigo. Já tive essa sensação antes, mas ia e voltava, e eu não dava muita bola. Não sabia que significava alguma coisa. Então, quando descobri a verdade e aquelas lembranças começaram a vir à tona... John, eu me senti *completa* de um jeito que não sei nem descrever. — Seus olhos começaram a se encher de lágrimas, e ela soltou a mão dele para enxugá-las.

— Ei — disse John, com um tom gentil. — Está tudo bem. Isso é muito bom, Charlie. Nem imagina o quanto fico feliz por você se sentir assim.

— Não, aí é que está. Eu não sinto mais! — Charlie encarou John, desesperada para que o amigo entendesse o que ela, tão sem jeito, tentava lhe dizer. — Ele desapareceu. Aquela sensação de preenchimento se foi.

— Como assim?

— Foi no meu aniversário. Eu acordei e simplesmente me senti... — Ela deu um suspiro, procurando a palavra certa. Não havia como dizer.

— Sozinha?

— Incompleta. — Charlie respirou fundo, tentando se recompor. — Mas a questão é que não se trata apenas de uma perda. É como... É como se ele estivesse preso em algum lugar. Tenho sonhos em que consigo *senti-lo* do outro lado de uma barreira, como se ele estivesse bem perto de mim, mas preso em algum lugar. Como se ele estivesse numa caixa, ou eu. Não sei explicar.

John ficou olhando para ela, sem palavras por alguns instantes. Antes que ele pudesse pensar no que dizer, Charlie se levantou de repente.

— Eu tenho que ir.

— Tem certeza? Você nem comeu nada.

— Desculpa... — Charlie parou de falar de repente. — Foi bom ver você.

Charlie hesitou e, em seguida, virou-se para ir embora, possivelmente para sempre. Sabia que o desapontara.

— Charlie, você quer sair comigo hoje à noite? — O tom de John era tenso, mas o olhar era afetuoso.

— Claro, seria ótimo — aceitou ela, abrindo um meio sorriso. — Mas você não tem que voltar a trabalhar amanhã?

— Fica só a meia hora daqui — explicou John, e pigarreou. — Mas eu perguntei se você quer *sair* comigo.

— Acabei de dizer que quero — repetiu Charlie, ficando irritada.

John suspirou.

— Estou chamando você para um encontro, Charlie.

— Ah... — Charlie o encarou por um momento. — Certo.

— *Você não é obrigada a nada.* A voz de Jessica não parava de ecoar em sua mente. E, ainda assim... ela se deu conta de que estava sorrindo.

— Hum, sim. Sim, um encontro. É, tudo bem. Tem algum cinema na cidade? — arriscou ela, com uma vaga lembrança de que as pessoas costumavam marcar encontros no cinema.

John assentiu com firmeza, dando a impressão de estar tão perdido quanto ela, agora que o convite havia sido aceito.

— Podemos sair para jantar primeiro? Tem aquele restaurante tailandês no fim da rua. Posso encontrar você lá umas oito horas?

— Sim, boa ideia. Até mais!

Charlie pegou a mochila e saiu apressada do refeitório, percebendo, assim que deu de cara com a luz do sol, que deixara a mesa suja para ele limpar sozinho. *Foi mal.*

À medida que Charlie atravessava o pátio rumo à próxima aula, seus passos foram ficando mais decididos. Era ciência da computação básica. Programar códigos não era tão empolgante quanto o que a professora Treadwell ensinava, mas mesmo assim Charlie gostava. Era um trabalho envolvente, minucioso. Um único erro poderia arruinar tudo. *Tudo?* Ela pensou no encontro iminente. De repente, a ideia de que um único erro poderia arruinar tudo passou a carregar um peso enorme.

Charlie subiu correndo os degraus do prédio, mas parou no meio do caminho, quando um homem bloqueou sua passagem.

Era Clay Burke.

— Oi, Charlie.

Ele sorriu, mas seu olhar era ameaçador. Charlie não via o delegado de Hurricane, pai do seu amigo Carlton, desde a noite em que escaparam juntos da Freddy's. Ali, olhando o rosto envelhecido do homem, a garota sentiu uma onda de medo incontrolável e se forçou a falar:

— Sr. Burke... Hum... Clay. O que está fazendo aqui?

— Charlie, podemos conversar?

O coração dela acelerou.

— O que houve? Carlton está bem? — perguntou, com certo desespero.

— Sim, pode ficar tranquila, ele está bem — garantiu Burke. — Mas, por favor, venha comigo. Não se preocupe com o atraso. Eu lhe darei um atestado para a aula. Ao menos *acho* que um agente da lei tem autoridade para isso. — Ele deu uma piscadela, mas Charlie não sorriu.

Havia alguma coisa errada.

Charlie desceu a escada com ele. Quando estavam um pouco afastados do prédio, Burke parou e, como se procurasse algo, a encarou.

— Charlie, encontramos um corpo. Quero que você dê uma olhada.

—Você quer que *eu* dê uma olhada num corpo?

— Preciso que você veja.

Eu. A única coisa que Charlie conseguiu dizer foi:

— Por quê? Tem alguma coisa a ver com a Freddy's?

— Não quero revelar nada antes que você veja com os próprios olhos — explicou Burke.

O policial voltou a andar, e Charlie apertou o passo para acompanhá-lo. Ela o seguiu até o estacionamento, que ficava logo na saída do portão principal, e entrou no carro dele sem dizer nada.

Enquanto se acomodava no banco, um medo estranho tomou conta dela. Clay Burke olhou para Charlie, que assentiu discretamente mas com firmeza. O homem pegou a estrada, e os dois partiram para Hurricane.

CAPÍTULO DOIS

— E então, o que está achando das aulas? — perguntou Burke, num tom descontraído.

Charlie lançou a ele um olhar sarcástico.

— Bem, este é o primeiro assassinato do semestre. Então acho que as coisas têm corrido bem.

Burke não respondeu, aparentemente porque sabia que possíveis tentativas de deixar o clima mais leve não iriam funcionar. Charlie olhou pela janela. Sempre pensava em voltar à casa do pai, mas, cada vez que as memórias daquele local lhe vinham à mente, ela usava uma força quase física para abafá-las, para deixá-las nos confins minúsculos da própria mente acumulando poeira. Naquele momento, alguma coisa estava se revirando nesses recônditos empoeirados, e ela temia não ser capaz de mantê-las trancafiadas por muito tempo.

— Delegado Burke... Clay. Como o Carlton está?

O homem sorriu.

— Carlton está ótimo. Tentei convencê-lo a fazer faculdade aqui perto, mas ele e Betty foram irredutíveis. Agora ele está no leste estudando teatro.

— Teatro? — Charlie riu, para sua própria surpresa.

— Bem, ele sempre foi brincalhão — contou Clay. — Acho que atuar é o passo mais lógico.

Charlie sorriu.

— E ele já...? — Ela tornou a olhar pela janela. — Você e Carlton chegaram a conversar sobre o que aconteceu? — indagou ela, com o rosto ainda virado para o lado, olhando o reflexo tênue de Clay na janela, distorcido pelo vidro.

— O Carlton conversa mais com a mãe do que comigo — explicou Clay, sem rodeios.

Charlie esperou que ele continuasse, mas o delegado permaneceu em silêncio. Embora ela e Jessica morassem juntas, as duas, desde o princípio, tinham um pacto tácito de nunca falar sobre a Freddy's, exceto em termos mais gerais. Charlie não sabia se Jessica, assim como ela, vez ou outra era consumida pelas lembranças. Talvez a amiga também tivesse pesadelos.

Mas Charlie e Clay não tinham esse pacto. A garota estava ofegante, a respiração entrecortada, aguardando para ouvir até onde o homem iria.

— Acho que o Carlton sonha com aquilo até hoje — disse Clay, por fim. — Às vezes, de manhã, ele descia com cara de quem estava há uma semana sem dormir, mas nunca contava qual era o problema.

— E você? Pensa no assunto? — Ela estava testando os limites, mas Clay não pareceu se abalar.

— Tento não pensar — respondeu, sério. — Sabe, Charlie, quando coisas terríveis acontecem, só há duas coisas a fazer: esquecer ou deixar que elas nos consumam.

Charlie trincou o maxilar.

— Eu não sou o meu pai.

Clay pareceu imediatamente arrependido.

— Eu sei, não foi minha intenção. Só acho que você precisa seguir em frente. — O homem esboçou um sorriso nervoso. — Claro que minha esposa diria que existe uma terceira opção: processar todos os acontecimentos terríveis e aprender a lidar com eles. Ela deve ter razão.

— É... — comentou Charlie, distraída.

— E você, como tem passado, Charlie? — perguntou Clay.

Era a pergunta que ela praticamente pedira para ser feita, mas que não sabia responder.

— Tenho sonhado com tudo aquilo, acho — murmurou.

— Acha? — perguntou ele com um tom de voz cuidadoso. — Que tipo de sonhos?

Charlie voltou a espiar pela janela. Sentia um aperto no peito. *Que tipo de sonhos?*

Pesadelos, mas não com a Freddy's. *Uma sombra na entrada do depósito de fantasias onde brincamos. Sammy não vê, está controlando o caminhãozinho. Mas eu olho para cima. A sombra tem olhos. Em seguida, tudo está se movendo: cabides chacoalham e fantasias balançam. O caminhãozinho de brinquedo cai com um baque no chão.*

De repente, não há mais ninguém comigo. O ar está ficando rarefeito, e não consigo respirar. Vou morrer assim, sozinha, no escuro. Bato na parede do depósito, pedindo ajuda. Sei que ele está lá. Sammy está do outro lado, mas não responde aos meus chamados quando começo a sufocar. Está escuro demais para enxergar, mas mesmo assim sei que minha visão está obscurecendo e que, no peito, meu coração está parando, cada batida me enchendo de dor enquanto tento com todas as forças chamar o nome dele mais uma vez...

— Charlie? — Clay tinha estacionado sem ela perceber.

A esta altura, ele estava olhando para Charlie com seu olhar penetrante de detetive. A garota o encarou por um momento, até voltar para a realidade, e se forçou a sorrir.

—Tenho me concentrado principalmente nos estudos.

Clay sorriu para ela, mas o olhar permaneceu o mesmo. Parecia preocupado. *Ele está arrependido de ter me trazido*, pensou Charlie.

O delegado abriu a porta, mas não saiu do carro. A viagem começara ao pôr do sol, e àquela altura a noite estava prestes a cair. A luz da seta continuava ligada, iluminando de amarelo a estrada de terra. Charlie observou-a por um momento, hipnotizada. Tinha a sensação de que talvez nunca mais fosse se mover, ficaria ali sentada para sempre, observando a luz piscar infinitamente no mesmo ritmo. Clay desligou a seta, e Charlie piscou, como se um feitiço tivesse se quebrado. Ela esticou as costas e tirou o cinto de segurança.

— Charlie — disse Clay, sem olhar diretamente para ela. — Desculpe perguntar, mas você é a única pessoa que pode me dizer se é o que estou pensando.

—Tudo bem — concordou ela, repentinamente alerta.

Clay suspirou e saiu do carro. Charlie foi logo em seguida. Uma cerca de arame farpado beirava a estrada, e vacas pastavam no campo mais além.

Elas ficavam ali, com aquele olhar vazio típico das vacas. Clay levantou o arame de cima para Charlie, e a garota, com cautela, atravessou a cerca. *Quando foi a última vez que tomei uma antitetânica?*, ela se perguntou no breve instante em que uma farpa furou sua camiseta.

Não foi preciso perguntar onde o corpo estava. Havia um holofote e uma cerca improvisada com fita de advertência presa entre estacas espalhadas aleatoriamente pelo local. Burke pulou a cerca logo depois de Charlie, e os dois observaram a área.

O descampado era plano, e a vegetação, rasteira e irregular, desgastada diariamente por dezenas de cascos. A certa distância da cena do crime, havia uma árvore solitária. Charlie pensou que fosse um carvalho. Os galhos eram compridos e velhos, cedendo ao peso das folhas. Havia algo errado com o ar. Junto com o fedor de esterco de vaca e de lama, pairava o penetrante odor metálico de sangue.

Por algum motivo, Charlie olhou de novo para as vacas. Não estavam tão calmas quanto ela presumira. Andavam de um lado para outro, amontoando-se em grupos. Nenhuma sequer se aproximava do holofote. Como que sentindo o olhar de Charlie, uma delas soltou um mugido lamurioso. A garota ouvia perfeitamente a respiração de Clay.

— Talvez devêssemos perguntar para *elas* o que aconteceu — arriscou Charlie. Naquela quietude, sua voz soava mais alta. Clay começou a caminhar em direção ao holofote. Sem querer ficar muito para trás, Charlie o seguiu de perto. Não eram só as vacas. A sensação de que havia algo *errado* pairava no ar. Não se ouvia nenhum barulho, apenas o silêncio horrorizado que uma terrível violência deixava como rastro.

Clay parou ao lado do local demarcado e, ainda sem dizer nada, conduziu Charlie à frente. A garota observou.

Era um homem estirado de costas numa posição horrenda, os membros contorcidos num ângulo impossível. Naquela luz ofuscante, a cena parecia montada, o homem poderia ser um enorme boneco. O corpo inteiro estava coberto de sangue. As roupas, rasgadas, praticamente esfarrapadas, e, pelos buracos, Charlie achou ter visto pele dilacerada, ossos e outras coisas que não conseguiu identificar.

— O que você acha disto? — perguntou Clay, gentilmente, como se receoso de incomodá-la.

—Tenho que ver mais de perto.

Clay passou por cima da fita amarela, e Charlie fez o mesmo. A garota se ajoelhou na lama ao lado da cabeça do cadáver, sujando a calça na altura dos joelhos. Era um homem de meia-idade, branco e de cabelo grisalho curto. Os olhos, felizmente, estavam fechados. As feições chegavam a quase parecer adormecidas, mas não. Ela se inclinou para a frente para espiar o pescoço do homem e empalideceu, mas não desviou o olhar.

— Charlie, você está bem? — perguntou Clay, e a garota assentiu.

— Estou.

Charlie conhecia aquelas feridas, tinha visto as cicatrizes que elas deixavam. De cada lado do pescoço do cadáver havia um corte curvo profundo. Foi o que o matara. Uma morte instantânea. *Ou talvez não.* De repente, ela imaginou Dave, vigia da Freddy's, o assassino. Ela assistira à sua morte. Acionara as travas de mola e observara os olhos arregalados do homem quando seu pescoço foi perfurado. Observara o corpo dele ser sacudido conforme a fantasia disparava metais pontiagudos em seus órgãos vitais. Ela olhou as feridas daquele estranho. Abaixou-se e passou o dedo pelo corte no pescoço do sujeito. *O que você estava fazendo?*

— Charlie! — ralhou Clay, apreensivo, e a garota afastou a mão.

— Desculpa — disse, constrangida, limpando na calça o dedo ensanguentado. — Clay, era um deles. A ferida no pescoço... ele morreu igual a...

Ela parou de falar. Clay também tinha visto. O filho dele quase morrera do mesmo jeito. Mas, se aquilo estava acontecendo de novo, ele precisava saber com o que estava lidando.

— Você lembra como o Dave morreu, não lembra?

Clay assentiu.

— Difícil esquecer. — O homem balançou a cabeça, com toda a paciência sem saber aonde ela queria chegar.

— Estas roupas, assim como a roupa de coelho que o Dave estava usando, podem ser usadas como fantasias. Ou podem se mexer por aí sozinhas, como robôs plenamente funcionais.

— Claro, é só vestir a roupa num robô — concluiu Clay.

— Não exatamente... Os robôs estão sempre dentro das roupas. Eles são feitos de peças interligadas presas ao forro interno das fantasias por travas de mola. Quando você quer um animatrônico, só precisa acionar as travas e os componentes robóticos se desdobram lá dentro, preenchendo a roupa.

— Mas se alguém estiver vestindo a roupa quando as travas são acionadas... — disse Clay, continuando o raciocínio.

— Isso. Milhares de peças afiadas de metal penetram no corpo inteiro. Como... Bem, daquele jeito — concluiu ela, apontando para o homem no chão.

— Qual a probabilidade de se disparar as travas de mola acidentalmente?

— Depende da fantasia. Se for bem cuidada, é muito difícil. Se for velha ou mal projetada... pode acontecer. E se não for acidente...

— Foi o caso aqui?

Charlie hesitou. A imagem de Dave voltou à sua mente, dessa vez vivo, quando revelou o peito cheio de cicatrizes. Dave já havia sido destroçado daquela maneira antes e sobreviveu, mesmo que não tenha resistido da segunda vez. De alguma forma, ele vencera o desdobrar letal da fantasia, o que supostamente era impossível, mas o embate havia deixado marcas. Charlie pigarreou e recomeçou:

— Preciso ver o peito dele. Você consegue tirar a camisa?

Clay assentiu, tirando do bolso um par de luvas descartáveis e jogando-as para Charlie, que sequer as notou, deixando-as cair no chão.

— Se eu soubesse que você ia enfiar os dedos no cadáver, eu teria lhe dado as luvas antes — disse ele, de forma seca.

Calçou as luvas e tirou uma faca de algum lugar do cinto. Clay se ajoelhou e cortou o tecido. O som da lâmina contra o pano úmido rompeu o silêncio feito um grito de dor. Quando enfim terminou, o delegado puxou a camisa. Havia sangue seco na roupa, e, quando Clay a puxou, o corpo pulou junto, dando uma breve e falsa sensação de vida. Pensando nas cicatrizes de Dave, Charlie se curvou. A garota comparou o padrão dos ferimentos. *Foi isso que aconteceu com o Dave.* Cada perfuração parecia um golpe mortal, e qualquer uma delas poderia ter atingido um órgão vital, ou simplesmente era profunda o bastante para fazer todo o sangue se esvair em minutos. O que restara do homem era grotesco.

— Foi uma delas — afirmou Charlie ao olhar para Clay pela primeira vez desde que os dois haviam se aproximado do corpo. — Ele devia estar usando uma das fantasias. É a única forma de acabar desse jeito, mas... — Charlie hesitou e tornou a examinar o descampado. — Cadê a roupa?

— Por que alguém estaria usando um daqueles troços aqui?

— Talvez não fosse por vontade própria — especulou Charlie.

Clay se inclinou para a frente e fechou o rasgo na camisa do homem da melhor forma possível. Os dois se levantaram ao mesmo tempo e retornaram ao carro.

Enquanto Clay a levava de volta para o campus, Charlie ficou olhando pela janela para a escuridão.

— Clay, o que aconteceu com a Freddy's? Soube que foi demolida. — Nervosa, a garota arranhava o assento do carro com a unha. — É verdade?

— É. Bem, começaram a demolir — informou Clay com calma. — Inspecionamos o local todo, esvaziamos tudo. Foi engraçado, porque não conseguimos encontrar o corpo daquele vigia, Dave. — Ele parou de falar e olhou para Charlie, como se esperasse que ela tivesse alguma resposta para aquele enigma.

Charlie sentiu o calor ser drenado do seu rosto. *Ele morreu. Eu assisti à sua morte.* Ela fechou os olhos por um instante e se esforçou para se concentrar.

— Mas aquele lugar era um labirinto. — Casualmente, Clay tornou a olhar para a estrada. — O corpo dele deve ter ficado enfiado em algum buraco, e vão passar muitos anos até que seja encontrado.

— É, provavelmente enterrado nos escombros. — Charlie baixou o olhar e tentou tirar aquilo da cabeça. — E as fantasias, os robôs?

Clay hesitou.

Você devia saber que eu iria perguntar, pensou Charlie com certa irritação.

— Tudo que tiramos da Freddy's foi jogado fora ou incinerado. Tecnicamente, eu deveria ter encarado a situação como ela era: uma brecha no caso das crianças desaparecidas, de mais de uma década atrás. Tudo teria sido apreendido e investigado. Mas ninguém teria acreditado no que aconteceu lá, no que vimos. Então acabei tomando algumas liberdades. — O detetive olhou para Charlie, não mais com aquela expressão desconfiada, e ela assentiu para que ele prosseguisse. Clay respirou fundo. — Tratei apenas como o assassinato do meu policial. Você se lembra, do policial Dunn. Resgatamos o corpo dele, encerramos o caso, e eu mandei que o prédio fosse demolido.

— Mas...? — Charlie hesitou, tentando não transparecer sua frustração. — Mas e Freddy, Bonnie, Chica e Foxy?

E as crianças, as crianças que foram assassinadas e escondidas em cada um deles?

— Estavam todos lá — respondeu Clay, sério. — Estavam sem vida, Charlie. Não sei o que mais posso dizer.

Charlie não respondeu.

— Tudo o que o pessoal da demolição encontrou foram fantasias velhas, robôs quebrados e umas vinte mesas dobráveis. Eu não os corrigi — explicou ele, hesitante. — Sabe como são essas coisas. Seja construindo ou botando abaixo, leva tempo. Pelo que ouvi por aí, a tempestade chegou, da noite para o dia os funcionários foram requisitados em outros lugares e a demolição foi suspensa.

— Quer dizer que ainda está tudo lá de pé? — perguntou Charlie, e Clay lhe lançou um olhar de advertência.

— Algumas partes estão, mas, para todos os efeitos e propósitos, tudo já era. E nem pense em voltar lá. Não há razão para isso, e você pode acabar se machucando. Como falei, não restou nada importante.

— Não quero voltar lá — afirmou Charlie, tranquila.

Clay a deixou de volta no campus. Mas Charlie mal havia se afastado do carro quando ele a chamou pela janela.

— Eu me sinto na obrigação de dizer mais uma coisa. Encontramos sangue na cena do crime, no refeitório principal onde o Dave... — Cauteloso, ele olhou ao redor. Havia algo de inapropriado em se falar de assuntos tão terríveis na segurança das dependências do campus. — Não era sangue de verdade, Charlie.

— O que você está falando? — Charlie voltou até o carro.

— Era, tipo, um sangue de mentira, ou cinematográfico. Mas bastante convincente. Só fomos perceber que era falso quando o laboratório de criminalística analisou no microscópio.

— Por que está me dizendo isso? — questionou Charlie, embora soubesse a resposta.

A terrível possibilidade golpeava sua mente feito uma dor de cabeça.

— Ele sobreviveu uma vez — afirmou Clay, sem rodeios.

— Bem, mas não na segunda.

Charlie se virou para ir embora.

— Desculpe ter envolvido você nisso — lamentou Clay.

Charlie não respondeu. A garota olhou para o chão e trincou os dentes. Clay fechou a janela sem dizer mais nada e foi embora.

CAPÍTULO TRÊS

Charlie olhou o relógio: estava até adiantada para o encontro com John. Ao passar por um poste, avaliou a própria roupa. *Ai, não.* Os joelhos da calça estavam sujos de lama e havia uma mancha escura onde ela esfregara os dedos para limpar o sangue do cadáver. *Não posso aparecer lá coberta de sangue. Ele já está cansado de me ver assim.*

Charlie suspirou e deu meia-volta.

Felizmente, Jessica não estava no quarto. Charlie não queria falar sobre o que tinha acabado de acontecer. Clay não pedira explicitamente que ela guardasse segredo, mas Charlie desconfiava de que não deveria sair anunciando por aí sua visitinha particular à cena do crime. A garota olhou na direção dos rostos debaixo da fronha, mas não foi até lá. Queria mostrar o projeto para John, mas, a exemplo de Jessica, ele poderia não entender.

Abriu uma gaveta da cômoda e olhou lá dentro sem prestar atenção em nada. Em sua mente, Charlie voltou a ver o corpo, os membros estirados como se o homem tivesse sido jogado ali. Respirando fundo, ela cobriu o rosto com as mãos. Apesar de já ter visto as cicatrizes, nunca tinha visto feridas recentes feitas pelas travas de mola. Depois disso, os olhos de Dave lhe vinham à mente, o olhar de choque instantes antes de cair. Charlie sentia as travas em suas mãos, sentia a resistência do mecanismo cedendo e estalando. *Foi isso que aconteceu. Foi isso que eu fiz.* Ela engoliu em seco e passou as mãos pelo pescoço.

Charlie balançou a cabeça feito um cachorro sacudindo o pelo molhado. Concentrando-se, tornou a olhar para a gaveta aberta. *Preciso me trocar. O que são estas coisas?* A gaveta estava cheia de camisas de cores chamativas, e Charlie não reconheceu nenhuma delas. Então se assustou, um leve pânico se apoderando dela. *O que são estas coisas?* Pegou uma camiseta e a devolveu, depois se obrigou a respirar fundo. *Jessica. São da Jessica.* Charlie abrira a gaveta errada.

Segura a onda, Charlie, disse para si mesma com severidade, e, de alguma forma, soou como a voz da tia Jen em sua mente. Apesar de todas as questões entre elas, Charlie ficou um pouco mais calma só de imaginar a voz fria e autoritária da tia. Ela assentiu e, então, pegou o que precisava: calça jeans e camiseta limpas. Charlie se vestiu depressa e foi ao encontro de John, o estômago revirando, um misto de animação e enjoo. *Um encontro*, pensou. *E se não for legal? Pior, e se for?*

Quando se aproximava do restaurante tailandês, Charlie viu que John já estava lá. Esperava do lado de fora, mas não parecia impaciente. O garoto não a avistou de imediato, e Charlie diminuiu o passo por um momento, observando-o. Ele estava tranquilo, o olhar ao longe com uma expressão vaga e simpática.

Demonstrava um ar de confiança que não tinha no ano anterior. Não que antes não tivesse segurança em si mesmo, mas agora parecia... um adulto. Talvez fosse porque tinha ido trabalhar logo depois do ensino médio. *Talvez tenha sido pelo que aconteceu ano passado na Freddy's*, pensou Charlie com uma inesperada sensação de inveja. Apesar de ter se mudado sozinha para uma nova casa e entrado na faculdade, ela sentia que essa experiência a tornara mais criança, não menos. Não uma criança bem cuidada ou protegida, mas uma criança vulnerável e sem um porto seguro. Uma criança que encontrou monstros embaixo da cama.

Quando avistou Charlie, John acenou. Ela acenou de volta e sorriu com naturalidade. Sendo um encontro ou não, era bom vê-lo.

— Como foi sua última aula? — indagou ele, como forma de cumprimentá-la, e Charlie deu de ombros.

— Sei lá, como todas as outras. Como foi o trabalho?

Ele sorriu.

— Como todos os outros dias. Está com fome?

— Estou — disse Charlie, decidida.

Os dois entraram e foram conduzidos a uma mesa.

— Você já veio aqui? — perguntou John, e Charlie fez que não.

— Eu não saio muito. Nem venho para a cidade com tanta frequência. A faculdade por si só já é um mundinho à parte, sabe?

— Posso imaginar — respondeu John, alegre. Já não sendo mais segredo que ele não estava estudando, o garoto parecia aliviado. — Não é um pouco...? — Ele procurou as palavras. — Você não se sente um pouco isolada?

— Não muito. Se aquilo é uma prisão, não é das piores.

— Eu não quis comparar a uma prisão! Mas, e aí, o que está estudando?

Charlie hesitou. Não havia por que não contar para John, mas parecia tão cedo para anunciar que ela estava avidamente seguindo os passos do pai, e tão arriscado. Não queria contar que estava estudando robótica até ter alguma ideia de como ele reagiria. E sentia o mesmo em relação ao projeto.

— A maioria das faculdades obriga você a cumprir determinadas disciplinas no primeiro ano: alguma língua, matemática, essas coisas todas — explicou ela, torcendo para que aquilo soasse como uma resposta.

De uma hora para outra, Charlie não queria falar sobre os estudos. Não tinha certeza de que conseguiria sustentar um diálogo sobre qualquer assunto, na verdade. Olhou para John e, por um momento, imaginou o pescoço dele dilacerado pelas travas de mola. Seus olhos se arregalaram e, tentando se manter conectada à realidade, ela mordiscou a parte interna da bochecha.

— Me conta do seu emprego — sugeriu, vendo sua própria hesitação espelhada no rosto dele.

— Bem, é... Eu gosto do trabalho. Mais do que eu achava que gostaria, para falar a verdade. Alguma coisa nesses trabalhos mais físicos meio que liberta a minha mente. É como meditar. Mas é difícil, bem difícil. Quem trabalha com construção civil sempre faz parecer fácil, mas a verdade é que leva um bom tempo para desenvolver aqueles músculos.

Ele flexionou os braços de maneira cômica acima da cabeça, e Charlie gargalhou, mas era impossível não notar que ele estava indo muito bem no desenvolvimento dos tais músculos. John se inclinou para a esquerda, deu uma cheiradinha na axila e, em seguida, fingiu estar sem graça. Charlie baixou o olhar para o cardápio e soltou uma risadinha.

—Você já sabe o que vai querer? — indagou.

A garçonete surgiu do nada, como se os estivesse escutando ali perto.

John fez o pedido, e Charlie ficou paralisada. Ela só queria dizer alguma coisa, mas ainda não tinha escolhido o que pedir. De repente, se deu conta dos preços. Tudo que havia no cardápio era ridiculamente caro. Quando aceitara o convite de John, nem tinha pensado no dinheiro, mas no momento tudo que lhe vinha à mente eram sua carteira e sua conta bancária quase vazia.

Interpretando mal a expressão de Charlie, John tratou de se intrometer.

— Se você nunca experimentou comida tailandesa, Pad Thai é muito gostoso — sugeriu. — Eu devia ter perguntado — disse, meio sem jeito. — Se vou levar uma dama para jantar, deveria me certificar de que ela gosta da comida! — Ele parecia envergonhado, mas Charlie transbordava de alívio.

Levar uma dama para jantar.

— Não, tenho certeza de que vou gostar. Pad Thai, obrigada — disse ela para a garçonete, então fingiu olhar sério para John. — Quem você chamou de dama? — brincou, e ele caiu na gargalhada.

— O que há de errado nisso?

— Só é meio estranho você me chamar de dama. Bem, deixa pra lá... O que você faz o dia inteiro além de meditar?

— Bem, os dias são longos e, como eu disse, continuo escrevendo, então ainda tem isso. Mas é estranho estar de novo em Hurricane. Eu não queria fincar raízes.

— Fincar raízes?

— Tipo entrar para um time de boliche ou algo assim. Criar laços com a comunidade, essas coisas...

Charlie assentiu. Ela, mais do que ninguém, entendia a necessidade de não se misturar.

— Então por que você aceitou o emprego? Sei que eles precisavam de gente por causa da tempestade, mas você não *tinha* que vir, tinha? As pessoas também constroem coisas em outros lugares.

— É verdade — admitiu ele. — Para ser sincero, foi mais para ir embora de onde eu estava.

— Sei como é — murmurou Charlie, baixo demais para ele escutar.

A garçonete voltou trazendo a comida. Charlie foi logo provando o macarrão de arroz e, no mesmo instante, queimou a boca. Ela bebeu água depressa.

— Ai, está muito quente! Então... Do que você estava fugindo? — Ela fez a pergunta num tom casual, como se a resposta fosse ser simples.

Você também tem pesadelos? Charlie conteve as palavras e esperou que John falasse.

Ele hesitou.

— De uma... garota, na verdade — revelou.

Ele parou de falar, esperando alguma reação. Charlie parou de mastigar. Aquela não era nem de longe a resposta que ela esperava. Charlie engoliu a comida, assentindo com um entusiasmo constrangido. Após um silêncio excruciante, John prosseguiu:

— Começamos a namorar no verão depois... depois da Freddy's. Falei para ela que não queria nada sério, e ela disse que também não queria. Então, de repente, já tinham se passado seis meses e estávamos namorando. Eu tinha começado a trabalhar fazia pouco tempo. Tinha ido morar sozinho, e me vi naquele relacionamento adulto. Foi um choque, mas um choque bom, eu acho. — John hesitou, sem estar certo se devia ou não continuar.

Charlie não tinha certeza se queria que ele continuasse.

— Mas então, me conta dessa menina — disse ela, com calma, evitando contato visual.

— Ela era... é, na verdade... Não estamos namorando, mas não é como se ela tivesse morrido também. O nome dela é Rebecca. Ela é bonita, acho. Inteligente. É um ano mais velha, faz faculdade de literatura inglesa, tem um cachorro. Então, é... Ela é legal.

— E o que houve?

— Não sei.

— Sério? — indagou Charlie, seca, e ele sorriu.

— Não. Eu me sentia... na defensiva perto dela. Tipo... tinham coisas que eu não podia contar, coisas que ela *nunca* entenderia. Não era por causa dela. Ela era ótima. Mas sabia que eu estava escondendo algo, só não sabia o que era.

— Eu me pergunto o que poderia ser... — indagou Charlie, baixinho.

Era uma pergunta retórica, ambos sabiam a resposta.

John sorriu.

— Bem, seja como for, ela terminou comigo, e eu fiquei arrasado e blá-blá-blá. Na verdade, acho que não fiquei tão arrasado assim. — Ele baixou o olhar, concentrando-se na comida, mas sem tocá-la. — *Você* já tentou contar para alguém sobre a

Freddy's? — John tornou a levantar o olhar e apontou o garfo para Charlie. Ela balançou a cabeça. — Não se trata só do que aconteceu. Não consigo me imaginar contando aquela história, e muito menos ela acreditando em mim, mas não foi só isso. Mais do que contar para ela o que aconteceu, eu queria contar o que aquilo fez comigo. Como aquilo tudo me transformou.

— Transformou todos nós — emendou Charlie.

— É, mas não só ano passado. Desde o começo. Só depois que voltamos lá, percebi quanto aquele lugar tinha... me *seguido*. — Ele olhou para Charlie. — Desculpa, para você deve ser ainda mais estranho.

A garota deu de ombros, desconfortável.

— Talvez. Acho que só é diferente.

Charlie estava com a mão sobre a mesa, ao lado da garrafa de água, e John fez menção de segurá-la. Mas ela ficou tensa, e ele recuou.

— Desculpa — disse ele.

— Não é você — respondeu Charlie, depressa.

Aquele rosto morto, a pele morta do pescoço. Arrasada por toda aquela experiência, ela mal percebera na hora, mas naquele momento a sensação do pescoço do homem morto retornou. Era como se ela estivesse tocando-o ali mesmo. Sentia a pele, flácida, fria e escorregadia por conta do sangue, sentia o sangue nos dedos. Esfregou as mãos. Estavam limpas, e ela sabia que estavam, mas ainda sentia o sangue. *Você está sendo dramática.*

— Já volto — avisou ela, levantando-se antes que John tivesse como responder.

Charlie contornou as mesas e foi até o banheiro, nos fundos do restaurante. Tinha três cabines e, felizmente, estava vazio.

Charlie foi direto para a pia e abriu a água quente no máximo. Pegou um pouco de sabão e passou um bom tempo esfregando-as. Ela fechou os olhos e se concentrou na sensação da água quente e do sabão, até que, lentamente, a lembrança do sangue foi sumindo. Enquanto secava as mãos, se olhou no espelho: seu reflexo, de alguma forma, parecia errado, fora do prumo, como se não fosse ela mesma que estava ali, e sim uma cópia. Uma outra pessoa vestida como ela. *Segura a onda, Charlie*, pensou, tentando invocar a voz da tia Jen, como fizera antes. Fechou os olhos. *Segura a onda*. Quando tornou a abrir os olhos, era ela que estava de volta no espelho. Era ela mesma no reflexo.

Charlie passou a mão no cabelo e voltou para a mesa, onde John a aguardava com uma expressão preocupada.

— Está tudo bem? — perguntou, nervoso. — Fiz alguma coisa errada?

Charlie balançou a cabeça.

— Não, claro que não. Foi um dia cansativo, só isso. — *Que eufemismo*. Ela olhou o relógio. — Ainda temos tempo para um filme? São quase oito e meia.

— Sim, é melhor a gente ir — concordou John. — Você já terminou?

— Já. Estava muito bom. Obrigada. — Ela sorriu para ele. — A "dama" gostou.

John sorriu também, visivelmente relaxado. Foi até o caixa pagar, e Charlie saiu para esperá-lo na calçada. Já estava escuro, e friozinho. Charlie desejou por alguns instantes ter se lembrado de levar um casaco. Após um breve instante, John saiu também.

— Pronta?

— Sim. Onde é?

Ele ficou olhando para ela por um tempo e balançou a cabeça, gargalhando.

— O cinema foi ideia sua, lembra?

— Como eu disse, não saio muito. — Charlie olhou para baixo.

— Fica a algumas quadras daqui.

Os dois caminharam em silêncio por um tempo.

— Eu descobri o que aconteceu na Freddy's — revelou Charlie, sem pensar, e John olhou para ela, surpreso.

— Sério? E o que foi?

— Estavam demolindo o prédio, aí caiu a tempestade e todo mundo foi convocado. Agora ele está lá, quase desmoronando. Mas tiraram tudo lá de dentro — acrescentou, percebendo a dúvida nos olhos de John. — Não sei o que fizeram com... eles.

Era mentira. Charlie não tinha como contar para ele o que de fato ocorrera sem explicar como ficara sabendo. Todas aquelas perguntas levavam ao mesmo lugar: o cadáver no campo. *Quem era você?*

— E a casa do seu pai? — indagou John. —Você perguntou para a sua tia Jen? O que ela vai fazer com a casa?

— Não sei. Não falo com ela desde agosto. — Charlie ficou em silêncio, sem olhar para John enquanto caminhavam.

Os dois chegaram ao seu destino, um cinema decrépito e de apenas uma sala chamado Grand Palace. Ou o nome era uma ironia ou muita ilusão. O letreiro na marquise exibia o título do filme em cartaz: *Zumbis vs. Zumbis!*

—Acho que é um filme de zumbi — brincou John quando eles entraram.

O filme já tinha começado. Uma mulher gritava na tela enquanto o que aparentemente eram zumbis se aproximavam por todos os lados. Ela estava cercada. As criaturas se agachavam feito cães ferozes, prontas para saltar e devorá-la. Quando partiram para o ataque, um homem segurou a mulher pelo braço e a puxou para um local seguro.

— Charlie. — John encostou no braço dela, cochichando. — Bem ali. — Ele apontou para a fila de trás. Metade das cadeiras da sala estava ocupada, mas havia muitos lugares vagos na fileira de trás, e os dois foram andando de mansinho até o meio. Depois se sentaram, e Charlie finalmente prestou atenção no filme. *Ainda bem*, pensou. *Talvez agora a gente possa relaxar, finalmente.*

A garota se acomodou no assento, e as imagens na tela passaram como um borrão diante de seus olhos. Gritos, tiros e uma música monótona preencheram o silêncio entre eles. Pelo canto do olho, Charlie viu que John, nervoso, virava toda hora para ela, que não tirou os olhos do filme. Os mocinhos da história, um homem e uma mulher com aquela beleza genérica que caía bem nas telonas, atiravam com armas automáticas numa multidão de zumbis. Quando os primeiros eram atingidos, caíam, mas não morriam exatamente — vários deles eram partidos ao meio pelas armas e, ainda assim, continuavam se debatendo no chão. Então as criaturas que vinham atrás passavam por cima de seus iguais caídos. A câmera voltou para o homem e a mulher, que pularam uma cerca e saíram correndo. Atrás deles, os zumbis continuavam surgindo, seguindo-os a todo custo, indiferentes aos corpos dos mortos-vivos com os quais esbarravam pelo caminho. A música causava aflição, a linha do baixo batendo feito uma pulsação artificial, e Charlie relaxou na poltrona, deixando-se ser absorvida por tudo aquilo.

O que ele estava fazendo ali? A imagem do homem morto insistia em voltar. Algo naquelas feridas a incomodava, mas ela não sabia dizer o quê. *Eu reconheci aquelas feridas. Todas batiam com a imagem que eu tinha na lembrança, mas alguma coisa era diferente. O quê?*

A garota sentiu um movimento perto dela e viu John tentando abraçá-la. *Sério?*, pensou.

— Está muito apertado aí? — perguntou ela, afastando-se sem esperar resposta.

John pareceu envergonhado, mas Charlie desviou o olhar, fincou o cotovelo no outro braço da cadeira e olhou para a tela.

Ele precisava de mais espaço, só isso. Ela fechou os olhos e se concentrou na imagem em sua mente. *As feridas eram um pouquinho maiores e mais espaçadas. A fantasia que ele estava usando era maior que as da Freddy's. O homem devia ter entre 1,77 metro e 1,80 metro, o que significa que as roupas deviam ter pelo menos 2,10 metros de altura.*

Na tela, tudo voltara a se acalmar, mas por pouco tempo. Charlie observava, impressionada, enquanto a poeira subia por vontade própria, como num passe de mágica à medida que os zumbis se levantavam. *Não seria assim*, pensou Charlie, decidida. *Não é tão fácil sair de um túmulo.* A esta altura, o zumbi da tela já estava com metade do corpo para fora, se arrastando para a superfície e olhando de um lado para outro com seus olhos vítreos irracionais. *Não dá para sair tão rápido.* Charlie piscou e balançou a cabeça, tentando manter a concentração.

Zumbis. Coisas sem vida. O depósito era cheio de fantasias, sem vida, mas sempre vigilantes, com olhos de plástico e membros mortos, pendendo. De alguma forma, aqueles olhares cadavéricos nunca haviam incomodado nem a ela nem a Sammy. Os dois gostavam de tocar na pelúcia, às vezes passá-la na boca e dar risadinhas porque sentiam cócegas. Algumas eram velhas e embaraçadas, outras, novas e macias. O depósito era o lugar deles, todinho só para os dois. Algumas vezes, balbuciavam juntos usando palavras que só tinham sentido entre os dois. Em outras, brincavam lado a lado, cada um em seu próprio mundo de faz de conta. Mas estavam sempre juntos. Sammy brincava com um caminhãozinho quando a sombra apareceu. Empurrava-o para a frente e para trás no chão sem se dar conta de que o filete de luz que iluminava o depósito havia sido obstruído. Charlie se virou e avistou a sombra, tão inerte que poderia ser uma ilusão, só mais uma fantasia fora do lugar. Em seguida, o movimento súbito, o caos de tecido e olhos. O caminhãozinho retiniu ao cair, e depois: solidão. Um escuro tão absoluto que ela quase acreditou que nunca havia enxergado. Sua lembrança na verdade era só um sonho, um truque da escuridão. Tentou chamar o nome dele, conseguia senti-lo por perto, mas ao redor só restavam paredes sólidas. "Você está me ouvindo? Sammy? Me tira daqui! Sammy!" Mas ele não estava mais lá, e nunca mais voltaria.

— Charlie, você está bem?

— O quê? — A garota olhou para John e notou que recolhera os pés para cima do assento e que abraçava os joelhos. Ela voltou a se sentar com os pés no chão. John lhe lançou um olhar preocupado. — Estou bem — sussurrou, gesticulando para a tela.

John tocou o braço dela.

—Tem certeza de que está tudo bem?

Charlie não olhava para o lado. A esta altura, na tela havia pessoas correndo e zumbis cambaleando atrás delas.

— Não faz sentido — resmungou Charlie, mais para si mesma do que para John.

— O quê? — Ele se inclinou na direção dela.

Charlie não se mexeu, mas falou novamente.

— Não faz sentido. Zumbis não fazem sentido. Se estão mortos, o sistema nervoso central está destruído e não há como eles fazerem nada disso. Se existe um sistema nervoso central em funcionamento, que, de alguma forma, se deteriorou, mas que ainda permite movimento e pensamento, embora severamente comprometidos, tudo bem. Se isso os torna violentos, tudo bem. Mas por que eles iriam querer comer miolos? Não faz sentido.

Aquele homem não teria sido capaz de andar sozinho numa roupa tão maior que ele. O homem não foi caminhando para aquele campo. A roupa, sim. O animatrônico estava carregando o homem dentro de si. Andou até aquele campo por conta própria.

— Talvez seja simbólico — sugeriu John, muito empenhado, por mais esquisita que estivesse aquela conversa. — Como a ideia de comer o coração do inimigo para adquirir o poder dele, sabe? Será que os zumbis não comem o cérebro dos inimigos para adquirir um... sistema nervoso central? — Ele olhou para Charlie, mas ela não estava prestando atenção.

— Tudo bem — concordou Charlie. Ela já estava irritada com o filme, e acabara se irritando também com a conversa que ela mesma iniciara. — Já volto.

Levantou-se sem esperar que ele respondesse. Charlie foi saindo da fileira, passou pelo saguão e saiu do cinema. Na calçada, respirou fundo e sentiu um imenso alívio com o sopro de ar fresco. *Sonhar que estamos presos é comum*, lembrou a si mesma. Ela havia conferido isso quando os sonhos começaram. *É apenas um pouco menos comum do que sonhar que estamos pelados no colégio, despencando de grandes alturas ou que todos os dentes caíram de repente. Mas aquilo não parecia um sonho.*

Charlie se forçou a voltar para o presente, pois até o cenário de um assassinato violento parecia mais seguro.

Deve haver rastros. Ele não foi andando até lá sozinho. Deve haver alguma pista do que o levou até aquele campo, e de onde veio.

Sentiu um arrepio e voltou para o cinema. *John vai achar que estou maluca.* Parou nas portas giratórias, não conseguia continuar. Tinha que saber. Perguntou ao jovem na bombonnière se havia algum telefone por ali e foi até onde o rapaz indicou, procurando no bolso uma moeda e o cartão do delegado Burke.

Discou com cuidado, parando entre cada número para checar de novo o cartão, como se o telefone do homem pudesse ter mudado desde a última vez que olhou. Clay Burke atendeu no terceiro toque.

— Burke.

— Clay? É a Charlie.

— Charlie! O que houve? — O homem ficou alerta imediatamente.

Charlie conseguia imaginá-lo pronto para levantar e sair correndo.

— Nada, eu estou bem. Está tudo certo. Eu só queria saber se você descobriu alguma coisa.

— Até agora não — informou ele.

—Ah. — Burke deixou o silêncio entre os dois se estender, até que Charlie, finalmente, o rompeu: — Não tem mais nada que você possa me contar? Sei que é confidencial, mas você me colocou nessa. Por favor, se tiver mais alguma informação...

Qualquer coisa que tenha descoberto, qualquer coisa que saiba sobre o homem... a vítima.

— Não temos nada — confirmou Clay, calmamente. — Bem, eu aviso a você quando descobrirmos algo.

— Certo. Obrigada.

— Eu entro em contato.

— Certo. — Charlie desligou o telefone antes que o delegado pudesse se despedir. — Eu não acredito em você — disse ela para o telefone na parede.

De volta à sala do cinema, seus olhos precisaram de um momento para se ajustar, enquanto, tomando cuidado para não fazer barulho, ela foi avançando devagar pela fileira de trás até o assento. Quando Charlie se sentou, John olhou para ela e deu um sorriso, mas não disse nada. A garota sorriu de volta para ele com uma determinação esquisita, acomodou-se de novo na cadeira e se aproximou até encostar o ombro no dele, que a princípio se surpreendeu, mas logo se ajeitou para abraçá-la. John segurou-a com força por alguns instantes, e Charlie se inclinou um pouquinho, sem saber muito bem como corresponder.

E se alguém o colocou na fantasia, como alguma espécie de armadilha mortal? Enfiaram o homem naquele troço e depois o fizeram sair andando até as travas de mola dispararem. Mas quem saberia fazer isso? E por que alguém faria isso?

— Perdi alguma coisa? — perguntou ela, ainda que, de um jeito ou de outro, não tivesse prestado atenção em nada da primeira metade do filme.

Na tela, era dia, e parecia que havia mais personagens, enfiados em uma espécie de bunker. Charlie não conseguia lembrar quais deles tinham sido os personagens originais. Ela se remexia no assento. John relaxara o braço em torno dela, e o braço da cadeira estava pressionando suas costelas. O garoto começou a se afastar, mas ela logo tornou a se acomodar.

— Não, pode ficar — sussurrou, e ele voltou a abraçá-la. — Isso não acaba nunca — disse Charlie, desconcertada.

John tomou um susto.

— Desculpa, está tão chato assim?

— Não, não é você. — Charlie apontou para a tela. — Bastava eles construírem um campo minado ao redor do bunker e esperar que todos explodissem. Fim.

— Acho que é isso que eles vão fazer na continuação, mas vamos ter que esperar para ver com nossos próprios olhos. — Ele deu uma piscadinha.

— Tem outro? — perguntou ela, com um suspiro.

Quando os créditos começaram a subir, os dois recolheram seus pertences e se dirigiram à saída com o restante do pequeno público, sem dar um pio até pararem na calçada.

— Foi legal — disse John, soando, de alguma forma, sincero.

Charlie riu mas, cobrindo o rosto com as mãos, soltou um gemido baixinho.

— Foi *ridículo*. O pior encontro de todos os tempos. Desculpa. Mas obrigado por mentir.

John abriu um sorriso inseguro.

— Foi bom ver você — disse ele, com uma frivolidade cautelosa.

— É que... a gente podia ir conversar em algum lugar?

John assentiu, e Charlie foi caminhando de volta para o campus, com ele logo atrás.

Tarde da noite, o pátio ficava vazio, ou quase isso. Sempre havia alguém passando, um ou outro aluno fazendo trabalho até tarde num laboratório, algum casal agarradinho num canto escuro. Naquela noite não era diferente, e foi bem fácil encontrar um canto reservado para eles conversarem. Charlie se sentou debaixo de uma árvore e ficou observando o espaço entre dois prédios, onde quase dava para ver o bosque. John sentou-se ao lado e esperou que ela começasse a falar.

Por fim, ele a incitou.

— E então?

— Certo. — Ela o encarou. — Clay veio falar comigo hoje. — John arregalou os olhos. — Ele me levou para ver um corpo. Um homem morreu em uma das fantasias de mascote.

John estava com a testa franzida. Charlie quase conseguia enxergar as engrenagens do cérebro dele trabalhando, juntando as peças para entender o que aquilo tudo significava e por que ela estava envolvida.

— E não é só isso. Clay me contou que encontraram sangue no salão principal da Freddy's. Sangue falso.

John levantou a cabeça depressa.

— Você acha que o Dave está vivo?

Charlie deu de ombros.

— Clay não disse isso. Mas todas aquelas cicatrizes... Ele já tinha sobrevivido uma vez às travas de mola. E devia saber como sair da pizzaria.

— Pelo que vimos, não pareceu que ele conseguiria sair — ponderou John com ar de dúvida.

— Aquilo podia ser só simulação, o que certamente explicaria o sangue falso.

— Então o quê? Isso quer dizer que Dave está vivo, matando pessoas em roupas cheias de travas de mola?

— Se ao menos eu pudesse voltar ao restaurante só mais uma vez para ter certeza... — Charlie parou, dando-se conta de repente da raiva que ia se assomando no rosto de John.

— Ter certeza do *quê*? — perguntou ele com aspereza.

— Nada. Clay está cuidando de tudo. É melhor deixar esse assunto com a polícia. — Ela cerrou os dentes e olhou para o horizonte.

A Jessica vai comigo.

— Certo — disse John, surpreso. — Certo, você tem razão.

Charlie assentiu com um falso entusiasmo.

— O Clay tem toda uma equipe para resolver esse tipo de coisa — continuou ela, com a testa franzida. — Tenho certeza de que estão por dentro de tudo.

John tocou gentilmente os ombros de Charlie.

— Aposto que não é o que você está pensando — disse ele, num tom afetuoso e reconfortante. — Há muitos crimes neste mundo que não envolvem robôs de pelúcia autoimplosivos. — Ele riu, e Charlie deu um sorriso forçado. — Vamos. — John estendeu a mão e ela a segurou. — Vou acompanhar você até o quarto.

— Seria muito gentil da sua parte. Mas a Jessica está lá, e teríamos que contar tudo sobre o encontro, sabe?

John gargalhou.

— Tudo bem, vou poupar você da Jessica e do companheirismo implacável dela.

Charlie deu um sorrisinho.

— Meu herói. Onde você está hospedado, aliás?

— Naquele hotelzinho onde você ficou no ano passado, sabe? Vejo você amanhã, quem sabe.

Charlie fez que sim e ficou olhando enquanto John se afastava, depois foi embora também. Por mais torturante que tivesse sido o encontro, aquela última meia horinha lhe trouxera uma sensação de estar de volta ao lar. Ali estavam ela e John, próximos como nos velhos tempos.

— Só precisávamos de um bom assassinato à moda antiga — falou Charlie, em voz alta, e uma mulher que passeava com um cachorro lhe lançou um olhar mal-encarado quando as duas se cruzaram. — Eu estava vendo um filme de zumbi — explicou a garota com indiferença depois que a mulher se afastou. — Você deveria ver *Zumbis vs. Zumbis* também! Eles não colocam nenhuma mina em volta do bunker. Ops, spoiler!

Charlie estava meio que torcendo para que Jessica já estivesse dormindo, mas as luzes estavam acesas quando ela chegou ao quarto. A amiga foi logo abrindo a porta antes mesmo que Charlie tirasse a chave do bolso, o rosto todo enrubescido.

— E aí? — perguntou Jessica.

— E aí o quê? — retrucou Charlie, sorrindo sem querer. — Ei, antes que você comece o interrogatório, quero pedir um favor.

— Não esconda nada! — bradou Jessica, ignorando o pedido. — Me conta do John. Como foi?

Charlie involuntariamente mordeu o lábio.

— Ah, você sabe — respondeu num tom casual. — Olha, eu preciso que você vá a um lugar comigo amanhã.

— Charlieeee! Você tem que me contar! — resmungou Jessica, dramaticamente, atirando-se de volta na cama e sentando-se em seguida. — Vem cá me contar!

Charlie se sentou e cruzou as pernas.

— Foi esquisito. Eu não sabia o que dizer. Encontros parecem tão... desconfortáveis. Mas eu estava dizendo que...

— Mas é o John. Isso não deveria pesar mais que o fato de ser um "encontro"?

— Bem, não pesou — retrucou Charlie, olhando para baixo. Sabia que estava corada, e subitamente desejou não ter contado nada para Jessica.

A amiga pôs as mãos nos ombros de Charlie e olhou sério para ela.

—Você é incrível, e se o John não está caidinho por você, o problema é dele.

Charlie deu uma risadinha.

—Acho que ele está um pouco, sim. Isso é *parte* do problema. Mas tem outra coisa, se você me escutasse pelo menos por um segundo.

— Ah, tem mais? — Jessica riu. — Charlie! Você precisa deixar *algo* para o segundo encontro, sabia?

— O quê? Não, não. *NÃO!* Preciso que você vá comigo a um lugar amanhã de manhã.

— Charlie, estou atolada de coisas para fazer. Minhas provas estão chegando e...

— Eu preciso de você... — Charlie trincou o maxilar por um instante. — Preciso que você me ajude a escolher roupas novas para o meu próximo encontro — explicou, com cuidado, e então esperou para ver se Jessica acreditaria em uma única palavra daquilo.

— Charlie, você está brincando? É a primeira coisa que vamos fazer amanhã! — A amiga pulou em cima de Charlie para

abraçá-la. — O seu próprio dia de princesa! Vai ser incrível!
— Jessica desabou de novo na cama. — Mas agora precisamos
dormir.

—Você se incomoda se eu ficar trabalhando um pouco no
meu projeto?

— Que nada. — Jessica acenou, sem muita empolgação, e em
seguida ficou imóvel.

Charlie acendeu o abajur da escrivaninha, um único facho de
luz com foco tão direcionado que não iluminava o quarto inteiro. Ela descobriu os rostos. Estavam em repouso, as feições se-
renas, como se dormissem, mas Charlie não iria ligá-los logo de
cara. Os interruptores que faziam com que se movessem e falas-
sem eram apenas uma parte do todo. Havia outro componente:
a peça que permitia que eles ouvissem ficava ligada o tempo
todo. Eles escutavam tudo o que ela e Jessica diziam, cada palavra pronunciada no quarto, do lado de fora e no corredor. As
palavras novas eram inseridas no banco de dados, e não só como
palavras soltas, mas em todos os contextos em que eram usadas.
Cada nova informação era emendada à informação que mais se
assemelhava a ela. Tudo que surgia de novo era construído em
cima de algo antigo. Eles sempre estavam aprendendo.

Charlie ligou o componente responsável pela fala. As feições
dos rostos fizeram pequenos movimentos, como se estivessem
se alongando.

— Eu sei — disse o primeiro, mais rápido que o habitual.

— E daí? — retrucou o segundo.

— Sabe o quê?

—Você sabe, e daí?

— Sabe o quê?

— Sabe por quê?

— Por que o quê?

— O que o quê?

— O que foi agora?

Charlie os desligou e ficou assistindo à ventoinha desacelerar até parar. *Não fez sentido.* Já se passavam quase três horas do seu horário de dormir. Ela trocou de roupa depressa e mergulhou nos lençóis, deixando os rostos descobertos. Havia algo desconcertante naquele diálogo. Foi mais ligeiro do que nunca e sem nenhum sentido, mas algo naquele diálogo era familiar, até que caiu a ficha.

— Isso era uma espécie de jogo?

Os rostos não tinham como responder e só ficaram se encarando com uma expressão vazia.

CAPÍTULO QUATRO

Charlie retirou a fronha com delicadeza, tomando o cuidado de não deixá-la prender em nada. Por debaixo de sua mortalha, os rostos, vazios e cegos, eram pura placidez; davam a impressão de que poderiam esperar, sempre escutando, por toda a eternidade. Ela os ligou e se aproximou para observar: eles moviam a boca de plástico sem emitir som, só treinando.

— Onde? — perguntou o primeiro.

— Aqui — respondeu o segundo.

— Onde? — voltou a indagar o primeiro.

Charlie recuou. Havia algo errado com a voz. Parecia tensa.

— Aqui — repetiu o segundo.

— Onde? — rebateu o primeiro com uma entonação crescente, como se estivesse se aborrecendo.

Isso não pode acontecer!, pensou Charlie, nervosa. Não era para eles conseguirem modular as vozes.

— Onde? — queixou-se o primeiro, e Charlie deu um passo para trás. A garota se abaixou bem devagar para espiar debaixo da escrivaninha, *como se pudesse encontrar algum bolo de fios que explicasse aquele comportamento estranho. Enquanto ela analisava, intrigada, um bebê começou a chorar. Ela se levantou depressa, batendo a cabeça com força na quina da escrivaninha. De uma hora para outra, os dois rostos pareceram mais humanos, e mais infantis. Um estava chorando, o outro observava com um semblante pasmo.*

— *Está tudo bem* — *disse o rosto mais calmo.*

— *Não me abandone!* — *lamuriou-se o outro, virando-se para Charlie.*

— *Eu não vou abandonar vocês!* — *choramingou Charlie.* — *Vai dar tudo certo!*

O choro ficou mais alto e estridente do que vozes humanas deveriam ser, e Charlie tampou os ouvidos e olhou ao redor, desesperada, em busca de ajuda. O quarto havia escurecido, e objetos pesados pendiam do teto. Uma pelúcia crespa roçou em seu rosto, e o coração acelerou: as crianças não estão em segurança. *Ela se virou, mas uma enorme quantidade de tecido e pelos caíra, de alguma forma, entre ela e os bebês chorosos.*

— *Eu vou encontrar vocês!*

Ela foi abrindo caminho aos solavancos, tropeçando em membros que se arrastavam pelo chão. As fantasias balançavam de maneira selvagem, como árvores em meio a uma tempestade, e, não muito longe dali, alguma coisa caiu no chão com um estampido seco. Por fim, ela alcançou a escrivaninha, mas os rostos não estavam mais lá. Os uivos continuaram, tão ruidosos que Charlie não conseguia ouvir os próprios pensamentos, nem mesmo quando se deu conta de que os gritos eram seus.

Charlie se sentou com um arquejo rouco e alto, como se realmente estivesse gritando.

— Charlie? — Era a voz de John.

A garota olhou ao redor com um único olho embaçado e notou alguém espiando pela porta.

— Espera um minutinho! — gritou ela, sentando-se. — Sai! — berrou, e John fechou a porta.

Charlie se sentia frágil, sem forças. Durante o sono, seus músculos ficaram tensionados. Ela vestiu roupas limpas depressa, tentou dar um jeito no cabelo e depois abriu a porta.

John espiou de novo, dessa vez observando o quarto todo.

— Está bem, pode entrar. Não tem armadilha nenhuma, embora talvez devesse ter — brincou Charlie. — Como você conseguiu entrar?

— Bem, a porta estava aberta e eu... — Momentaneamente distraído pela bagunça, John foi parando de falar à medida que ia assimilando o quarto. — Pensei em chamar você para tomar café da manhã. Preciso estar no outro lado da cidade para trabalhar em quarenta minutos, mas tenho um tempinho.

— Ah, que ideia bacana, mas eu... Não repara a bagunça. É o meu projeto. Eu fico um pouco envolvida demais e me esqueço de... fazer faxina. — Charlie virou para a escrivaninha.

A fronha estava no lugar em que deveria estar, os discretos contornos dos rostos quase invisíveis ali embaixo. *Foi só um sonho.*

John deu de ombros.

— Ah, é? E qual é o projeto?

— Hum, de linguagem. Tipo isso.

Ela olhou ao redor, curiosa. Onde estava Jessica? Charlie sabia que John suspeitaria do seu súbito interesse sem precedentes em fazer compras, e estava evitando dar explicações.

— Programação de linguagem natural — prosseguiu ela. — Estou tendo aulas... de programação em computadores. — No último instante, algo a impediu de usar a palavra "robótica". John assentiu. Ainda estava observando a bagunça, e Charlie não sabia o que tinha prendido a atenção do garoto. Ela voltou à sua explicação. — Então, nesse trabalho tenho que ensinar linguagem para computadores, linguagem oral.

A garota caminhou depressa até a porta e espiou o corredor.

— Os computadores já não sabem uma linguagem?

— Bem, já — confirmou Charlie ao retornar para o quarto. Ela olhou para John. O rosto dele havia mudado, ganhado ares mais adultos. Mas Charlie conseguia enxergar o garoto do ano anterior, observando, fascinado, os brinquedos mecânicos dela. *Posso contar pra ele.*

Mas então a expressão de John denunciou uma pontada de desespero. Ele foi até a cama de Charlie e apontou.

— Aquilo é a cabeça do Theodore?

— É — respondeu Charlie.

Ela foi até a janela e espiou pela persiana, tentando achar o carro de Jessica.

— Então você *foi* à casa?

— Não. Bem, fui. Voltei lá uma vez — confessou. — Para buscá-lo.

Com um semblante de culpa, ela voltou a olhar para John, que balançou a cabeça.

— Charlie, você não precisa se explicar. É a sua casa. — Ele pegou a cadeira da escrivaninha e se sentou. — Por que você o desmontou?

Preocupada, ela observou a reação de John, imaginando se ele já estaria se fazendo a pergunta mais óbvia para a ocasião: *Será que é coisa de família?*

— Eu queria ver como funcionava — explicou Charlie. Falava com cuidado, sentindo que devia se esforçar ao máximo para transparecer tranquilidade. — Eu também teria trazido o Stanley e a Ella, mas, você sabe...

— Estão presos no chão?

— Pois é. Então peguei só o Theodore mesmo. Estou até usando alguns componentes dele no meu projeto.

Charlie olhou para a cabeça decepada do coelho, para os seus olhos vidrados. *Desmontei. Usando componentes dele. Parece racional.*

A garota havia buscado Theodore na casa do pai pouco antes de as aulas começarem. Jessica não estava no alojamento. Mal tinha anoitecido, ainda não estava tão escuro, e Charlie levara Theodore escondido na mochila. Quando chegara no quarto, ela o colocara na cama e apertara o botão para que ele falasse. Como antes, saía apenas um som estrangulado: "...cê ...lie", um vestígio deteriorado da voz do pai. Charlie sentira uma pontada de raiva de si mesma por sequer tentar.

— Sua voz está bem ruim — dissera ela, ríspida, para Theodore, que só olhava para ela, impassível, imune à repreensão.

Charlie tinha revirado a bolsa de ferramentas e peças, que ainda não dominara por completo toda a sua metade do quarto. Encontrara o estilete e voltara emburrada para a cama, onde o coelho a aguardava.

— Quando eu terminar, monto você de novo.

Até parece.

Olhou para John e percebeu que ele não entendia nada. Ou talvez estivesse preocupado, assim como Jessica.

— Desculpa, sei que isso aqui está uma bagunça — disse Charlie, percebendo a tensão da própria voz. — Talvez eu também esteja uma bagunça — acrescentou, calma. Colocou a cabeça do coelho no travesseiro e a perna ao lado. — Então, você ainda quer ver o meu projeto?

— Quero. — Sorrindo, John foi com ela até a escrivaninha. Charlie hesitou, olhando a fronha. *Foi só um sonho.*

— Então...

Nervosa, ela ligou tudo com cuidado antes de descobrir os rostos. Luzes começaram a piscar, e ventoinhas, a zunir. Ela tornou a olhar para John e retirou a fronha.

Os rostos fizeram pequenos movimentos repetitivos, como que se espreguiçando depois de acordar, embora tivessem pouca elasticidade. Tensa, Charlie engoliu em seco.

—Você, eu — disse o primeiro, e a garota ouviu John arquejar, surpreso, atrás dela.

— Eu — falou o segundo. Charlie prendeu a respiração, mas os robôs ficaram em silêncio.

— Desculpa, eles costumam falar mais — explicou Charlie.

Ela pegou um pequeno objeto na mesa: era um pedaço de plástico claro de formato estranho e com uma fiação por dentro. John franziu a testa por um momento.

— É um aparelho auditivo? — conjecturou, e Charlie assentiu com entusiasmo.

— Era. Faz parte do experimento. Eles escutam o tempo todo, assimilam tudo o que é dito ao redor, mas estão apenas coletando, sem interagir com as informações. Só conseguem interagir um com o outro. — Ela esperou um sinal de que John havia compreendido. Quando ele fez que sim, ela prosseguiu: — Ainda estou trabalhando nos detalhes, mas quem usar este aparelho deve ficar... visível para eles. Bem, não literalmente, porque eles não são capazes de enxergar, mas vão reconhecer a pessoa que estiver usando o aparelho como um deles. — Ela olhou para John cheia de expectativa.

— Por que... O que isso significa? — perguntou ele, aparentemente procurando as palavras.

Frustrada, Charlie fechou a mão ao redor do aparelho auditivo. *Ele não entende.*

— Eu os criei. Quero interagir com eles — explicou. Ele foi ficando pensativo, e ela virou o rosto, repentinamente arrependida de ter lhe mostrado o aparelho. — Bem, mas ainda não está pronto.

Ela se esgueirou até a porta e espiou o corredor.

— É muito legal — disse John. Quando Charlie voltou, ele a olhou preocupado. — Está tudo bem?

— Está. Mas é melhor você ir. Para não chegar atrasado no trabalho.

Charlie se aproximou da escrivaninha e olhou, pensativa, para as suas criações, em seguida, suspirou e pegou a fronha para cobri-las. Enquanto o fazia, o segundo rosto se moveu: recuou e voltou seus olhos cegos para Charlie.

Era como estar diante de uma estátua: os olhos não passavam de duas bolas de plástico em alto-relevo. Charlie, porém, engoliu em seco, paralisada. Ficou observando aquele olhar vazio até John tocar seu ombro. Ela teve um sobressalto, assustando John também, e então olhou para o aparelho auditivo em sua mão.

— Ah, certo — resmungou, apertando o minúsculo botãozinho na lateral do dispositivo.

A garota colocou o aparelho com todo o cuidado na bagunça da gaveta e a fechou. Por um momento, o rosto permaneceu imóvel, e segundos depois voltou lentamente ao seu lugar, onde se acomodou, preso num olhar espelhado ao seu par como se jamais tivesse se movido. Charlie os cobriu e desligou, deixando-os com energia suficiente apenas para escutar.

— Me desculpe! — Ela enfim voltou-se para John.

— Isso é um *não* para o café da manhã?

— Tenho compromisso com a Jessica hoje. Sabe como é, coisa de menina.

— Sério? — retrucou ele, tranquilo. — Coisa de menina? Você?

— É! Isso mesmo! — gritou Jessica ao entrar empolgada no quarto. — Compras! Finalmente convenci Charlie de que vale a pena experimentar as roupas antes de comprar. Quem sabe até não superamos essa fase calça jeans e bota?! Está pronta?

— Pronta! — Charlie sorriu, e John fez uma expressão desconfiada.

Jessica o conduziu gentilmente até a porta.

— Certo — disse ele. — Vejo você mais tarde, então, Charlie?

Ela não respondeu, mas Jessica abriu um sorriso radiante ao fechar a porta depois que ele saiu.

— E então? — Jessica bateu palmas. — Por onde você quer começar?

Era início da tarde quando as garotas chegaram ao estacionamento do shopping abandonado.

— Charlie, não era bem isso que eu tinha em mente — reclamou Jessica quando as duas saíram do carro.

Charlie foi até a entrada, mas a amiga, não. Quando Charlie se virou, Jessica estava encostada no carro com os braços cruzados.

— O que estamos fazendo aqui? — perguntou Jessica, as sobrancelhas erguidas.

— Temos que olhar lá dentro. Vidas estão em jogo. Só quero ver se ainda sobrou alguma coisa da Freddy's, depois podemos ir embora.

— A vida de quem está em jogo? E por que agora, assim de repente?

— Só quero dar uma olhada — insistiu Charlie, cabisbaixa.

Sentia-se uma criança petulante, mas não era capaz de contar toda a história para Jessica.

— Isso é porque John está aqui? — perguntou Jessica, de repente, e a amiga ficou surpresa.

— O quê? Não.

Jessica suspirou e descruzou os braços.

— Tudo bem, Charlie. Já entendi. Você não via o John desde que tudo aconteceu, aí ele apareceu de novo e claro que desenterrou tudo isso.

Charlie assentiu, aceitando de bom grado aquele raciocínio. Era mais fácil do que mentir para a amiga.

— Em todo caso, duvido que tenha sobrado muita coisa. Só quero dar uma volta por lá e ter certeza de que...

— De que acabou mesmo? — concluiu Jessica.

A garota sorriu, e o coração de Charlie afundou.

Não acabou, nem perto disso. Ela deu um sorriso forçado.

— Mais ou menos isso.

Charlie andou bem depressa pelo shopping, mas Jessica ficou para trás. O lugar parecia completamente diferente. A luz do sol se derramava por enormes frestas no teto e nas paredes inacabadas. Raios de luz penetravam por entre rachaduras menores e chapinhavam em pilhas de lajes de concreto. Charlie viu mariposas (talvez fossem borboletas) perto das janelas e, enquanto passavam pelos corredores desertos que levavam à Freddy's, ouviu pássaros chilreando. A quietude mortal de que se recordava, a sensação avassaladora de terror, não existia mais. Ainda assim, vendo as vitrines inacabadas, Charlie achou que o local ainda tinha um clima mal-assombrado, talvez até mais do que antes. Era um mal-assombrado diferente, que não amedrontava. Mas Charlie sentia uma presença ali, como se estivesse num lugar sagrado.

— Olá — disse ela, com uma voz calma, sem saber ao certo quem estava cumprimentando.

— Você está ouvindo alguma coisa? — Jessica diminuiu o passo.

— Não. Parece menor. — Charlie gesticulou para as portas abertas das lojas de departamento que nem chegaram a inaugurar, ao final do corredor à frente delas. — Parecia tão intimidador na última vez.

— Na verdade, dá até uma sensação de paz. — Jessica deu meia-volta, desfrutando do ar que vinha lá de fora e que corria livremente pelos espaços vazios.

Jessica entrou depois de Charlie, e as duas ficaram paralisadas, cegas pelo brilho da luz do sol. A Freddy's havia sido demolida. Ainda restavam algumas paredes, e a extremidade oposta aparentava estar quase intacta, mas, diante delas, só restavam escombros. Tijolos velhos e lajotas quebradas estavam espalhados em meio à poeira.

As duas estavam numa laje de concreto que jazia assando ao sol. A passagem interna, assim como toda a parede lateral do restaurante, não estava mais lá. As paredes e o teto tinham virado uma fileira de entulhos junto das árvores. A passarela de concreto ainda resistia, escurecida pelo desgaste dos anos de canos úmidos e frouxos.

— A Freddy's já era — afirmou Jessica, baixinho, e Charlie assentiu.

As garotas foram abrindo caminho pelos escombros. Charlie conseguiu identificar onde ficava o salão principal, mas não havia mais nada. As mesas e cadeiras, as toalhas xadrez e os chapéus de festa tinham sido levados. O carrossel fora arrancado, deixando apenas um buraco no chão e alguns fios soltos. O próprio palco fora destruído, ainda que continuasse ali. Deve ter sido nesse momento que o trabalho foi interrompido. Havia tábuas partidas por toda a área do palco principal, e o lance de escadas da esquerda viera abaixo. O que restava da parede atrás do palco tinha uma rachadura lá no alto, feito montanhas recortando o céu.

—Você está bem? — Jessica olhou para Charlie.

— Estou. Não é o que eu esperava, mas estou. — Ela pensou por um momento. — Quero ver o que ainda tem aqui. — Charlie apontou para o palco, e as duas cruzaram as ruínas do salão.

As tábuas do piso rachadas, o linóleo, partido. Jessica espiou por debaixo de uma pilha de pedras no local onde ficavam as máquinas de fliperama. As máquinas enfileiradas feito lápides já não existiam mais, mas ainda era possível ver o contorno de cada uma delas no chão. Fios soltos estavam amontoados nos cantos. Charlie subiu no palco principal, onde os animatrônicos costumavam se apresentar.

— Cuidado! — gritou Jessica.

Charlie assentiu, meio distraída mas consciente. Ela parou num dos lados do palco, recordando-se da organização. *Era aqui que o Freddy ficava.* As tábuas estavam destruídas à frente dela e em dois outros pontos, onde eles haviam retirado as plataformas rotativas que prendiam os mascotes ao palco. *Não que eles tenham ficado presos ali por muito tempo,* pensou Charlie, irônica. Se fechasse os olhos, podia ver a cena. *Os animais estavam encenando seus movimentos programados, cada vez mais rápido, até que claramente perderam o controle. Ficaram desenfreados, como se estivessem com medo. Eles se sacudiam em seus lugares, e aí veio o terrível barulho de madeira se partindo quando Bonnie levantou o pé, quebrando os parafusos e se soltando do palco.*

Tentando se livrar daquela imagem, Charlie balançou a cabeça. Foi para o fundo do palco. Não havia iluminação, apenas um esqueleto de vigas expostas entrecortava o céu aberto onde ficavam as lâmpadas.

— Jessica! Cadê você?

— Aqui embaixo!

Charlie se orientou pela voz da amiga. Jessica estava agachada no lugar onde ficava a sala de controle e espiava na abertura sob o palco.

— Nada? — perguntou Charlie, sem ter certeza de que resposta queria ouvir.

— Destroçado — respondeu Jessica. — Nada dos monitores nem de nada.

Charlie desceu logo atrás dela, e as duas espiaram juntas.

— Foi aqui que ficamos presos da última vez — disse Jessica, baixinho. — Eu e o John. Tinha alguma coisa na porta, e a fechadura travou. Achei que fôssemos ficar presos naquela salinha e... — Ela olhou para Charlie, que só assentiu.

Os horrores daquela noite eram únicos para cada um. Os momentos que as assombravam durante o sono ou que invadiam seus pensamentos sem aviso no meio do dia eram particulares.

—Vamos — disse Charlie, de repente, indo novamente para o monte de entulho onde ficavam outros jogos.

Ela se agachou para passar por baixo de uma tábua enorme inclinada, uma espécie de porta para o que restava do lugar.

— Isso parece perigoso. — Jessica passou na pontinha dos pés pela pedra solta.

Ainda restava grande parte do carpete, e Charlie percebia as cavidades deixadas pelo fliperama. *Ela se atirou no fliperama e, de alguma forma, foi o suficiente. Ele balançou e caiu, derrubando Foxy e prendendo-o no chão. Ela correu, mas ele era rápido demais: cravou o gancho na perna dela. Ela gritou, o olhar vidrado na mandíbula de metal retorcido abocanhando tudo e nos abrasadores olhos prateados.* Charlie escutou um barulho, quase uma lamúria, e percebeu que era ela mesma. A garota tapou a boca com as duas mãos.

— Pensei que todos nós fôssemos morrer — sussurrou Jessica.

— Eu também — concordou Charlie.

As duas se entreolharam por um momento, uma calma fantasmagórica se instalando nos destroços iluminados pelo sol.

— Ei, este lugar pode desabar na nossa cabeça a qualquer momento, então... — Jessica quebrou o silêncio, apontando para as placas de concreto inclinadas ao redor.

Charlie saiu engatinhando de onde estava, se levantou e esfregou os joelhos, que pinicavam com restos dos escombros e poeira.

— Quero checar o depósito de fantasias para ver se sobrou alguma coisa — disse Charlie, sem muita emoção.

— Você quer dizer para ver se sobrou *alguém*? — Jessica balançou a cabeça.

— Eu preciso saber. — A garota deu uma última esfregada no jeans e foi para o depósito.

Isolado e intacto, o aposento se destacava em meio aos escombros. Era o local onde as fantasias ficavam guardadas, e onde Carlton tinha ficado preso por um breve período. Charlie cuidadosamente enfiou a cabeça e examinou os detalhes do lugar ao redor: a tinta lascada na parede, o carpete que alguém tinha começado a tirar mas parou no meio. *Não pensa na última vez. Não pensa no que aconteceu aqui*. Ela deixou os olhos se ajustarem por mais alguns instantes e então entrou.

O depósito estava vazio. Elas fizeram uma busca superficial, mas tudo tinha sido retirado, não restava nada além das paredes, do chão e do teto.

— Bem que o Clay disse que eles tinham se livrado de tudo — comentou Charlie.

Jessica olhou para ela, perplexa.

— Clay? Quando?

— Quer dizer, ele disse que iam se livrar — acrescentou Charlie, depressa, consertando o lapso. — Ano passado.

As duas deram uma última olhada. Quando estavam saindo, Charlie percebeu algo reluzir num canto. Era um globo ocular de plástico de um dos mascotes animatrônicos não identificado. Charlie quase foi até lá, mas se segurou.

— Não tem nada ali — afirmou.

Sem esperar por Jessica, ela voltou em meio aos escombros, olhando para os próprios pés conforme pisava em tijolos, pedras e vidro quebrado.

— Ei, espera aí! — gritou Jessica. — Baía do Pirata. Charlie! Olha!

Charlie parou e observou Jessica passar por cima de uma viga de aço e pular com cuidado os restos de uma parede derrubada. À frente dela havia uma cortina caída no que parecia uma pilha de entulho. Quando Charlie chegou até a amiga, viu que a cortina escondia um vão nas ruínas. As partes mais altas de algumas cadeiras brilhantes brotavam dentre as pedras. Uma fileira de holofotes quebrados repousava no topo da cortina, como se fosse o que a mantinha no lugar.

— Parece muito bom, em comparação com o resto do lugar — observou Jessica.

Charlie não respondeu. Jogado no chão havia um cartaz sujo, com um desenho cartunesco de Foxy entregando pizzas a crianças alegres.

— Jessica, olha — Charlie apontou para o chão.

— Parecem marcas de garras — concluiu Jessica após alguns instantes.

O piso estava coberto de arranhões, riscos compridos e marcas escuras que pareciam rastros de sangue.

— É como se alguém tivesse sido arrastado. — Jessica se levantou e foi seguindo os arranhões.

Eles levavam para trás da cortina, longe da área onde a Baía do Pirata ficava.

— O palco — afirmou Jessica.

Quando elas puxaram a cortina para o lado, descobriram uma pequena escotilha nos fundos.

— Estoque — murmurou Charlie.

Ela puxou, mas a escotilha não abriu.

— Deve ter um trinco em algum lugar — disse Jessica.

Ela limpou a poeira e os pedaços de madeira do palco, revelando um ferrolho fincado no chão. Então, puxou-o e soltou a porta, que girou e se abriu como se algo a estivesse forçando.

Um rosto saltou da escuridão, duas órbitas vazias balançando à frente. Jessica gritou e caiu para trás. Charlie recuou. A máscara pendia, sem vida, de uma fantasia de pelúcia mofada. O traje completo de mascote estava lá dentro, espremido num espaço pequeno demais. Charlie parou, o corpo inteiro dormente de choque diante daquele troço com um pavor quase maior que ela.

— O coelho amarelo — cochichou.

— Dave — disse Jessica, arquejando.

Charlie respirou fundo, forçando-se a voltar ao presente.

—Vamos, me ajuda — pediu.

Deu um passo para a frente e segurou o tecido, puxando qualquer coisa que conseguisse alcançar.

—Você está maluca? Não vou encostar nesse treco.

— Jessica! Vem logo!

Relutante, ela obedeceu.

— Eca, eca, eca. — Assim que tocou a fantasia, Jessica recolheu o dedo. Ela olhou para Charlie de um jeito desanimado e tentou de novo, mas teve a mesma reação. — Eca — repetiu, baixinho, até que, por fim, fechou bem os olhos e conseguiu.

Juntas, elas a puxaram, mas nada aconteceu.

— Acho que está presa — disse Jessica.

As duas trocaram de posição e enfim começaram a puxar a fantasia. O tecido prendeu em pregos soltos e madeira lascada, mas Charlie continuou puxando. Por fim, a criatura saiu, estirando-se com um baque no chão.

— Não acho mesmo que Dave fingiu a própria morte — concluiu Charlie.

— E se não for ele? — Jessica deu uma espiadela cuidadosa no rosto.

— É ele. — Charlie examinou o sangue seco que ensopava a ponta dos dedos do mascote. — As travas de mola podem não ter acabado com ele logo de cara, mas foi aqui que Dave morreu.

Elas viam o corpo de Dave pelos rasgos na fantasia, e pelo enorme buraco dos olhos viam a cabeça dele. A pele se encontrava ressecada e murcha. Os olhos estavam bem abertos, o rosto, pálido e sem expressão. Charlie voltou a se aproximar. O choque inicial tinha passado, e ela estava curiosa para ver mais. De início, tateou com cuidado, para o caso de alguma das travas de mola ainda estarem só esperando para disparar, mas logo percebeu que elas já tinham feito todo o estrago. As travas haviam perfurado tão fundo que estavam cravadas na pele até a base, parecendo fazer parte do corpo.

Charlie examinou o peito da fantasia. Havia grandes rasgos no tecido amarelo, que o mofo deixara verde e rosa em alguns pontos. Ela segurou as laterais e esgarçou a abertura ao máximo. Fascinada, Jessica observou, tapando a boca. O corpo dele estava cheio de espetos de metal, desbotados e com crostas de sangue. E havia partes mais tensas: peças cravadas em bolsas de sangue coagulado para fora do cadáver. O tecido da roupa também estava enrijecido pelo sangue, mas o homem não parecia ter apodrecido, mesmo tendo se passado um ano.

— É como se ele tivesse se fundido à roupa — disse Charlie.

Charlie deu um puxão na cabeça do mascote tentando soltá-la, mas logo desistiu. As cavidades oculares se voltaram para ela, e, por detrás delas, estava a cabeça do morto. Bem debaixo da luz, a pele de Dave parecia doente e pálida. Charlie sentiu uma súbita ânsia de vômito. Ela se afastou do cadáver e olhou para Jessica, que falou:

— E agora? Você também quer fazer uma massagem no pé dele? — Riu da própria piada.

— Olha, tenho que ir para a aula em... — Charlie olhou o relógio. — Mais ou menos uma hora. Você ainda quer fazer umas comprinhas?

— Por que eu não arrumo uns amigos normais? — reclamou Jessica.

CAPÍTULO CINCO

— **Nós aprendemos o tempo** todo. Espero que pelo menos alguns de vocês estejam aprendendo nesta aula. — Os alunos da professora Treadwell riram, nervosos, mas ela continuou o sermão. Aparentemente aquilo não havia sido uma piada. — Quando aprendemos, nossa mente precisa decidir onde vamos armazenar a informação. Inconscientemente, determinamos para que grupos de interesse a informação nova é mais relevante e a conectamos a eles. Claro que essa explicação é a mais rudimentar. Quando são os computadores que fazem isso, chamamos de árvore informacional...

Charlie não estava totalmente atenta. Já sabia daquilo e fazia suas anotações no piloto automático. Desde a expedição à Freddy's no dia anterior, ela não conseguia tirar da cabeça a imagem do cadáver de Dave, o peitoral e a tenebrosa malha de cicatrizes que o cobria. Quando vivo, ele exibira essas mesmas cicatrizes como um troféu por ter sobrevivido. Ainda que nunca tenha contado o que aconteceu, devia ter sido acidental. *Ele vivia com aquelas roupas.* Charlie ainda conseguia vê-lo, antes de todos os assassinatos, vestido de coelho amarelo e dançando alegremente com um urso amarelo... De repente, balançou a cabeça, tentando se livrar daquela imagem.

—Você está bem? — sussurrou Arty.

Ela assentiu.

Mas aquele homem morto no campo... aquilo não foi acidente. Alguém o obrigou a vestir a roupa. Mas por quê? Inquieta, Charlie tamborilava com os dedos na carteira.

— Por hoje é só. — A professora Treadwell guardou o giz e saiu a passos largos do palco do auditório, decidida.

Sua monitora, uma estabanada aluna de pós-graduação, saiu apressada para recolher os deveres de casa.

— Ei, você tem um tempinho sobrando? — perguntou Arty para Charlie enquanto eles guardavam o material. — Não estou conseguindo acompanhar esta matéria.

A garota hesitou. Havia prometido compensar o primeiro encontro com John, mas só iria se encontrar com ele dali a mais de uma hora. Depois de ter ido à Freddy's, sentia-se quase em território familiar, ainda que encharcado de sangue.

— Tenho um tempinho agora — respondeu para Arty, que se animou.

— Ótimo! Muito obrigado. Podemos ir estudar lá na biblioteca.

Charlie assentiu.

— Claro. — Ela o acompanhou pelo campus, mal ouvindo o que ele dizia sobre as dificuldades com a matéria.

Encontraram uma mesa, e Charlie abriu o caderno nas páginas de anotação mais recentes e o empurrou para a frente de Arty.

— Na verdade, você se importa se eu me sentar do seu lado? — perguntou ele. — É mais fácil se estivermos vendo juntos, não acha?

— Ah, sim.

Charlie puxou o caderno enquanto o garoto dava a volta e se sentava ao lado dela, arrastando a cadeira dobrável de metal para bem pertinho, perto demais para o seu gosto.

— Então, onde você se perdeu?

— Eu falei para você no caminho — disse ele com um tom de repreensão, e então pigarreou. — Acho que entendi o início da aula, quando ela estava revisando a matéria da semana passada.

Charlie gargalhou.

— Então, basicamente, você quer revisar toda a matéria nova de hoje.

Arty assentiu, encabulado. Ela começou do princípio, apontando suas anotações enquanto falava. Conforme foi virando as páginas, notou seus próprios rabiscos nas margens. Charlie se debruçou na mesa, observando retângulos grossos enfileirados no pé da folha. Todos coloridos, como blocos de granito. Ela os encarou, tendo um déjà-vu: eram importantes. *Não lembro de ter desenhado isso*, pensou, incomodada. E, em seguida: *são só rabiscos. Todo mundo faz rabiscos*.

Ela virou a página e passou para o trecho seguinte da aula, quando uma sensação estranha lhe subiu pela nuca, como se estivesse sendo observada. Também havia mais rabiscos nas margens desta página, e da próxima. Todos retângulos. Alguns grandes, outros pequenos. Alguns feitos só com traços leves, outros com contornos tão fortes que a caneta encharcara o papel e acabara atravessando-o. Todos na vertical. Charlie ficou olhando, inclinando a cabeça para analisar por diferentes ângulos, até que algo estalou dentro dela.

Sammy, pensou, *é você? Isso significa alguma coisa que não estou entendendo?* Charlie olhou para Arty, que estava prestando atenção na folha. Ainda olhando para ele, tornou a virar a página. E o mesmo acontecia: anotações organizadas e legíveis, mas pequenos retângulos se espremiam em cada espacinho livre do papel, enfiados entre os tópicos, atulhados nas margens e escondidos onde nem havia mais linhas. Rapidamente, Arty voltou uma página. Olhou para ela e sorriu, mas seus olhos denotavam cautela.

— Por que você não tenta resolver o primeiro problema? — sugeriu ela.

Arty olhou a folha mais de perto, e Charlie se voltou para o caderno. Toda hora o pai lhe vinha à cabeça, e os retângulos que ela desenhara só tornavam o impulso ainda mais forte.

Tenho que voltar.

—Você está bem? — Com cuidado, Arty se inclinou.

Uma vez tendo reparado nos retângulos, eles passaram a chamar mais atenção do que as anotações; ela não conseguia se concentrar em outra coisa. *Tenho que voltar.*

Charlie fechou o caderno, ignorou a pergunta de Arty e guardou seu material na mochila.

—Tenho que ir — disse, levantando-se.

— Mas ainda estou empacado no primeiro problema — reclamou Arty.

— Desculpa. Desculpa mesmo! — gritou, e saiu correndo.

Ao passar pela recepção, trombou em duas pessoas, mas estava aturdida demais para resmungar um pedido de desculpa.

Quando chegou à porta da biblioteca, parou, as entranhas revirando. *Tem alguma coisa errada.* Ela hesitou, a mão erguida como se algo bloqueasse seu caminho. Charlie finalmente segurou na maçaneta, e na mesma hora sua mão pareceu se fundir a ela, como que por uma corrente elétrica. A garota não conseguia virá-la nem soltá-la. De repente, a maçaneta se moveu sozinha: alguém estava virando-a pelo outro lado. Charlie puxou a mão e se afastou, e então um rapaz com uma mochila enorme passou por ela. Voltando à realidade, ela saiu depressa antes que a porta voltasse a se fechar.

Tentando se acalmar enquanto dirigia, Charlie acelerava rumo a Hurricane. As janelas estavam escancaradas, e o vento entrava por elas. Charlie voltou a pensar na aula de Treadwell do início da semana. *O tempo todo, os sentidos recebem bem mais informações do que são capazes de processar.* Talvez tenha sido o problema de Arty na aula. Charlie observou as montanhas à sua frente, os campos em ambos os lados. Passando por eles, começou a sentir que alguma tensão se atenuara. Vinha passando tempo demais no quarto ou na aula, e de menos no mundo. E, com isso, ficava cada vez mais arredia, o que acentuava sua habitual falta de jeito.

Ela abriu ainda mais a janela e deixou o ar entrar. Acima do campo à direita, alguns pássaros voavam em círculos... Não. Charlie parou o carro. *Tem alguma coisa errada.* Ela saiu, sentindo-se ridícula, mas os últimos dias a tinham deixado no limite. Os pássaros eram grandes demais.

Charlie percebeu que eram urubus-de-cabeça-vermelha, e alguns já estavam no solo, aproximando-se com toda a cautela do que parecia um vulto prostrado. *Poderia ser qualquer coisa*. Ela se debruçou no carro. *Provavelmente, é só um animal morto*. Esperou mais um instante e, frustrada, tornou a se virar para o carro, mas não entrou.

Não é um animal morto.

Charlie trincou os dentes e foi até o ponto que os urubus estavam circulando. Quando ela se aproximou, as aves no solo bateram as asas e levantaram voo assim que a viram. Ela se ajoelhou.

Era uma mulher. A primeira coisa que Charlie viu foi a roupa. Estava rasgada, assim como a do homem morto que Clay Burke lhe mostrara.

Charlie examinou o pescoço dela, embora já soubesse o que encontraria. Havia cortes feios e profundos causados pelas travas de mola do traje de animatrônico. Antes de olhar mais de perto, parou, horrorizada.

Ela é igualzinha a mim. O rosto da mulher estava desfigurado, então não era possível identificar suas feições. Charlie balançou a cabeça, percebendo que a semelhança era mais pautada pela sua imaginação do que pela realidade. Mas o corte e a cor do cabelo eram os mesmos, e o rosto tinha o mesmo formato redondo e a mesma compleição. As feições pareciam diferentes, mas não *muito*. Charlie se levantou e se afastou da mulher, dando-se conta, subitamente, do quanto estava exposta naquele campo aberto. *Clay. Preciso ligar para o Clay*. Olhou para o céu, pensando em uma forma de manter os urubus longe do cadáver.

— Sinto muito — sussurrou para a falecida. — Eu vou voltar.

Charlie começou a correr pelo campo, cada vez mais depressa, como se estivesse sendo perseguida. Ela entrou no carro e trancou a porta.

Ofegando muito, Charlie pensou por um segundo. Estava praticamente no meio do caminho entre Hurricane e a faculdade, mas havia um posto de gasolina um pouco mais à frente na estrada, e de lá poderia ligar para Clay. Dando uma última olhada no local em que o corpo estava, pegou a estrada.

O posto de gasolina parecia vazio. Quando chegou, Charlie percebeu que na verdade nunca tinha visto alguém abastecendo ali. *Será que este posto funciona?* O lugar era velho e estava caindo aos pedaços, o que já dava para notar de passagem, mas ela nunca havia parado para conferir. As bombas pareciam funcionar, ainda que não fossem novas, e não havia cobertura. Elas só ficavam em blocos de concreto no meio de um caminho de cascalho, expostas às intempéries.

O prediozinho anexo ao posto devia ter sido branco algum dia, mas a tinta desgastada deixava à mostra as tábuas cinzentas por baixo. Parecia estar levemente torto, desmoronando. Havia uma janela, mas estava imunda, quase tão cinzenta quanto as paredes externas do prédio. Charlie hesitou, mas foi até a porta e bateu. Quem abriu foi um jovem mais ou menos da idade dela, usando calça jeans e uma camiseta da faculdade St. John's.

— Sim? — disse ele, com um olhar vazio.

—Vocês estão... funcionando?

— Estamos. — Mastigando chiclete, o rapaz limpou as mãos num trapo encardido.

Charlie respirou fundo.

— Preciso muito usar o telefone.

O garoto abriu a porta e a deixou entrar. Lá dentro era mais espaçoso do que ela tinha imaginado. Além do caixa, havia uma loja de conveniência, ainda que a maioria das prateleiras estivesse vazia, e as geladeiras nos fundos, apagadas. O jovem olhava para Charlie cheio de expectativa.

— Posso usar o telefone? — perguntou ela, de novo.

— Só clientes podem usar o telefone — respondeu ele.

— Tudo bem. — Charlie deu uma olhada no carro. — Eu abasteço quando terminar.

— A bomba está quebrada. Quem sabe você não pega nada da geladeira… — sugeriu, acenando para um congelador encardido com uma tampa de correr e um adesivo vermelho desbotado que, algum dia, devia ter sido um logo. — Tem picolé.

— Eu não quero… Tudo bem, eu compro um picolé — concordou ela.

— Pode escolher o que quiser.

Charlie se debruçou no refrigerador.

Olhos vítreos e sem vida a observavam. Por debaixo deles, um focinho vermelho felpudo, a boca aberta, prestes a dar o bote.

Charlie gritou e pulou para trás, batendo na prateleira. Várias latas caíram e rolaram no chão. O barulho ecoou no espaço vazio.

— O que é aquilo? — berrou ela, mas o garoto gargalhava tanto que ficou sem ar.

Tornando a olhar lá dentro, Charlie percebeu que tinha um animal empalhado no congelador, talvez um coiote.

— Essa foi boa! — enfim ele conseguiu dizer.

Tremendo de raiva, Charlie se recompôs.

— Agora eu gostaria de usar o telefone — lembrou ela, com frieza.

Todo simpático, o rapaz acenou para que ela fosse até o caixa e lhe entregou um telefone de discar.

— Nada de interurbanos.

Charlie virou de costas, discou e foi até o refrigerador enquanto não atendiam a ligação. Ela espiou lá dentro, examinando o animal empalhado por outro ângulo.

— Clay Burke falando.

— Clay, é a Charlie. Escuta, eu preciso que você me encontre. É mais um... — Ela deu uma olhada no rapaz, que prestava atenção do caixa, sem nem disfarçar. — É outro daqueles troços que você me mostrou antes, perto das vacas.

— O quê? Onde você está, Charlie?

— Num posto de gasolina a alguns quilômetros de Hurricane. Parece um barracão pintado.

— Ei! — O garoto no caixa ficou ofendido.

— Certo, já sei onde é. Estou a caminho.

Ouviu-se um clique no outro lado da ligação.

— Obrigada por me deixar usar o telefone — disse Charlie com relutância, e saiu sem esperar resposta.

Charlie voltou a se agachar no local onde jazia o corpo da mulher. Olhava para a estrada procurando ansiosamente, mas nenhum sinal do carro de Clay. Pelo menos os urubus não tinham voltado.

Eu poderia ficar no carro enquanto ele não chega, pensou. Mas Charlie não arredou o pé. Aquela mulher teve uma morte horrível e foi jogada num pasto. Pelo menos, não precisaria mais ficar sozinha.

Quanto mais Charlie olhava para ela, mais difícil era ignorar a semelhança. Mesmo com o sol queimando suas costas, ela sentiu um calafrio, tomada por um terror frio e lento.

— Charlie?

Ela se virou e deu de cara com Clay Burke, então suspirou e balançou a cabeça.

— Desculpe, vim o mais rápido que pude — disse ele, calmo.

Ela sorriu.

— Tudo bem. Só estou tensa hoje. Acho que é a terceira vez que tomo um susto quando alguém me chama.

Clay não estava ouvindo. Só tinha olhos para o cadáver. Ele se ajoelhou com cuidado ao lado do corpo, observando atentamente. Charlie quase podia ver seu cérebro arquivando cada detalhe. Sem querer atrapalhá-lo, prendeu a respiração.

— Você tocou no corpo? — perguntou ele, num tom firme, sem tirar os olhos do cadáver.

— Toquei. Queria conferir se tinha as mesmas lesões que o homem.

— E tinha?

— Tinha. Eu acho que... Sei que ela foi morta do mesmo jeito.

Clay assentiu, levantou-se, rodeou a mulher e abaixou-se para olhar mais de perto a cabeça dela, e mais uma vez para os pés. Por fim, voltou-se para Charlie.

— Como você a encontrou?

— Vi pássaros... urubus... rodeando esse pasto. Então vim aqui conferir.

— Por quê? — Ele estava sendo severo, e Charlie sentiu uma pontada de medo.

Claro que Clay não suspeitava dela.

Por que não suspeitaria?, pensou. *Quem mais saberia como funcionam as travas de mola? Aposto que ele seria capaz de criar um milhão de teorias a meu respeito. Garota perturbada vinga a morte do pai. Cenas de um psicodrama. Às onze, no cinema mais próximo.* Ela respirou fundo e encarou Clay.

— Por causa do corpo que você me mostrou antes. Ele estava num pasto como esse... e eu achei que podia ser outro. — Charlie tentou não gaguejar.

Clay assentiu, mais preocupado do que ríspido agora.

— Charlie, esta garota é parecida com você — afirmou, sem rodeios.

— Não muito.

— Podia ser sua irmã gêmea.

— Não mesmo — discordou Charlie, mais grosseira do que gostaria. — Ela não tem nada a ver comigo.

Demorou alguns segundos para Clay compreender a reação dela.

— Me desculpe. Você tinha um irmão gêmeo, não é?

— Mal me lembro dele — disse ela, baixinho, e engoliu em seco. *Ele não sai da minha cabeça.* — Sei que ela é parecida comigo — acrescentou, com a voz fraca.

— Estamos bem perto de uma cidade universitária. Ela é uma jovem branca de cabelo castanho e... O seu tipo não é raro, Charlie. Sem querer ofender.

— Você acha que é coincidência?

Clay não olhou para ela.

— Acharam outro corpo hoje de manhã.

— Outra garota? — Charlie se aproximou.

— Na verdade, sim. Provavelmente foi assassinada há dois dias.

Charlie ficou assustada.

— Isso quer dizer então que essas coisas vão continuar acontecendo?

— A menos que você tenha alguma ideia de como podemos evitar.

Charlie fez que sim.

— Posso ajudar. — Ela tornou a encarar o corpo. *Nada a ver comigo.* — Quero ir na casa dela — acrescentou, tomada por um impulso repentino de provar, de reunir evidências de que ela e a vítima não eram a mesma pessoa.

— O quê? Na casa *dela*? — disse Clay, cético.

—Você me pediu ajuda. Então me deixe ajudar.

Clay não respondeu. Em vez disso, foi enfiando a mão nos bolsos da mulher, um por um, em busca da carteira. Para isso, precisou mover o corpo da vítima, que teve alguns espasmos, feito um fantoche medonho. Charlie esperou e, por fim, ele encontrou o que queria. O delegado entregou para a garota a carteira de motorista da mulher.

—Tracy Horton. Ela não tem cara de Tracy.

—Viu o endereço? — Clay olhou a estrada em busca de viaturas. Charlie leu o documento bem depressa e passou de volta para ele. —Vou te dar vinte minutos antes de comunicar isto aqui pelo rádio. Aproveite.

Tracy Horton morava numa casinha em uma rua deserta. As casas vizinhas não eram tão distantes, mas Charlie duvidava de que alguém nas redondezas teria ouvido os gritos. Isso se ela tivesse gritado. Havia um carrinho azul na garagem, mas considerando que Tracy havia sido tirada de casa, já que era de se imaginar que não estaria perambulando por aquele pasto, o veículo poderia muito bem ser dela.

Charlie estacionou atrás do carro e caminhou até a porta da casa. Bateu, imaginando o que faria caso alguém abrisse. *Eu já deveria ter pensado nisso.* Não poderia ser ela a pessoa que daria a notícia da morte daquela jovem a um pai ou uma mãe, um cônjuge ou um irmão. *De onde tirei que ela morava sozinha?*

Ninguém atendeu. Charlie tentou de novo, e, quando viu que ninguém viria, tentou abrir a porta. Estava destrancada.

Charlie caminhou com toda a calma pela casa, sem saber ao certo o que estava procurando. Deu uma olhadinha no relógio. Dez dos vinte minutos tinham passado só no caminho até lá, e Charlie precisava ter em mente que a polícia chegaria mais rápido do que ela. *Por que eu respeitei o limite de velocidade no caminho inteiro?* A sala e a cozinha estavam limpas, mas não lhe forneceram nenhuma informação. Charlie não sabia o que paredes cor de pêssego tinham a dizer sobre uma pessoa, ou uma mesa de jantar com três cadeiras em vez de quatro. Dois quartos. Um tinha o ar árido de um quarto de hóspedes que, pouco a pouco, vinha se transformando em depósito. A cama estava arrumada e havia toalhas limpas dobradas na cômoda, mas caixas de papelão ocupavam quase um quarto da área.

O outro quarto parecia habitado. As paredes eram verdes, a colcha, azul-clarinha, e havia pilhas de roupas pelo chão. Charlie ficou parada à porta por um momento e se viu incapaz de entrar. *Não sei nem o que estou procurando.* A vida daquela mulher seria revirada até o último grão por investigadores treinados. Seu diário seria lido, se ela tivesse algum. Seus segredos seriam revelados, se ela tivesse algum. Charlie não precisava contribuir com aquilo. Ela se virou e saiu depressa, porém silenciosamente, da casa, quase correndo ao descer os degraus da entrada. Parou perto do carro. Faltavam seis minutos para Clay notificar o corpo.

Charlie foi até o carrinho azul e espiou lá dentro. Assim como a casa, estava limpo. Havia peças lavadas a seco penduradas na janela traseira, e um refrigerante pela metade no porta-copos. Ela deu a volta no carro, procurando alguma coisa: lama nos pneus, arranhões na lataria, mas não viu nada fora do comum. *Cinco minutos.*

Caminhou, decidida, pela grama descuidada que circundava a casa. Quando chegou ao quintal, congelou. Diante dela, três imensos buracos no chão, mais compridos do que largos. À primeira vista, pareciam covas, mas olhando melhor eram bagunçados, tortos, feitos sem nenhum cuidado.

Andou em volta deles, os buracos ficavam lado a lado e todos eram rasos, mas a terra no fundo estava solta. Charlie pegou um galho no chão e o enfiou no buraco do meio; com cerca de trinta centímetros de profundidade, o galho atingiu um solo mais denso. Quem quer que tivesse cavado os buracos jogou a terra ao redor de qualquer jeito, sem se dar o trabalho de amontoá-la, nem de recolhê-la depois.

Dois minutos.

Charlie hesitou mais um pouco e entrou no buraco. Seus pés afundaram na terra mole e ela precisou se equilibrar para não cair. Não era muito fundo, batia na cintura dela. A garota se ajoelhou e tocou a lateral da cova. *Do buraco*, ela ficava se lembrando. A terra ali também estava solta, e a parede era irregular.

Alguma coisa estivera escondida ali, debaixo da terra. *O ar está ficando rarefeito. Não consigo respirar e vou morrer assim, sozinha, no escuro.* A garganta de Charlie se fechou, e a sensação era de não conseguir respirar. Ela escalou o buraco e voltou ao gramado do quintal de Tracy Horton. Respirou fundo, concentrando toda a sua atenção em afastar o pânico. Quando conseguiu, olhou as horas.

Já passou um minuto. Ele já avisou a polícia. Mas algo a mantinha ali, algo familiar. *A terra solta.* O pensamento acelerou. *Alguma coisa escalou estes buracos.*

Ao longe, uma sirene soou. Logo, logo a viatura estaria ali. Charlie correu para o carro e foi embora, dobrando na primeira esquina sem nem pensar para onde estava indo. Os buracos não saíram da sua cabeça, aquela imagem era uma mancha em sua mente.

CAPÍTULO SEIS

Charlie desacelerou. Com metade dos policiais de Hurricane se reunindo naquela região, aquele não era um bom momento para ser parada por excesso de velocidade. Estava suja com a terra do quintal da mulher morta, e com uma sensação incômoda de que estava esquecendo alguma coisa.

John, lembrou ela. Deveria ter se encontrado com ele — de acordo com o relógio no painel — quase duas horas antes. Sentiu um peso no coração. *John vai achar que dei um bolo nele. Ou vai achar que morri,* completou. De acordo com o histórico perigoso da relação deles dois, a segunda opção era mais provável.

Quando chegou ao local do encontro, um pequeno restaurante italiano do outro lado da cidade, Charlie estacionou o carro e saiu correndo até chegar à recepcionista, que a cumprimentou com um olhar aturdido.

— Posso ajudar? — ofereceu-se, dando um passo para trás.

Charlie se viu de relance no espelho atrás do balcão da recepcionista. Seu rosto e suas roupas estavam sujos de terra; nem tinha passado por sua cabeça se limpar antes de ir. Ela esfregou depressa as bochechas e respondeu:

—Vim encontrar uma pessoa. Um rapaz alto, de cabelo castanho, tipo...

Ela gesticulou vagamente para cima da cabeça, tentando ilustrar o cabelo bagunçado de John, mas a recepcionista não esboçou reação. Frustrada, Charlie mordiscou o lábio. *Ele já deve ter ido. Mas é claro. Você está duas horas atrasada.*

— Charlie?

John.

—Você não foi embora! — gritou ela, alto demais para a quietude do restaurante, quando ele apareceu por detrás da recepcionista aparentemente muito aliviado.

—Já que eu estava aqui, achei melhor almoçar. — Ele engoliu o que tinha na boca e gargalhou. — Está tudo bem? Achei que você... não vinha mais.

—Tudo bem. Onde você está sentado? Ou melhor, ainda está sentado? Bem, quer dizer, é claro que não está sentado, está de pé. Mas, é... onde você estava sentado antes de se levantar?

Charlie passou a mão no cabelo e ficou alguns instantes com a mão na cabeça, tentando reorganizar as ideias. Murmurou um pedido de desculpas para o restaurante todo, sem saber ao certo com quem estava falando.

Nervoso, John olhou ao redor e apontou para uma mesa perto da cozinha. Havia um prato praticamente vazio, restando apenas um pedacinho de pão mordido, uma xícara de café e o lugar em frente totalmente arrumado e intacto.

Os dois se sentaram, John a avaliou por uns instantes e, chegando pertinho, perguntou:

— Charlie, o que aconteceu?

—Você não acreditaria se eu contasse — retrucou ela com a voz tranquila.

Ele continuou preocupado.

—Você está imunda. Caiu no estacionamento?

— Foi — mentiu Charlie. — Caí no estacionamento, saí rolando morro abaixo e fui parar dentro de uma lixeira, depois caí da lixeira e, quando estava vindo para cá, ainda tropecei. Satisfeito? Para de me olhar assim.

—Assim como?

— Como se você tivesse o direito de me julgar.

John recuou na cadeira, os olhos arregalados, pasmo, e Charlie suspirou.

— Desculpa, John. Eu vou contar tudo. Só preciso de um tempinho. Um tempinho para organizar as ideias e me limpar. — Ela soltou uma gargalhada exausta e um tanto abalada e, em seguida, afundou o rosto nas mãos.

John se inclinou para trás e acenou para a garçonete trazer a conta. Com a respiração pesada, Charlie deu uma olhada geral no restaurante. Estava quase vazio. A recepcionista e a única garçonete conversavam perto da porta sem o menor interesse em nada do que os clientes estavam fazendo. Havia uma família de quatro pessoas perto da janela da frente, as crianças bem pequenas. O garotinho escorregava da cadeira toda vez que a mãe se distraía. A irmã estava feliz desenhando com canetinhas na toalha. Parecia que ninguém ligava para o que estava acontecendo. Mas o vazio do lugar fazia Charlie se sentir exposta.

— Eu vou lá me limpar. Onde é o banheiro?

John apontou.

A garota se levantou e saiu da mesa no mesmo momento em que a garçonete chegou com a conta. Havia um telefone público no corredor, e Charlie parou diante dele, hesitante. Esticou o pescoço para ver se John estava olhando, mas só conseguia enxergar um cantinho da mesa. Bem depressa, telefonou para o escritório de Burke.

Para a surpresa da garota, o delegado atendeu.

—Você viu o quintal dela. — Não era uma pergunta.

— Você pode me dar os outros endereços? É possível que haja algum padrão... alguma coisa.

— É possível, com certeza — disse ele, seco. — Foi por isso que corri para a delegacia, em vez de ficar lá medindo os buracos. Você tem uma caneta?

— Espera aí. — A recepcionista tinha largado seu posto por alguns instantes, e Charlie soltou o telefone, que ficou balançando pelo fio, e correu até o balcão para pegar uma caneta e um folheto de entrega em domicílio. Então voltou apressada. — Clay? Pode falar. — Ele citou nomes e endereços, e ela tratou de rabiscá-los nas margens do folheto. — Obrigada — disse, assim que ele terminou, desligando sem esperar resposta.

Ela dobrou o folheto, meio sem jeito, e o enfiou no bolso de trás da calça.

No banheiro, Charlie não conseguiu limpar a roupa, mas pelo menos lavou o rosto e ajeitou o cabelo.

Quando estava prestes a sair do banheiro, uma imagem invadiu seu pensamento: o rosto da mulher morta.

Podia ser sua irmã gêmea, lembrou de Clay dizendo aquelas palavras com sua voz baixa e autoritária.

Charlie balançou a cabeça. *É coincidência. Ele tem razão. Quantas estudantes universitárias de cabelo castanho existem por aí? A primeira vítima era um homem. Não quer dizer nada.* Ela segurou a maçaneta da porta, mas ficou paralisada. Como aconteceu na biblioteca. Charlie soltou a maçaneta, que girou devagarinho até retornar à posição inicial, com um rangido horrível.

As fantasias tinham se mexido e o rangido foi tão discreto e cuidadoso que ela mal escutou. Charlie esqueceu da brincadeira por um instante e olhou para a porta: havia um vulto.

A garota olhou ao redor desesperada, tentando voltar a si. Num rompante de pânico, puxou com força a porta do banheiro, que de alguma forma emperrou. Tentou falar, mas não produziu nenhum som.

Sei que você está aí. Estou tentando alcançar você.

— Eu preciso entrar! — gritou.

A porta se escancarou, e Charlie caiu nos braços de John.

— Charlie!

Ela desabou de joelhos. Levantou a cabeça e viu toda a pequena clientela, cada um em seu canto, olhando para ela. John espiou dentro do banheiro e logo voltou a atenção para ela, ajudando-a a ficar de pé.

— Está tudo certo. Estou bem. — Ela afastou as mãos dele. — Estou bem. A porta estava emperrada. Comecei a sentir muito calor. — Charlie abanou o rosto, tentando deixar a história plausível. — Anda, vamos para o carro. — John tentou pegá-la pelo braço, mas foi afastado novamente. — Estou bem! — Ela pegou a chave no bolso e foi para a porta sem esperar por ele. Uma senhora olhava sem disfarçar, o garfo suspenso a caminho da boca. Charlie a encarou. — Comida estragada — disse, sem rodeios.

A senhora empalideceu, e Charlie saiu do restaurante.

Quando chegaram ao carro, John se sentou no banco do carona e, cheio de expectativa, olhou para ela.

—Você tem certeza de que está bem?

— Foi um dia difícil, só isso. Desculpa.

— O que aconteceu?

Conta para ele o que aconteceu.

— Eu quero ir à casa do meu... à minha antiga casa — falou, para sua própria surpresa.

Seja honesta, Charlie, sua voz interior estava sendo muito ríspida. *Você sabe bem que tipo de criatura está fazendo isso e sabe quem a construiu. Foco.*

— Certo — concordou ele, amenizando o tom. —Você não vai lá desde a tempestade.

Ela assentiu. *Ele acha que quero ver o estrago.* Até então, Charlie havia se esquecido da tempestade, mas a repentina doçura na voz de John a deixou nervosa. *Será que sobrou alguma coisa?* Ela imaginou a casa destroçada e teve uma sensação súbita de *algo fora do lugar,* como se uma parte dela tivesse sido arrancada. Nunca tinha pensado na casa como nada além de uma construção, mas ali, enquanto ia dirigindo em direção ao que sobrara dela, sentiu um nó doloroso no estômago.

Era lá que estavam todas as suas lembranças mais vívidas do pai: as mãos ásperas construindo brinquedos para ela, mostrando suas novas criações na oficina e abraçando-a bem apertado quando ela ficava com medo. Tinham morado juntos ali, só os dois, e aquele era o lugar onde ele tinha morrido. Charlie sentia como se a alegria, a tristeza, o amor e a angústia do tempo de vida deles dois tivessem se derramado e se entranhado na estrutura da velha casa. Pensar naquela casa destruída por uma tempestade era uma violência brutal.

Ela balançou a cabeça e apertou o volante, subitamente consciente de toda a raiva que sentia. Seu amor pela casa, até mesmo pelo pai, jamais poderia ser simples. Tinha sido traída por ambos. Mas dessa vez havia um novo monstro à solta. Trincou os dentes, lutando contra as lágrimas que preenchiam seus olhos. *Pai, o que você fez?*

Assim que saíram do centro da cidade, Charlie acelerou. Clay passaria um tempo ocupado cuidando do caso da mais nova vítima, mas em algum momento também acabaria pensando em ir à casa do pai dela. Só restava a Charlie torcer para ser a primeira a ligar os pontos. *Vocês estão do mesmo lado.* Ela pôs a mão na cabeça e esfregou a testa. O impulso de salvaguardar a reputação do pai do que estava por vir era visceral, mas também sem sentido.

A cerca de um quilômetro de casa, eles passaram por um canteiro de obras. Ficava muito longe da estrada, então não deu para Charlie ver o que era, mas parecia abandonado naquele momento.

— Trabalhei um pouco ali logo que cheguei — disse John. — Um projeto de demolição imenso. — Ele gargalhou. — Vocês têm umas coisas bem estranhas aqui. Ninguém diria. — Ele passou alguns instantes examinando os campos.

— Pior que é verdade — concordou Charlie, sem muita certeza se havia algo mais que deveria dizer.

Ainda estava tentando se acalmar. Por fim, os dois chegaram à garagem dela. Charlie estacionou de olho no cascalho; a casa era apenas um borrão em sua visão periférica. Na última vez em que estivera ali, entrara e saíra rápido sem nem olhar para nada. Só queria Theodore, e foi embora assim que o pegou. A esta altura, arrependia-se da pressa, desejando ter alguma última imagem mental do lugar. *Você não está aqui para dizer adeus*. Ela desligou o carro, reuniu forças e ergueu o rosto.

Pelo menos três das árvores que cercavam a casa haviam caído, atingindo o telhado em cheio. Uma desabara bem no canto da frente, destroçando as paredes. Era possível identificar a sala em meio às vigas quebradas e o reboco esmigalhado. Lá dentro, só escombros.

A porta da frente estava intacta, apesar dos degraus da entrada estarem partidos ao meio. A impressão era de que um dos lados cederia ao mínimo sinal de peso. Charlie saiu do carro e foi até lá.

— O que você está fazendo? — Pela voz, John parecia assustado.

Charlie o ignorou. Ela ouviu a porta do carro bater, e o garoto a segurou pelo braço e a puxou para trás.

— O que foi?

— Charlie, olha este lugar. A casa vai desabar inteira a qualquer momento.

— Não vai desabar — retrucou ela, com a voz insossa, e voltou a olhar para a casa, que parecia estar tombando para o lado, mas devia ser apenas uma ilusão de ótica. A estrutura da casa não poderia ter afundado. — Vou sair antes de morrer, prometo — garantiu ela de um jeito mais delicado, e ele assentiu.

—Vá devagar — recomendou.

Os dois subiram com todo o cuidado os degraus da varanda, um parando de cada lado, mas a madeira estava mais firme do que aparentava. Eles poderiam ter dado três passos para a direita para entrar pela parede aberta, mas Charlie pegou a chave e destrancou a porta enquanto John esperava pacientemente, deixando-a viver todo aquele ritual desnecessário.

Lá dentro, ela parou ao pé da escada. Os buracos no teto deixavam entrar finos fachos de luz, que já desvaneciam ao pôr do sol, mas que criavam uma aura de santuário no lugar. Esquecendo momentaneamente os buracos, Charlie se voltou para a escada e subiu até seu quarto.

Assim como fizera nos degraus lá de fora, ela se manteve na lateral, agarrada ao corrimão. Os danos causados pela água eram visíveis em toda parte. Havia manchas escuras, e a madeira estava estufada em alguns pontos. Charlie se esticou para estourar uma bolha de ar que tinha se formado na parede.

De repente, ouviu algo se quebrando atrás de si e se virou. John se agarrou ao corrimão quando a escada abaixo dele desabou. Charlie estendeu a mão, mas John se apoiava sem a menor firmeza. Ele sibilou e trincou os dentes.

— Meu pé está preso — disse, apontando para baixo com a cabeça.

Charlie viu que o pé de John tinha afundado na madeira podre, e o tornozelo estava sendo perfurado por lascas. Então, falou:

— Calma, se segura.

Ela se abaixou até conseguir alcançar o amigo um degrau abaixo, embora o ângulo esquisito fosse um grande desafio a seu equilíbrio. Em meio ao apodrecimento, a madeira se conservava intacta em alguns pontos. Arrancou pedaços menores de madeira do pé de John, arranhando as mãos na superfície áspera, estilhaçada e cheia de farpas.

— Acho que consegui — disse John, enfim, flexionando o tornozelo.

Ela sorriu.

— E você achando que *eu* é que ia morrer.

John abriu um sorrisinho.

— Que tal nós dois sairmos vivos daqui?

— Boa.

Subiram o restante dos degraus bem mais devagar, testando o peso antes de dar o passo seguinte.

— Cuidado — advertiu John quando Charlie chegou ao topo.

— Não vamos demorar — disse ela.

A garota estava muito mais consciente do perigo. A instabilidade da casa ficava mais óbvia a cada passo, a própria fundação parecia cambalear de um lado para outro à medida que iam avançando.

Seu antigo quarto ficava na parte não danificada da casa, ou pelo menos na parte que não tinha sido atingida pelas árvores. Charlie parou à porta, e John apareceu logo atrás. Uma das janelas estava quebrada, e o chão empoeirado estava cheio de estilhaços de vidro.

Charlie respirou fundo, e foi então que avistou Stanley. O unicórnio animatrônico, que antigamente dava voltas pelo quarto em um trilho, estava caído. Ela se sentou ao lado do robô e colocou a cabeça dele no colo, dando tapinhas na bochecha enferrujada. O boneco parecia ter sido arrancado com violência do trilho: as pernas estavam contorcidas, e as patas, quebradas. Quando ela olhou em torno do cômodo, avistou pedaços do unicórnio ainda presos nas ranhuras do piso.

— Stanley já viveu dias melhores — disse John, sorrindo com pesar.

— É — disse Charlie, distraída, colocando a cabeça do brinquedo de volta no chão. — John, você pode, por favor, girar aquilo ali? — Ela apontou para uma manivela chumbada ao pé da cama.

Ele assentiu e atravessou o quarto com uma calma angustiante. Charlie conteve a impaciência. Girou a manivela, e ela aguardou a portinha do armário se abrir, mas nada aconteceu. Cheio de expectativa, John olhou para ela.

Charlie se levantou e foi até a parede onde ficavam os três armários, fechados e aparentemente intocados pela tempestade. Até a tinta estava brilhante e imaculada. A garota hesitou, sentindo como se pudesse estar violando algo que não lhe pertencia mais, e então forçou a porta menor para abri-la.

Lá dentro estava Ella, a boneca que era do mesmo tamanho da Charlie criança. Assim como Stanley, ela caminhava por um trilho e aparentemente ainda estava presa a ele, intacta. O vestido estava limpo, e a bandeja, firme em suas mãos inertes. Os olhos esbugalhados só tinham visto escuridão desde o último encontro com Charlie um ano antes.

— Oi, Ella — disse a garota, com uma voz suave. — Aposto que você não sabe o que estou procurando, sabe? — Observou a boneca por um instante e esfregou seu vestido. — Você só quer saber de ficar aqui agora? — Charlie examinou a estrutura diminuta da boneca. — Não posso julgar.

Sem dizer adeus, tornou a fechar a porta do armário.

— E então? — perguntou Charlie, voltando-se de novo para John.

Ele dava a impressão de estar perdido nos próprios pensamentos, olhando para algo que tinha nas mãos.

— O que é isso? — perguntou ela.

— Uma foto sua de quando você era quase do tamanho dela. — John sorriu, apontando para a porta onde Ella estava, e entregou a foto para Charlie.

Era uma daquelas fotografias de colégio. Uma garota baixinha e rechonchuda abrindo um sorriso banguela para a câmera. Charlie sorriu para a menina.

— Não me lembro desse dia.

— Aquela boneca fica meio assustadora parada dentro do armário — disse John. — Confesso que estou um pouco tenso, não posso mentir.

— Esperando o chá da tarde — retrucou Charlie, amarga. — Que sinistro...

Antes de sair do quarto ela parou, tocando na soleira da porta. *Portas*. Charlie deu um passo de volta para dentro do cômodo e observou cada uma das portas retangulares dos armários por um tempo.

— John — cochichou.

— O que foi? — Ele procurou o que ela estava olhando.

— Portas — sussurrou Charlie.

Ela se afastou para visualizar a parede inteira. Os rabiscos em seus cadernos tinham a forma de dezenas, centenas, de retângulos. Ela os tinha desenhado sem pensar, como se estivessem escapulindo de sua mente, tentando saltar do seu subconsciente.

E enfim haviam conseguido.

— São portas — repetiu ela.

— São. É, estou vendo. — John inclinou a cabeça, tentando entender. — Você está bem?

— Sim, estou. Quer dizer, não tenho certeza. — Ela voltou a olhar a parede dos armários.

Portas. Mas não essas portas.

— Vem, vamos dar uma olhada na oficina — sugeriu John. — Talvez a gente encontre alguma coisa lá.

— Certo. — Ela abriu um sorriso sofrido, olhando pela última vez para os três armários que jaziam ali em silêncio.

John assentiu, e os dois desceram com toda a cautela, testando cada passo antes de seguir em frente.

Lá fora, pararam ao lado do carro. Da garagem não se via a oficina, escondida atrás da casa. O quintal já havia sido cercado de árvores, um pequeno bosque que funcionava como uma cerca.

— "Nunca vá para o bosque sozinha, Charlotte" — disse ela, e sorriu para John. — Era o que ele sempre me dizia, como os pais dizem nos contos de fadas. — Os dois caminharam até um pouco mais longe, os galhos estalando sob seus pés. — Mas o bosque só tinha mais uns três metros — acrescentou ela, ainda espiando em meio às árvores como se alguma coisa pudesse surgir ali de repente.

Quando criança, aquela mata parecia impenetrável, uma floresta onde ela poderia se perder para sempre caso se atrevesse a explorar sozinha. Charlie seguiu lentamente em direção ao que restava do bosque e parou ao ver algumas árvores caídas.

A oficina do seu pai tinha sido esmagada. Um tronco imenso atingira em cheio o telhado, e outros haviam desabado em volta. A parede mais próxima da casa ainda estava de pé, mas tombada sob o peso do telhado desmoronado.

Quando eles se mudaram para lá, o espaço era uma garagem, mas depois se tornara o mundo do pai dela: um lugar de luz e sombra que cheirava a metal derretido e plástico queimado. Charlie espiou a madeira apodrecida e o vidro quebrado com atenção especial, procurando algo que poderia ter deixado passar.

— Não vamos entrar aí de jeito nenhum — afirmou John.

Mas Charlie já estava levantando um pedaço da placa metálica que, em outros tempos, fizera parte do telhado. Ela o arremessou para o lado com força, e o objeto bateu no chão com um sonoro clangor.

John se assustou e manteve distância, enquanto Charlie continuou a arremessar objetos.

— O que você... *nós* estamos procurando?

A garota puxou um brinquedo de debaixo dos escombros e o jogou para trás sem nenhum cuidado, enquanto continuava catando e arremessando folhas de metal.

— Charlie — sussurrou John, pegando no colo o delicado brinquedo. — Ele deve ter feito isso para você.

Charlie o ignorou.

— Deve ter alguma outra coisa aqui.

Ela abriu caminho com ainda mais empenho, jogando para o lado uma viga de madeira. A mão de Charlie escorregou na madeira, e ela percebeu que a viga estava molhada: seu braço estava sangrando. Esfregou a mão na calça e, de soslaio, viu John, nervoso, colocar o brinquedo no chão com todo o cuidado e ir atrás dela.

Por mais improvável que fosse, ainda havia prateleiras e mesas intactas, com ferramentas e trapos de panos do jeito como o pai tinha deixado. Charlie observou por alguns instantes e logo golpeou algumas prateleiras com o braço, derrubando tudo no chão. Não parou nem por um segundo para ver o que tinha caído antes de passar para as seguintes. Começou a catar objetos, um a um. Depois de inspecionar, os jogava no chão. Quando a prateleira ficou vazia, segurou a tábua com as duas mãos e puxou com toda a força, tentando arrancá-la da parede. Ao ver que não adiantara, começou a dar socos.

— Para com isso! — John correu até ela e segurou suas mãos, tentando mantê-las abaixadas.

— Deve ter alguma coisa aqui! — gritou a garota. — Eu tinha que estar *aqui*, mas não sei o que tenho que encontrar. Estou tão confusa!

— Do que você está falando? Ainda tem muita coisa. Olha isto aqui! — Ele voltou a mostrar o brinquedo para ela.

— Não tem nada a ver com a tempestade, John. Nada a ver com lembranças felizes, com um ponto final ou com seja lá o que for que você ache que eu preciso. Estou falando de monstros terríveis. Eles estão soltos por aí, matando gente. E tanto eu quanto você sabemos que só tem um lugar de onde podem ter saído: daqui.

—Você não pode afirmar isso.

Charlie olhou para ele com uma fúria cega, interrompendo-o.

— Estou cercada de monstros, assassinato, morte e espíritos. — Na última palavra, sua fúria abrandou, e ela se virou de cos-

117

tas para John e analisou a oficina. Não sabia mais quais danos tinham sido causados pela tempestade e quais tinham sido causados por ela. — Só consigo pensar no Sammy. Eu posso *senti-lo*. Agora mesmo, consigo senti-lo aqui neste lugar, mas ele está... bloqueado. Não faz sentido. Quando ele morreu, meu pai e eu nem morávamos nesta casa ainda. Mas sei que estou aqui por um motivo. Tem alguma coisa que preciso encontrar. Tudo está conectado, mas não sei como. Talvez tenha algo a ver com as portas... Não sei.

— Ei, tudo bem. Vamos encontrar juntos. — John estendeu a mão para Charlie. E ela enfim cedeu, permitindo-se ser aninhada por ele. — Sei que é difícil ver tudo assim, destruído.

A raiva de Charlie se dissipou, acabando por se exaurir. Ela descansou a cabeça no ombro de John, desejando poder ficar daquele jeito só um pouco mais.

— Charlie — disse ele, assustado, tentando recuperar a atenção dela.

O garoto estava olhando para trás dela, na direção da casa.

A parede dos fundos havia sido destruída, como se derrubada por um martelo gigante. Lá dentro havia apenas escuridão.

— É bem debaixo do seu quarto, não é? O piso podia ter desabado com a gente lá em cima.

— Isso devia ser a sala — disse ela, esfregando a manga da camisa no rosto.

— Sim, mas não é. — John encarou-a, curioso.

— Isso nem faz parte da casa.

Uma súbita centelha de esperança se reavivou dentro dela. Alguma peça essencial estava fora do lugar. E era isso que ela iria descobrir.

Charlie se aproximou da fenda, e John não tentou impedi-la quando ela escalou vários pedaços enormes de concreto quebrado. Ele apenas se manteve um passo afastado, perto o bastante para segurá-la caso ela escorregasse. Antes de entrar, Charlie se virou para ele e disse:

— Obrigada.

John assentiu.

— Eu nunca tinha visto esta sala... — murmurou ela.

As paredes eram feitas de concreto escuro e o aposento era pequeno e sem janelas, uma caixa dentro da casa, isolada de todos os outros cômodos. Não havia decoração nem nada que indicasse o que ficava ali. Apenas um piso empoeirado e três grandes buracos, fundos e compridos feito túmulos.

— Isso não parece nada com estragos da tempestade — concluiu John.

— Não são.

Charlie foi até a beirada do buraco mais próximo e olhou para baixo.

—Você estava... esperando encontrar isto?

Os buracos eram mais fundos do que os que ela tinha encontrado na casa de Tracy Horton. Talvez fosse a escuridão do lugar, mas aqueles buracos pareciam túmulos de verdade. Tinham uns trinta ou quarenta centímetros a mais de profundidade do que os outros e estavam parcialmente preenchidos de terra remexida.

John, atrás dela, aguardava pacientemente uma resposta.

— Eu já tinha visto algo parecido — admitiu Charlie. — Atrás da casa da mulher morta.

— Do que você está falando?

Charlie suspirou.

— Achei outro corpo. Num pasto. Liguei para Clay e depois fui até a casa dela antes que o resto dos policiais desse as caras. Tinha buracos iguais a estes no quintal dela.

— Era isso que você não ia me contar? Outro corpo? — John pareceu magoado, mas só por alguns segundos.

Logo voltou sua atenção para o local, o olhar atento às paredes e ao chão.

Isso e que a vítima era parecida comigo, Charlie pensou.

— Então, o que você acha que são estes buracos? — perguntou ele, por fim.

Charlie mal ouvia, focava na parede de concreto no outro lado do aposento. Estava vazia e fora caiada e depois deixada ali para se acinzentar de poeira e bolor. Mas algo nela atraía a atenção da garota. Charlie deixou John sozinho perto das covas abertas e foi devagar até lá, tomada por uma súbita sensação familiar. Era como se tivesse acabado de lembrar uma palavra que estivera na ponta da língua por dias e dias.

A garota hesitou, as mãos abertas a menos de dois centímetros da parede, incerta do que a segurava. Reunindo forças, tocou a parede. Estava fria. Sentiu um leve choque de surpresa, como se esperasse que a superfície estivesse quente. John falava alguma coisa que para Charlie não passava de um murmúrio distante. Ela virou a cabeça, com delicadeza, e encostou a orelha na parede e fechou os olhos. *Movimento?*

— Ei! — A voz de John a despertou do transe. — Aqui!

Ela se virou. John estava curvado sobre o monte de terra ao lado da cova mais distante. Charlie fez menção de ir até lá, mas ele levantou a mão para impedi-la.

— Não, vem pelo outro lado.

Com muito cuidado, ela deu a volta por todo o cômodo até parar ao lado de John. A princípio não entendeu o que ele estava tentando mostrar. Alguma coisa estava quase à vista, encoberta por uma fina camada de terra, de tal forma que se misturava ao solo como se tivesse sido deliberadamente camuflada.

No fim das contas, porém, ela avistou: metal enferrujado e o brilho de um olho de plástico vidrado. Charlie e John se encararam. O território passara a ser dela. Com cautela, cutucou com a ponta do tênis a cabeça daquele troço quase completamente enterrado e o puxou. O objeto não se mexeu.

— Que droga é essa? — indagou John, olhando ao redor. — E por que está aqui?

— Eu nunca tinha visto isso — respondeu Charlie.

Ela se ajoelhou, a curiosidade sobrepondo-se ao medo, e cavou a terra, depressa revelando um pouco mais do rosto da criatura. Por trás dela, John inspirou com força. Charlie só olhou para baixo. A criatura não tinha pelo, e o rosto era liso. Tinha um focinho pequeno, e nas laterais da cabeça, orelhas ovais. Parecia uma cabeça de animal, embora bem maior que os animatrônicos da Freddy's. Charlie não conseguia nem imaginar que bicho era aquele. Bem no meio do rosto, havia uma fenda comprida que expunha fiações e uma placa de metal. Grandes pedaços de um material plástico grosso estavam grudados no rosto. Talvez, em algum ponto, tivessem sido encerrados dentro da criatura.

— Reconhece? — perguntou John, calmo.

Charlie fez que não.

— Não — conseguiu dizer após alguns instantes. — Tem alguma coisa errada com isso aí.

A garota cavou mais e não encontrou muita resistência. Aquela criatura só estava parcialmente enterrada. Ou isso ou por pouco não havia escapado. Charlie começou a enfiar as mãos na terra com vontade, tentando removê-la do que restava daquele túmulo.

— Só pode ser brincadeira — gemeu John, ajoelhando-se para ajudar Charlie, cavando meio sem jeito.

Num esforço conjunto, os dois puxaram o objeto para cima e conseguiram tirar a maior parte do tronco. Então o soltaram, desabaram no chão para examiná-lo, enquanto recuperavam o fôlego.

Tal qual o rosto, o tronco era mais liso que os animatrônicos com que Charlie estava acostumada. Não tinha pelo, cauda ou qualquer outra parte animal. Era grande demais para um humano usar, provavelmente com uns dois metros e meio de altura em pé. Ainda assim, Charlie não conseguia se livrar da sensação de que reconhecia aquela criatura. *Foxy*.

Havia algo doentio nela, uma estranheza que a dominava no nível mais básico e primitivo, que gritava: *isto está errado*. Charlie fechou os olhos por um instante. Tinha uma sensação estranha na pele, como se alguma coisa estivesse rastejando por ela. *É só um boneco maior que os outros*. Parou, respirou fundo, abriu os olhos e se aproximou para examinar a coisa.

Assim que sua mão tocou na criatura, uma onda de náusea a golpeou, mas só por frações de segundo. Ela insistiu. Virou a cabeça para o lado, as juntas oferecendo resistência. O lado esquerdo do crânio havia sido esmagado. Dava para ver que as partes internas estavam quebradas, metade dos fios, partidos. Logo atrás do olho, no lado que estivera completamente enterrado, estava faltando um pedaço da carcaça. Ela via uma massa de plástico com um emaranhado de fios entrando e saindo. Algo tinha derretido uma das placas do circuito. Descendo devagar pelo corpo, a garota examinou as juntas: um braço parecia bom, mas, no outro, as articulações tanto do ombro quanto do cotovelo estavam retorcidas e sem forma. John olhava para Charlie com uma expressão preocupada.

— Reconheceu alguma coisa?

— Não. Meu pai nunca me mostrou nada do tipo.

— Talvez devêssemos guardar esse negócio de volta e sair daqui. Isso não parece nada bom.

— Mas, por dentro... — Charlie o ignorou. — O hardware, as juntas... É uma tecnologia mais antiga. Talvez ele tenha construído antes. Não sei.

— Por que você acha isso?

— Reconheço algumas criações dele aqui. — Com a testa franzida, Charlie apontou para a cabeça da criatura. — Mas também tem muita coisa que eu não conheço. Pode ter sido um trabalho em conjunto com outra pessoa. Não tenho certeza se foi meu pai que fez, mas estou quase certa de que foi ele que enterrou.

— Não consigo imaginar que tenha sido projetado para o palco. É monstruoso. — Visivelmente nervoso, John tocou no braço de Charlie. — Vamos sair daqui, por favor. Este lugar me deixa de cabelo em pé.

— "Me deixa de cabelo em pé..." — disse Charlie com tranquilidade. — Que coisa de velho! Vou tentar tirar o resto. Só quero ver... — Ela se desvencilhou de John e se inclinou para voltar a cavar em volta do tronco da criatura.

— Charlie! — gritou John, assim que ouviu um guincho agudo de metal.

Os braços do animatrônico se ergueram, e o peito se abriu como um portão de ferro. As peças de metal deslizaram, revelando um vão escuro, com espetos afiados e travas de mola, mas tudo camuflado. Era uma armadilha apenas esperando pela sua vítima. Para confusão geral, porém, algo mais na criatura se transformara ao mesmo tempo: sua pele artificial adquiriu luminescência, e seus movimentos se tornaram fluidos e precisos. De uma hora para outra, a carcaça parecia ter pele e pelos, embora ambos estivessem embaçados, tremeluzindo feito um truque de luz.

Charlie deu um pulo, mas era tarde demais: o troço a agarrou e a levantou bem alto, puxando-a. A garota batia no braço amassado e danificado da criatura, mas o outro braço continuava puxando-a para a cavidade peitoral.

Por um momento, John caiu para trás e depois se curvou para a frente com a mão na boca, como se acometido por uma ânsia de vômito.

Charlie tentava se soltar, mas sua força não era páreo para a criatura. De canto de olho, viu John atacando a fera, agarrando a cabeça, torcendo-a, tentando quebrar o pescoço. O animatrônico começou a ter espasmos, deu curto e perdeu o controle. A criatura afrouxou a garra, e os braços oscilaram, desenfreados. Charlie tentou desesperadamente ficar de pé, mas escorregou na terra. A criatura tornou a capturá-la, os dedos frios levando a garota mais para perto dessa vez.

Charlie firmou o pé no chão para tentar se equilibrar, mas estava sendo puxada por uma força extraordinária. De repente, se viu cara a cara com a fera, seu ombro já dentro da cavidade peitoral. Até que subitamente a criatura a soltou com um solavanco.

Charlie caiu e ouviu o barulho das travas de mola disparando. Decapitado, o monstro convulsionou no chão diante dela. Charlie olhou para John. Ele estava segurando a cabeça da coisa, os olhos arregalados, em choque. Ele a jogou no chão e a chutou para longe.

—Você está bem? — John foi correndo até Charlie.

Ela assentiu, sem tirar os olhos da cabeça quebrada do animatrônico.

O bicho ainda parecia vivo. Seu pelo estava eriçado e a pele se movia, como se houvesse músculos e tendões logo abaixo.

— Que droga acabou de acontecer? — perguntou Charlie.

John ergueu as duas mãos, rendendo-se.

Com todo o cuidado, Charlie virou a imensa cabeça para espiar sua base, na parte que fora destroçada por John.

— Ugh. — John se curvou, as mãos nos joelhos, o rosto pálido, segurando o vômito.

Surpresa, Charlie correu para ajudá-lo.

— O que foi, John? Você já viu coisa pior.

— Não, não é isso. Não sei o que é. — Ele se levantou, tropeçou e se escorou na parede. — É como se tivesse um cheiro horrível no ar, mas sem o cheiro.

Charlie fez uma concha em torno da orelha e parou para escutar.

Havia um barulhinho, tão agudo e baixo que se tornava quase imperceptível.

— Acho que ainda tem... alguma coisa ligada.

Ela pôs a cabeça gigante no chão. John também estava com a mão no ouvido tentando escutar, mas fez que não quando Charlie se voltou para ele.

— Não estou ouvindo nada.

Charlie voltou ao corpo da criatura e espiou a cavidade peitoral monstruosa.

— Você está bem? — perguntou, apática, sem tirar os olhos do robô.

— Sim, estou melhor aqui atrás. — Ele arfou, e ela se virou. John estava com o rosto tenso e apertava a barriga. — Acho que está passando... — Mal conseguiu concluir a frase e já estava curvado de novo.

— Esta coisa...

Charlie cerrou os dentes e usou toda a sua força para pegar a carcaça e balançá-la, tentando ver se alguma coisa lá dentro se soltava.

— Charlie, larga isso! — John tentou ir até ela, mas cambaleou para trás, como se estivesse preso à parede. — Tem alguma coisa *muito* errada com esse troço.

— Isto *aqui* eu já tinha visto — disse ela, finalmente conseguindo tirar o que queria. Era um disco mais ou menos do tamanho de uma moeda. Ela o aproximou do ouvido. — Aqui, está agudo demais. Mal dá para ouvir. É este som que está deixando você enjoado.

Charlie enfiou a unha numa pequena ranhura na lateral do objeto e acionou um interruptor fininho. John respirou fundo várias vezes e, aos poucos, foi se levantando. Até que olhou para a amiga.

— Parou — disse ela.

— Charlie — sussurrou John.

Uma sensação de choque subiu pela coluna de Charlie. A ilusão do pelo e da carne tinha desaparecido. Não havia mais nada ali além de um robô quebrado com feições inacabadas.

John pegou a cabeça mais uma vez, virando-a de frente para os dois.

— Esse troço fez alguma coisa — concluiu, olhando para o dispositivo nas mãos dela. — Liga de novo.

O garoto levantou a cabeça da criatura um pouco mais e fitou seus olhos redondos e sem vida.

Tem certeza de que é uma boa ideia?, ela esteve prestes a dizer, mas a curiosidade foi mais forte. John poderia aguentar um pouco mais o enjoo. Ela deslizou a unha pela ranhura e acionou o interruptor. Diante dos olhos dos dois, o rosto quebrado e desgastado se tornou fluido e macio, pareceu ganhar vida.

John largou a cabeça e deu um pulo.

— Está viva!

— Não está, não — cochichou Charlie, tornando a acionar o interruptor. Ela observou o estranho dispositivo, fascinada. — Quero entender melhor o que é isso. Temos que voltar para o meu quarto. — Ela se levantou. — Já vi algo parecido. Quando voltei aqui para buscar o Theodore, peguei um monte de coisas e coloquei numa caixa para estudar depois. Sei que vi algo assim.

Por um tempo, John não falou nada. Charlie sentiu uma pontada de vergonha. Reconheceu nele a mesma reação de Jessica, a mesma reação de quando ele viu seu experimento. De repente, o disquinho na palma da mão de Charlie parecia a coisa mais importante do mundo. Ela fechou a mão.

— Tudo bem — concordou ele, objetivo. — Vamos. — Seu tom de voz era calmo, e isso pegou Charlie de surpresa.

John estava sendo intencionalmente prestativo. Ela não sabia muito bem por quê, mas de uma maneira ou de outra era reconfortante.

— Tudo bem. — Charlie sorriu.

CAPÍTULO SETE

Quando retornaram à faculdade, Charlie foi logo para o alojamento.

— Ei, devagar! — John tentava acompanhá-la.

— O disco está com você?

— Claro. — O garoto deu um tapinha no bolso.

— Sei que já vi algo assim antes. Vou mostrar para você.

John estava impassível ao entrar no quarto de Charlie. Já conhecia a bagunça, mas se recusou a olhar para a escrivaninha com os rostos cobertos.

— Pode tirar as coisas da cadeira — disse ela, empurrando uma pilha de livros do caminho.

Enfiou-se debaixo da cama e saiu de lá com uma caixa grande de papelão. John estava de pé ao lado da cadeira, perplexo.

— Eu disse que você pode tirar as coisas — repetiu ela.

Ele riu.

— E colocar onde?

— Certo.

Charlie tirou a bagunça de livros e camisetas da cadeira e se sentou na cama, de pernas cruzadas, colocando a caixa na sua frente para que John pudesse ver.

— E o que é isso tudo?

Ele espiou o conteúdo da caixa enquanto Charlie vasculhava, pegando peça por peça e enfileirando-as na cama.

— Coisas da casa do meu pai: componentes eletrônicos, peças mecânicas. Coisas dos animatrônicos, do trabalho dele. — Ela olhou de relance para John, nervosa. — Sei que falei que só tinha ido lá buscar o Theodore, e foi isso mesmo. Mas acabei levando algumas outras coisas. Eu queria aprender, e essas aulas... John, você sabe que parte da tecnologia que meu pai usava era bem antiga. Hoje em dia chega a ser ridículo. Mas ele sabia compensar. Pensou em coisas que até hoje ninguém mais pensou. Eu queria isso tudo. Queria entender. Por isso, fui lá para pegar o que conseguisse.

— Entendi. Você depenou a casa em busca de peças. — John riu ao pegar a pata decepada de Theodore, analisando-a por um momento. — Até o seu brinquedo favorito? Não acha isso um pouco... insensível da sua parte?

— Você acha? — Charlie pegou um componente da caixa, uma junta de metal, e avaliou o peso. — Desmontei o Theodore porque queria entendê-lo, John. Não é a maior demonstração de amor que pode existir?

— Talvez eu devesse reconsiderar todo esse lance de sair com você — disse ele, de olhos arregalados.

— Ele tinha essa importância toda porque foi uma criação do meu pai para mim, e não por ser um coelhinho fofo.

130

Charlie colocou a junta na cama e continuou tirando peças da caixa. Sabia que reconheceria o que precisava assim que visse.

Charlie examinou circuitos, fiações, juntas de metal e carcaças plásticas com todo o cuidado. Algo ali chamaria por ela, assim como o animatrônico fizera, lhe transmitindo aquele *incômodo*. Mas, depois de um tempo, seu pescoço foi ficando dolorido. A visão começou a embaçar. Ela jogou o pedaço cilíndrico de metal que tinha nas mãos na pilha cada vez maior em sua cama. O retinir chamou a atenção de John.

— Como você faz para dormir? — perguntou ele, gesticulando não só para a mais recente pilha de componentes mecânicos, mas também para os montes de roupas, livros e eletrônicos em geral.

Charlie deu de ombros.

— Sempre tem espaço para mim. Mesmo que pouco.

— É, mas e quando você se casar? — John corou antes mesmo de terminar a frase. E isso enfim atraiu o olhar de Charlie, que levantou o rosto, com uma das sobrancelhas ligeiramente erguida. — Um dia — acrescentou ele, depressa. — Com alguém. Que você vai conhecer. — Ele foi ficando mais sério. Charlie sentiu a sobrancelha se erguer ainda mais, involuntariamente. — Mas então... o que é mesmo que você está procurando?

John franziu a testa e puxou a cadeira mais para perto da cama para espiar dentro da caixa.

— Isto.

Identificando um brilho no meio das peças, Charlie colocou um disquinho na palma da mão, com todo o cuidado.

Era igualzinho ao disco que eles haviam encontrado no corpo do animatrônico, mas um lado tinha sido danificado, revelando uma curiosa estrutura metálica interna. Vários fios se estendiam e se conectavam a um teclado numérico preto não muito maior que o próprio disco.

— Engraçado. — Charlie riu sozinha.

— O quê?

— Na última vez que peguei isto, estava mais interessada no teclado numérico. — Ela sorriu. — Esta peça é uma ferramenta de diagnóstico bem comum. Acho que andou sendo testada por alguém.

— Ou alguém estava tentando descobrir o que era. Esse troço não parece com nenhuma outra coisa na caixa, assim como aquele monstro que encontramos não parece com nada que o seu pai fez. Quer dizer, ele *até* parecia com o Foxy, mas uma versão distorcida.

Charlie tirou da caixa uma junta pesada de metal.

— Isto também não pertence a esta caixa.

— Qual é o problema?

— Era para ser um cotovelo, mas olha aqui. — Ela curvou totalmente a junta, depois fez o mesmo para o outro lado, e então olhou para John, cheia de expectativa.

Ele não esboçou qualquer reação.

— E daí?

— Meu pai não teria usado isto. Ele sempre instala freios para que as juntas não façam movimentos que humanos não fazem.

— Talvez não esteja finalizado.

— Está. Mas não é só isso... É... O jeito como o metal está cortado, como ele está montado. Tipo... Você escreve, não escreve? Então... Você lê textos de outras pessoas? — Ele fez que sim. — Se eu arrancasse páginas de vários livros e entregasse para você, pedindo que identificasse quais são as do seu autor preferido, você conseguiria fazer isso só pelo estilo?

— Claro que sim. Quer dizer, eu poderia errar uma ou outra, mas conseguiria.

— Bem, é a mesma coisa. — Ela tornou a erguer a peça pesada para ilustrar seu ponto de vista. — Meu pai não *escreveu* isto.

— Certo, mas o que isso significa? — Ele desplugou o disco quebrado do teclado e tirou do bolso o segundo, do monstro. Mexeu no objeto por alguns segundos e conseguiu abrir um dos lados. Com a testa franzida de tanta concentração, ligou os fios do teclado numérico ao novo disco. Quando terminou, hesitou. — Não quero acionar nenhum interruptor. Acho que meu estômago não vai aguentar.

— É, não toca em nada por enquanto. Depois do que aconteceu em casa, é melhor não presumir que já sabemos o que cada um destes troços faz. — Charlie pôs a caixa no chão e voltou a vasculhar as peças, procurando padrões e tentando identificar algo. — Deve ter alguma outra coisa aqui que estou deixando passar.

— Charlie — chamou John. — Desculpa interromper seu monólogo consigo mesma, mas olha. — Ele entregou a ela o disco quebrado que tinha acabado de desprender. — Olha aqui atrás.

A parte de trás, que já tinha sido lisa, fora bastante arranhada desde a fabricação. Depois de examiná-la por um minuto, Charlie enfim percebeu: havia uma inscrição em uma das extremidades. Ela tinha que olhar muito de perto para enxergar. As letras eram minúsculas e manuscritas, à moda antiga. *Robótica Afton, Ltda.* Charlie soltou o disco imediatamente.

— Afton? William Afton? Era o antigo sócio do meu pai. É o...

— É o nome verdadeiro do Dave — completou John.

Charlie ficou em silêncio por um momento, sentindo como se algo muito grande e pesado tivesse sido enfiado em sua cabeça.

— Achei que ele só fosse sócio na Freddy's — ponderou ela, lentamente.

— Acho que era um pouco mais que isso.

— Mas ele está morto. Não temos como perguntar nada para ele. Temos que descobrir o que está acontecendo agora. — Ela jogou todas as peças estranhas dentro da caixa, as que tinham sido do pai, e tornou a guardá-la debaixo da cama.

John desviou para não ser atropelado por Charlie no espaço apertado do quarto.

— E como você acha que a gente deveria fazer isso? — perguntou ele. — O que *está* acontecendo? Até agora duas pessoas morreram por causa de algo parecido com o que acabamos de encontrar.

— Foram três pessoas — corrigiu Charlie, enrubescendo ligeiramente.

John cobriu o rosto com as mãos por alguns instantes e respirou fundo.

— Certo, três. Tem certeza de que não são quatro?

— Não vi o terceiro. Clay me contou, depois que ela foi encontrada. Estava no local havia alguns dias... Ela foi a primeira, eu acho.

— Por que eles, então? Esses robôs estão simplesmente saindo por aí num surto de matanças? Por que fariam isso? Charlie, tem mais alguma coisa nessa história que você não está me contando? — Hesitante, Charlie mordiscou o lábio. — Estou falando sério. Estou nessa com você, mas, se eu não souber o que está acontecendo, não tenho como ajudar.

Charlie assentiu.

— Não sei se significa alguma coisa. Clay disse que era só coincidência, mas a mulher que encontrei no pasto... John, ela era parecida comigo.

A expressão do garoto ficou sombria.

— Como assim, parecida com você?

— Não era exatamente igual, mas tinha cabelo castanho, a mesma altura, essas coisas. Eu não sei... Se você me descrevesse para alguém e pedisse para me identificarem no meio de uma multidão, talvez me confundissem com ela. E teve esse momento horrível em que olhei para ela e foi como se estivesse olhando para mim.

— Clay disse que isso não tinha nada a ver?

— Ele disse que esta é uma cidade de estudantes e que tem muitas garotas de cabelo castanho por aí. Uma das outras duas vítimas era um homem, então...

— Então provavelmente é coincidência — sugeriu John.

— É. Acho que só foi... perturbador.

— Deve ter alguma outra coisa em comum entre essas pessoas. Outra pessoa, um trabalho, talvez um lugar. — John olhou para a janela.

Charlie o flagrou sorrindo, e a expressão de John ficou séria de novo e, de repente, pareceu insegura.

—Você está gostando disso — afirmou ela.

— Não. — Ele deu de ombros. — Não é isso. Eu não quero que apareçam mais corpos. Mas... temos um mistério, e eu tenho uma desculpa para passar mais tempo com você. — Ele sorriu, mas logo voltou a ficar sério. — E os corpos? Onde foram encontrados?

— Bem... — Distraída, Charlie afastou o cabelo do rosto. — Todos foram encontrados em pastos, a quilômetros de distância. O primeiro... O que eles acabaram de encontrar... estava no outro extremo de Hurricane, e a garota que encontrei hoje foi deixada na estrada que liga Hurricane à faculdade.

— Em que ponto da estrada? Muito longe?

— Mais ou menos na metade do caminho... — De repente, os olhos dela se arregalaram. — Esquece os pastos. Ou não esquece, mas a questão não é essa, ou pelo menos não é a questão principal. Os buracos estavam atrás da casa da mulher. Eles os levam das suas casas. É de onde estão começando, e também é de onde nós deveríamos começar. — Ela foi em direção à porta, e John a seguiu.

— Espera aí. O que foi? Para onde estamos indo?

— Para o meu carro. Quero dar uma olhada em um mapa.

Quando chegaram no carro, Charlie revirou uma pilha de papéis no porta-luvas até encontrar o mapa, e o entregou para John.

— Me dá uma caneta.

John pegou duas canetas no bolso e entregou uma a Charlie, que abriu o mapa no capô do carro. Os dois se debruçaram sobre ele.

—A casa da mulher era aqui — disse ela, fazendo um círculo no local. — Clay me deu o endereço dos outros. — Charlie tirou do bolso o folheto do restaurante, que ficara levemente amassado, e o entregou a John. — Procura este aqui — pediu com a voz calma.

Embora conhecessem a região, localizar a rua da casa das vítimas levou mais tempo do que Charlie esperara.

— Achei — anunciou John.

— O número 1.158 da rua Oak é bem... aqui. — Ela circulou o ponto exato e deu um passo para trás.

— O que é isto? — perguntou ele, apontando para um rabisco na margem.

Charlie pegou o canto do mapa, e seu coração pulou. Era outro retângulo. Ela não se lembrava de tê-lo feito. É uma porta. Mas que porta? Ela olhou para o desenho. Não tinha maçaneta, nem trinco, nada que indicasse como entrar. Ou onde ficava. *Do que adianta saber o que estou procurando, se não sei por que nem como encontrar?*

— É só um rabisco — respondeu ela, com firmeza, para tirar o foco do assunto. — Vamos, precisamos nos concentrar.

— Certo — concordou John.

Pelo menos o padrão logo ficou claro: as casas formavam uma linha tortuosa que ia de Hurricane a St. George, truncada no meio do caminho.

— Todas ficam mais ou menos à mesma distância uma da outra — observou Charlie, uma onda de pânico crescendo no peito. John assentia como se tivesse compreendido. — O que isso quer dizer? — perguntou ela, desesperada.

— Que estão se movendo numa direção específica, dando cada passo com o mesmo intervalo de distância. — Ele fez uma pausa. — E vão matando no caminho.

— Quem está matando quem? — perguntou uma voz por trás dos dois.

Charlie engoliu em seco e se virou, o coração a mil. Jessica estava atrás dela segurando uma pilha de livros, de olhos arregalados e com um sorrisinho empolgado no rosto.

— Só estávamos falando do filme que vimos ontem — explicou John com um sorriso forçado.

—Ah, sei, claro — disse, fingindo seriedade. — Então, Charlie, qual é a desse mapa? — perguntou, gesticulando exageradamente. — Hum, tem alguma coisa a ver com a Freddy's? — emendou, a voz animada.

John pareceu desconfiado.

— Ela contou para você? — Jessica olhou para John, que olhou para Charlie, ansioso para escutar o resto.

— Jessica, acho que agora não é a melhor hora — disse Charlie, sem forças.

— Fomos na Freddy's ontem — sussurrou Jessica, mesmo que não houvesse ninguém mais por perto para escutar.

—Ah, é mesmo? Engraçado... A Charlie nem comentou nada. Foi antes ou depois das compras? — John cruzou os braços.

— Eu ia contar — murmurou Charlie.

— Charlie, às vezes eu acho que você quer acabar morrendo. — John pôs a mão no rosto.

— Então, qual é a desse mapa? — repetiu Jessica. — O que vocês estão procurando?

— Monstros — respondeu Charlie. — Novos... animatrônicos. Estão assassinando pessoas, ao que tudo indica aleatoriamente — continuou ela, sem muita convicção.

Jessica foi ficando séria, mas seus olhos ainda revelavam um lampejo de ansiedade enquanto ela dava a volta no carro para largar os livros no banco de trás.

— Como? De onde eles saíram? Da Freddy's?

— Não, da Freddy's, não. Achamos que foi da casa do meu pai. Mas não eram dele, Jessica. Ele não os construiu. Achamos que foi o Dave... Afton... seja lá qual for o nome dele. — Charlie saiu despejando as palavras, de forma um pouco confusa, e John se intrometeu para explicar.

— Ela quer dizer que...

— Não, eu entendi — disse Jessica. — Não precisa falar como se eu não soubesse da história. Eu também estava na Freddy's no ano passado, lembram? Já vi coisas bem doidas. Então, o que vamos fazer? — Jessica olhou para Charlie com cara de "estou dentro".

Parecia bem mais disposta do que a própria Charlie.

— Não temos certeza de nada — afirmou John. — Apenas suspeitas.

— Por que você não me contou? — perguntou Jessica.

— Eu só não queria que fosse como da última vez — respondeu Charlie, hesitante. — Não tem necessidade de colocar todo mundo em perigo.

— É, só eu. — John abriu um sorrisinho malicioso.

— Eu entendo — disse Jessica. — Mas depois do que aconteceu da última vez... Sabe, estamos juntos nessa.

John encostou no carro e olhou ao redor como se alguém pudesse estar ouvindo.

— Então... — Jessica parou ao lado dela para examinar o mapa. — O que vamos fazer?

Charlie se debruçou e analisou a escala do mapa.

— Tem cerca de cinco quilômetros entre cada ponto. — Ela desenhou outro círculo. — Aqui é a minha casa, a casa do meu pai. — Então, se virou para John. — O que quer que esteja por aí matando pessoas saiu daqui. Devem ter... — A voz dela foi se esvaindo.

— Foi quando a tempestade derrubou a parede — murmurou John.

— O quê? — estranhou Jessica.

— Uma parte da casa ficou bloqueada por todos esses anos até o dia da tempestade.

Com traços firmes, Charlie desenhou uma linha reta saindo da casa do pai, passando pelas casas das três vítimas e seguindo em frente.

— Não pode ser. — Jessica surpreendeu-se ao ver onde a linha finalmente acabava.

John espiou por cima do ombro de Charlie.

— Não é a faculdade de vocês? — perguntou ele.

— É, é o nosso alojamento. — A empolgação na voz de Jessica morreu. — Isso não faz o menor sentido.

Charlie não tirava os olhos do papel. Era quase como se tivesse desenhado o caminho para sua própria morte.

— Não foi coincidência — concluiu.

— O que você está falando?

— Você não percebe? — Charlie deixou escapar uma leve gargalhada, incapaz de se conter. — Sou eu. Eles estão vindo atrás de mim. Eles estão *procurando* por mim!

— O quê? Quem são *eles*? — Jessica olhou para John.

— Tinham três... túmulos vazios na casa do pai dela. Então, deve ter três deles à solta em algum lugar por aí.

— Eles se movimentam à noite — observou Charlie. — Bem, eles não podem sair andando por aí à luz do dia, então procuram um lugar para se enterrar até anoitecer.

— Se você tiver razão e eles estiverem vindo atrás de você — disse John, curvando-se para tentar ficar cara a cara com ela

—, pelo menos agora sabemos que eles estão vindo. E, seguindo esse raciocínio, dá para imaginar para onde vão depois.

— E daí? O que você quer dizer com isso? Que importância tem? — Charlie percebeu que estava se alterando.

— Essas coisas estão soltas por aí, enterradas no quintal de alguém. E, ao fim do dia, vão matar de novo, e da maneira mais horrível possível — disse John, e Charlie não respondeu, apenas baixou a cabeça. — Olha. — John puxou o mapa para o colo de Charlie, de um jeito que ela não poderia evitar vê-lo. — Em algum lugar por aqui. — Ele fez um novo círculo no mapa. — Podemos detê-los se conseguirmos encontrá-los primeiro — concluiu ele, com tom de urgência.

— Certo. — Charlie respirou fundo. — Mas não temos muito tempo.

John pegou o mapa, e os três entraram no carro.

— É só ir me dizendo o caminho — disse Charlie, soturna.

John espiou o mapa.

— Vire à esquerda no estacionamento e depois pegue a primeira à direita. Eu conheço este lugar. Já passei por lá. É um condomínio. Bem caidinho, pelo que me lembro.

Jessica enfiou a cabeça entre os dois bancos da frente.

— Estes círculos não me parecem muito precisos. Pode ser em qualquer lugar nesta região.

— É, mas se eu pudesse chutar diria que vai ser no lugar com as três covas recentes no quintal — disse John.

Charlie olhou para os amigos e depois focou na estrada. Estar em grupo trazia segurança. No ano anterior, quando ficaram presos na Freddy's, havia sido Jessica quem conseguiu colocá-los dentro do restaurante. Mesmo sem querer, fora corajosa, o que significava mais do que qualquer possibilidade de romance que John estivesse idealizando.

— Charlie, vire à direita! — exclamou John.

Ela puxou o volante, mal conseguindo fazer a curva. *Foco. Primeiro o assassinato iminente, depois o resto.*

Diante deles havia quilômetros e mais quilômetros de pasto, lotes delimitados e preparados para construção e para um desenvolvimento futuro que nunca era concluído. Que muitas vezes sequer tinha começado. Lajes empilhadas em vários cantos, quase engolidas pelo mato alto. A alguns lotes de distância, havia vigas de aço erguidas numa fundação que nunca foi preenchida. Antes mesmo de ficar pronto, o lugar já estava em decadência.

No lote mais distante parecia haver uma construção concluída, um condomínio. O entorno, no entanto, estava tomado de grama alta e ervas daninhas, que inclusive subiam pelas paredes, como se não fossem aparadas havia anos. Era difícil dizer se alguém morava ali. Anos antes, a cidade fora preparada cuidadosamente para uma explosão populacional que nunca ocorreu.

— Será que tem gente aí? — Jessica olhava pela janela.

— Deve ter. Tem carros no estacionamento. — John esticou o pescoço. — *Acho* que aquilo ali são carros. Mas não sei onde temos que procurar.

— Vamos dar umas voltas. — Charlie reduziu a velocidade conforme se aproximaram.

— Não vamos precisar — ponderou John. — Aposto que é em algum lugar perto dos limites da construção. Qualquer um ligaria para a polícia se visse monstros de dois metros cavando buracos no quintal. Aqui é muito exposto.

— Claro — concordou Charlie com a voz em pânico. — Eles estão enterrados, escondidos e se posicionando estrategicamente para não serem encontrados. — John não a encarou. — Eles são inteligentes. Acho que eu preferiria que eles só estivessem perambulando pela rua, irracionalmente. Assim, pelo menos era só alguém ligar para a guarda nacional ou coisa parecida. — Charlie continuou olhando para os campos.

Eles passaram devagar pelos limites da construção, examinando o quintal. Alguns prédios pareciam abandonados, as janelas tampadas com tábuas ou totalmente destruídas, deixando os apartamentos expostos à ação do tempo. A tempestade tinha deixado sua marca, mas pouco havia sido feito para reparar os estragos. Uma árvore caída bloqueava o acesso a um dos prédios. Mas, ao que tudo indicava, ninguém havia tentado entrar ou sair, já que a árvore já estava apodrecendo. Havia lixo espalhado nas ruas abandonadas, acumulando-se nas calhas e entulhando os meios-fios. Só um em cada cinco apartamentos parecia ter cortinas.

Vez ou outra eles passavam por um carro estacionado ou por um triciclo tombado na grama irregular. Nenhum sinal de vida, embora Charlie achasse ter visto uma cortina sendo fechada quando eles passaram pelo local. Em dois quintais, havia piscinas plásticas cheias de água da chuva, uma delas com um grande trampolim, as molas enferrujadas, e a lona, rasgada.

— Só um segundo. — Charlie estacionou, deixando o motor ligado, e foi andando até uma cerca alta de madeira.

Era alta demais para ser escalada, mas uma das tábuas tinha o prego solto. A garota se agachou e a afastou para bisbilhotar.

Dois olhos negros redondos olhavam para ela.

Charlie ficou paralisada. Os olhos pertenciam a um cão, um animal enorme que começou a latir, os dentes rangendo e a corrente retinindo. Charlie colocou a tábua de volta e foi para o carro.

— Certo, vamos continuar.

— Nada? — perguntou Jessica, com certa dúvida, e Charlie fez que não. — Talvez não tenham chegado tão longe.

— Acho que vieram — disse Charlie. — Acho que estão conseguindo fazer exatamente o que querem. — Ela parou o carro no acostamento da rua sinuosa e examinou os prédios dos dois lados. — Aqui podia ter sido um bom lugar para se morar — afirmou com uma voz tranquila.

— Por que paramos? — perguntou John, confuso.

Charlie se recostou no banco e fechou os olhos. *Trancada numa caixa, uma caixa escura e apertada, sem poder se mover, sem poder ver, sem poder pensar. Quero sair!* Ela arregalou os olhos e segurou a maçaneta da porta do carro, em pânico. Tentou abrir com força.

— Está trancada — disse John.

O garoto se debruçou sobre Charlie para abrir a trava.

— Eu sei — retrucou ela, com raiva.

Charlie saiu e bateu a porta. John fez menção de segui-la, mas Jessica pôs a mão no ombro dele.

— Deixa a Charlie sozinha um minuto.

A garota se debruçou no porta-malas e apoiou o queixo nas mãos. *O que eu ainda não entendi, pai?* Ela se levantou e esticou os braços acima da cabeça, virando o corpo inteiro bem devagar para olhar ao redor.

Havia um lote vazio atrás da área construída, não muito longe de onde eles estavam. O local estava demarcado por postes de telefone, entre os quais só um tinha fio. Uma brisa arrastava os fios soltos pelo cascalho sujo e destruído. Não havia mais sinal de asfalto na rua. Havia um rolo de arame farpado da altura de Charlie, deixado de lado, sem utilidade. Latas vazias e embalagens de lanchonete emporcalhavam o chão, os papéis tremulando e as latas batendo ao vento leve, como um mau presságio. O vento ficou mais forte e passou com toda a força por ela em direção ao descampado, dessa vez carregando tudo para o marrom das falhas da vegetação. *Tem alguma coisa errada plantada aqui.*

Com a energia renovada, Charlie abriu a porta do carro só o suficiente para se debruçar para dentro.

— Aquele lote. Temos que ir olhar.

— O que você viu lá? Está meio fora de mão — opinou John.

Charlie assentiu.

— Você mesmo disse, se um monstro de dois metros e meio começar a cavar o quintal do vizinho, alguém vai perceber. Além do quê, eu simplesmente... estou com um pressentimento.

Jessica saltou do carro, e John foi logo atrás. Charlie já tinha aberto o porta-malas. Tirou de lá uma pá, uma lanterna enorme que sempre mantinha por perto e um pé de cabra.

— Só tenho uma pá — explicou, deixando claro que ficaria com aquela.

Jessica pegou a lanterna e treinou um golpe, como se batesse num assaltante invisível.

— Para que você anda com uma pá? — questionou Jessica, desconfiada.

— Tia Jen — explicou John.

Jessica gargalhou.

— Bem, nunca se sabe quando vai ser preciso desenterrar um robô.

—Vamos — disse Charlie, jogando o pé de cabra para John e se afastando.

Ele pegou o objeto com facilidade e correu ao lado de Charlie, inclinando-se na direção dela para Jessica não ouvir.

— Por que eu não fico com a pá?

— Imagino que você bata mais forte que eu com um pé de cabra — retrucou Charlie.

O garoto sorriu.

— Faz sentido — concordou, confiante, empunhando a ferramenta com um novo propósito.

Quando chegaram ao limite do lote, John e Jessica examinaram o chão como se tivessem medo de pisar no lugar errado. Segurando a pá com firmeza, Charlie pisou na terra solta. O solo era basicamente estéril, com montes de cascalho e terra deixados ali havia tanto tempo que tinham sido engolidos pela grama.

— Durante as obras, isso aqui devia ser o aterro — conjecturou John.

Ele deu alguns passos pelo lote, desviando de uma garrafa de vidro quebrada.

Na extremidade oposta ficava uma fileira de árvores. Charlie analisou-a com cuidado, rastreando todo o caminho de onde eles tinham vindo.

John se ajoelhou ao lado de uma pilha de cascalho e, com cautela, como se alguma coisa pudesse saltar lá de dentro, usou o pé de cabra para cutucá-la. Jessica tinha ido até uns arbustos. Ela se agachou para pegar algo, mas logo largou e esfregou as mãos na camiseta.

— Charlie, este lugar é nojento!

Charlie caminhou pela fileira de árvores, examinando o chão.

— Alguma coisa? — berrou John do outro lado do lote.

Ela o ignorou. Ranhuras profundas na terra serpenteavam das árvores até os arbustos. As grandes rochas ali perto apresentavam marcas recentes de cortes e arranhões.

— Não são exatamente pegadas — sussurrou a garota enquanto seguia as ranhuras no solo.

Seu pé tocou num solo macio, um contraste repentino com a dureza da terra batida do restante do lote. Ela se afastou. A terra aos seus pés era sem cor, familiar.

Charlie começou a cavar, o metal raspando ruidosamente o cascalho misturado com terra. Jessica e John correram até ela.

— Cuidado — alertou John ao se aproximar.

O garoto ergueu o pé de cabra como se fosse um taco de beisebol, pronto para golpear. Jessica se manteve mais afastada. Charlie percebeu que a amiga segurava a lanterna com muita força, mas o rosto tinha uma expressão tranquila e determinada. A terra estava mexida e não oferecia muita resistência. Por fim, a pá bateu no metal e produziu um ruído seco. Nesse momento, todos deram um pulo. Charlie entregou a pá para John, se ajoelhou na imundície de terra remexida e começou a cavar com as próprias mãos.

— Cuidado! — exclamou Jessica com a voz mais aguda que o habitual, ecoada por John.

— Foi uma péssima ideia — murmurou ele, patrulhando a área. — Cadê a viatura da polícia quando mais precisamos dela? Ou qualquer carro?

— Ainda vai demorar um tempinho para escurecer — disse Charlie, distraída, concentrada no solo, de onde retirava pedras e torrões de terra, escavando para descobrir o que havia logo abaixo.

— É, está de dia. Também estava de dia quando aquele Foxy esquisito atacou você, lembra? — disse John, nervoso.

— Espera aí! O QUÊ? — exclamou Jessica. — Charlie, sai daí agora! Você não me contou isso! — Irritada, ela se virou para o garoto.

— Olha, tem acontecido UM MONTE DE COISAS, tá bom? — John ergueu as mãos em rendição.

— Certo, mas se vocês vão me meter nesse tipo de situação, é melhor me contarem essas coisas! Vocês foram atacados?

— Meter você nessa situação? Foi só ouvir a palavra assassinato que você foi logo pulando no carro! Você praticamente se convidou.

— Me convidei? Você fala como se eu tivesse estragado o seu encontro, mas não fez lá muito esforço para recusar a minha ajuda. — Jessica colocou as mãos na cintura.

— Charlie — suspirou John. — Você poderia, por favor, falar com... CRUZES!

O garoto pulou para trás, e Jessica fez o mesmo assim que olhou para baixo. Debaixo deles, embaixo da terra revirada, havia um enorme rosto de metal, os olhos encarando o sol. Charlie não disse nada. Estava ocupada cavando nas extremidades, revelando duas orelhas redondas nas laterais da cabeça.

— Charlie, é o... Freddy? — Jessica arquejou.

— Não sei. Acho que era para ser. — Charlie percebeu a ansiedade na própria voz ao encarar aquele imenso urso sem vida com seu sorriso perpétuo.

O esqueleto de metal estava coberto por uma camada de plástico gelatinoso, emprestando-lhe um aspecto orgânico, quase embrionário.

— É enorme. — John arquejou. — E não tem pelo...

— Igual ao outro Foxy. — As mãos de Charlie estavam ficando doloridas.

Ela tirou o cabelo do rosto e se levantou.

Era Freddy, mas de alguma forma não era. Os olhos do urso estavam abertos, vidrados, com aquele olhar sem vida que Charlie conhecia tão bem. Por ora, o urso estava adormecido.

—Temos que ir, Charlie — sugeriu John, em tom de alerta.

Mas o garoto não se moveu e continuou olhando para baixo. Ele se ajoelhou ao lado do rosto e começou a escavar a terra de cima da testa, limpando-a até avistar uma cartola preta imunda e surrada. Charlie sentiu um sorriso brotando na boca e tratou de morder o lábio.

— É melhor ligar para o Burke — disse Jessica. — Agora.

Os três se viraram para o prédio no momento em que o vento voltou a soprar com força, ondulando a grama alta. A terra continuava inerte, e o sol, ao longe, já mergulhava por trás dos morros.

CAPÍTULO OITO

Charlie jogou as chaves para John.

—Vai você. Tem um posto de gasolina a alguns quilômetros na estrada. Liga de lá. — Balançando as chaves, ele assentiu.

— Eu fico com você — disse Jessica na mesma hora.

— Não — discordou Charlie, com mais ímpeto do que pretendia. —Vai com o John.

Por um momento, Jessica pareceu confusa, mas, por fim, assentiu e foi para o carro.

— Tem certeza? — insistiu John.

Charlie balançou a mão, despachando-o.

— Alguém precisa ficar aqui. Vou ficar longe, prometo. Não vou... perturbá-lo.

—Tudo bem. — Assim como Jessica, John hesitou por alguns instantes.

Em seguida, os dois deixaram Charlie sozinha no lote vazio. Um minuto depois, ela escutou o carro dando partida e se afastando. Charlie se sentou no alto do monte de terra, ao lado do urso desfigurado, e olhou para ele.

— O que você sabe? — sussurrou.

Ela se levantou e caminhou devagar pelos dois outros trechos de terra mexida, imaginando o que poderia haver ali embaixo. O urso era apavorante, desfigurado, uma imitação de Freddy criada por outra pessoa. Uma variação estranha, à qual seu pai jamais dera vida. *Mas William Afton... o Dave... sim.* O homem que projetara aquelas criaturas era o mesmo que havia roubado e assassinado seu irmão.

Um pensamento surgiu, uma pergunta que já lhe ocorrera muitas vezes: *Por que ele levou Sammy?* Charlie fizera aquela pergunta a si mesma, ao vento e aos seus sonhos interminavelmente. *Por que ele levou Sammy?* Mas o que sempre quisera saber, na verdade, era: *Por que não eu? Por que fui eu que sobrevivi?* Ela olhou para o chão, prestando atenção no estranho rosto embrionário do urso. As crianças assassinadas na Freddy Fazbear's não descansaram em paz. O espírito delas repousara, sabe-se lá como, nas roupas dos animatrônicos que as mataram. Haveria alguma chance de o espírito de Sammy estar aprisionado por detrás de uma enorme porta?

Charlie estremeceu e se levantou, desejando, repentinamente, se ver ao máximo de distância possível do Freddy distorcido enterrado no solo. O rosto do urso voltou à sua mente, dessa vez causando um arrepio. Será que os outros dois montes de terra escondiam criaturas similares? Haveria algum coelho deformado enterrado logo ali? Uma galinha grotesca segurando um cupcake sorridente? *Mas a coisa que tentou me matar, que tentou me colocar dentro da fantasia, foi projetada para isso. Poderia haver qualquer coisa enterrada ali, esperando a noite cair.* Ela poderia procurar, escavar os outros dois montículos para ver o que escondiam. Mas, assim que considerou a possibilidade, quase sentiu as mãos metálicas agarrarem seus braços, puxando-a para aquele peito cavernoso e mortal.

Charlie se afastou alguns passos dos montículos, desejando lá no fundo ter deixado Jessica ficar.

— Como está sendo sua visita à Charlie? — perguntou Jessica, num tom conspiratório, quando eles pegavam a estrada principal e deixavam o condomínio para trás.

— É divertido vê-la de novo. Você também — disse John, sem tirar os olhos da pista, e a amiga gargalhou.

— É, você sempre me amou. Não esquenta, sei que você veio pela Charlie.

— Estou aqui por causa de um emprego, na verdade.

— Aham, sei — desconversou Jessica. Ela se virou para a janela, reflexiva. — Você acha que a Charlie mudou? — indagou de repente.

John ficou em silêncio por um tempo, imaginando o quarto que Charlie transformara num ferro-velho, e Theodore, rasgado e destroçado em pedacinhos. Pensou na tendência que ela tinha a se retrair e se ausentar por vários minutos, como se ficasse brevemente descompassada. *Será que eu acho que ela mudou?*

— Não — disse ele, por fim.

— Eu também acho que não. — Jessica suspirou.

— O que vocês encontraram na Freddy's? — perguntou John.

— O Dave — respondeu ela, sem rodeios, esperando um momento antes de olhar para o garoto.

—Tem certeza de que ele estava morto?

Jessica engoliu em seco, relembrando, visualizando o corpo de novo. Ela imaginou a pele descolorida e a fantasia grudada na carne em decomposição, fundindo homem e mascote para uma eternidade grotesca.

— Ele estava bem morto — confirmou ela, a voz rouca, dando um toque sombrio à fala.

Estavam chegando ao posto de gasolina. John parou no estacionamento modesto e saiu do carro sem esperar por Jessica, que foi logo atrás.

— Que pocilga! — Jessica deu uma volta, admirada com o lugar. — Com certeza havia um lugar melhor para... — Ela parou de falar de repente quando deu de cara com o adolescente do outro lado do balcão.

Ele olhava para o nada, observando alguma coisa à esquerda logo atrás deles.

— Com licença — disse John. — Vocês têm um telefone público?

O garoto fez que não.

— Público, não — respondeu, apontando para o aparelho.

— Podemos usar? Por favor?

— Só clientes.

— Tudo bem, eu pago a ligação — falou John. — Olha, é importante.

O garoto finalmente prestou atenção neles, como se só então reparasse nos dois ali, e assentiu.

— Certo, mas você vai ter que comprar alguma coisa enquanto ela faz a ligação.

John deu de ombros, desistindo de argumentar.

— John, me dá logo o número — pediu Jessica.

Ele pegou no bolso. Quando ela foi para trás do balcão, John procurou nas prateleiras o produto mais barato à venda.

— Tem picolé — ofereceu o vendedor.

— Não, obrigado — recusou John.

— É de graça. — Ele apontou para o congelador.

— Bem, e de que vão me servir se são de graça?

— Eu conto como uma compra — disse o garoto, dando uma piscadinha.

John trincou os dentes e abriu o congelador, recuando ligeiramente ao ver o coiote empalhado escondido lá dentro.

— Brilhante. Foi você que empalhou? — perguntou ele, bem alto.

O garoto deu uma risada repentina, com um ronco.

— Ei! — gritou ele quando John pegou a carcaça pela cabeça e a puxou para fora do congelador. — Ei, você não pode fazer isso! — John marchou até a porta, foi para o estacionamento e jogou o bicho morto na estrada. — Ei! — O garoto continuou gritando e saiu correndo pela rua, desaparecendo numa nuvem de poeira.

— John? — Jessica apareceu apressada atrás do balcão. — Clay está vindo.

— Ótimo.

Ele a seguiu no caminho até o carro.

Charlie continuava andando em círculos e espiando o horizonte em intervalos de poucos segundos. Sentia-se uma vigia, ou o guarda-costas de um vigia. Não conseguia parar de imaginar os animatrônicos enterrados ali, onde quer que estivessem. Eles não se encontravam dentro de caixas, nem protegidos da terra, que entraria em cada brecha e junta, inundando-os. Podiam abrir a boca para gritar, mas a terra, implacável, entraria rápido demais, impedindo que o som escapasse.

Charlie sentiu um arrepio e esfregou os braços, olhando para o céu. Estava ficando alaranjado, e as sombras do matagal começavam a se alongar pelo solo. A garota olhou de relance para os montes e, com passos cadenciados, caminhou até o outro lado do terreno, onde ficava o único poste de telefone com fios, que ficavam pendurados feito galhos de um salgueiro, arrastando na terra. À medida que foi chegando perto, Charlie avistou pequenas formas escuras na base. Ela se aproximou devagar: eram ratos, todos mortos, endurecidos. Passou um bom tempo olhando para eles, e então, assustada, virou quando ouviu barulho de carros se aproximando.

John e Jessica haviam retornado, e Clay vinha logo atrás. Já devia estar na região.

— Cuidado com este poste — disse Charlie como forma de cumprimento. — Acho que os fios estão vivos.

John riu.

— Melhor não encostarmos nos fios. Que bom que você está bem...

Clay não falou nada. Estava ocupado demais examinando os trechos de terra do pasto. Deu uma volta completa neles, como Charlie havia feito, espiando por todos os ângulos.

— Você escavou um destes? — perguntou, e Charlie percebeu pelo tom de voz que ele estava contrariado.

— Não — respondeu John, depressa. — Só desenterramos uma parte e logo tornamos a cobrir.

— Não tenho certeza se isso melhora ou piora as coisas — comentou, voltando a olhar os montes.

— Era parecido com o Freddy — informou Charlie, em tom de urgência. — Parecia um Freddy estranho e deformado. Tinha alguma coisa errada com ele.

— O quê? — perguntou o delegado, sério mas com um tom gentil.

— Não sei — respondeu Charlie, impassível. — Mas tem alguma coisa errada com todos eles.

— Bem, eles estão assassinando pessoas — disse Jessica. — Eu consideraria isso errado.

— Charlie — disse Clay, tenso, ainda concentrado na menina —, se você tiver qualquer informação para me dar sobre essas coisas, a hora é agora. Não esconda nada. Temos que presumir, como Jessica me contou pelo telefone, que vão voltar a matar hoje à noite.

Charlie se ajoelhou no local onde eles haviam desenterrado o Freddy distorcido e começou a cavar de novo.

— O que você está fazendo? — protestou John.

— O Clay precisa ver — resmungou a garota.

— Mas que droga é...? — Clay se aproximou para examinar o rosto e, em seguida, deu um grande passo para trás para observar os trechos de terra remexida, medindo o tamanho das criaturas enterradas.

— Precisamos evacuar estes edifícios — disse John. — Caso contrário, o que vamos fazer quando estas coisas acordarem? Pedir para voltarem a dormir? Não tem tanta gente assim morando nesse condomínio. Só tem um prédio ocupado no quarteirão inteiro. — Ele apontou — Talvez dois.

— Certo, vou lá verificar. Fiquem de olho nesses troços. — Clay olhou a fileira de edifícios e foi até lá.

— Então vamos esperar — disse John.

Charlie continuou virada para o horizonte. Nuvens escuras cobriam o sol, dando a impressão de que a noite chegara mais cedo.

— Estão ouvindo? — sussurrou Jessica.

Charlie se ajoelhou ao lado do rosto metálico parcialmente enterrado e virou-se para escutar.

— Charlie! — John tomou um susto.

De uma hora para outra, o rosto do boneco havia se transformado. As feições estavam mais suaves, menos toscas. De olhos arregalados, Charlie se virou para John, que disse:

— Está mudando.

— Como assim? Espera aí, o que significa isso? — perguntou Jessica, aterrorizada.

— Significa que alguma coisa está muito errada — disse o garoto. Jessica esperou que ele explicasse. — Não estamos mais na Freddy's. — Foi tudo o que ele disse.

Clay apareceu de novo.

— Todos para o carro — ordenou.

— Para o meu? — perguntou Charlie.

O delegado fez que não.

— Para o meu. — Charlie estava prestes a reclamar, mas Clay foi bem severo. — Charlie, a menos que o seu carro tenha uma sirene e você tenha sido treinada para fazer uma perseguição em alta velocidade, pode desistir.

Ela assentiu.

— E o que foi que você falou para eles? — perguntou Jessica, de repente.

— Falei que havia um vazamento de gás na região. Assustador o bastante para tirar os moradores daqui, mas não para criar pânico.

Jessica concordou. Parecia quase impressionada, como se fizesse anotações mentais.

Os três foram se enfiando no carro de Clay, Jessica sentando depressa no banco da frente, e Charlie suspeitou de que a amiga só queria deixá-la sozinha ao lado de John.

A viatura estava parada no final do lote, bem longe do montículo. Conforme o sol foi mergulhando no horizonte e os últimos raios de luz se esvaíram na escuridão, um único poste começou a piscar. Era antigo, a luz alaranjada, e falhava em intervalos constantes, como se pudesse se apagar de vez a qualquer momento.

Charlie ficou observando por um tempo, demonstrando empatia.

John ficou observando o pasto sem nem piscar, mas em determinado momento começou a relaxar no banco. Deixou escapar um bocejo, mas logo voltou ao estado de alerta. Um cotovelo cutucou suas costelas, e ele se virou para Charlie, que estava com um emaranhado de fios no colo, examinando algo com toda a atenção.

— O que você está fazendo? — perguntou o garoto, voltando a olhar para o pasto.

— Estou tentando entender o que exatamente esta coisa faz. — Charlie segurava o disco de metal com firmeza.

Era o que eles tinham tirado do monstro. Ela estava tentando conectá-lo da forma correta ao tecladinho numérico e ao monitor da ferramenta de diagnóstico.

— Certo, John, não vomita em mim. — Ela sorriu, pronta para acionar o interruptor.

—Vou fazer o possível — resmungou o garoto, tentando se concentrar no campo mal iluminado.

— O que é isto? — sussurrou Jessica.

— Encontramos dentro do animatrônico que nos atacou hoje. — Charlie estava ansiosa para explicar. Jessica se inclinou para ver. — Emite uma espécie de sinal. Não sabemos o que é.

— Muda a aparência deles. — John virou o rosto com o semblante nauseado.

— Muda a nossa *percepção* da aparência deles — corrigiu Charlie.

— Como? — Jessica parecia fascinada.

— Ainda não tenho certeza, mas talvez possamos descobrir. — Charlie enfiou a unha na ranhura e acionou o interruptor.

— Ui, eu já estou escutando.

John suspirou.

— E já estou sentindo.

— Eu não... — Jessica inclinou a cabeça para tentar ouvir. — Talvez esteja. Não sei.

— É bem agudo.

Charlie estava entretida com os botões no monitor portátil, tentando fazer alguma leitura do dispositivo.

— Entra na sua cabeça. — John esfregou a testa. — Hoje de manhã, eu quase vomitei.

— É claro — sussurrou Charlie. — Entra na sua cabeça.

— O quê? — Jessica se virou para ela.

— De início, as lições pareceram sem sentido. Achei que tinha alguma coisa errada.

— E? — perguntou John, impaciente, quando Charlie, de uma hora para a outra, ficou em silêncio.

— Na aula, aprendemos que o cérebro preenche lacunas por nós quando é superestimulado. Então, digamos que você passe por uma placa vermelha hexagonal na rua e alguém pergunte o que estava escrito nela. Você diria que é "Pare" e imaginaria ter visto isso. Você seria capaz de imaginar a placa exatamente como ela devia ser. Isso, é claro, se você de fato estivesse distraído e não tivesse reparado que não havia nada escrito na placa. Este troço aqui nos distrai. De alguma forma, faz nosso cérebro preencher as lacunas com experiências prévias, com as coisas que acreditamos que *deveríamos* estar vendo.

— Como ele faz isso? O que de fato está na placa? — John voltou a olhar para ela, mal ouvindo.

— É um padrão. Algo do tipo. — Charlie se reclinou e relaxou os braços, o dispositivo aninhado em suas mãos. — O disco emite cinco ondas sonoras que variam a frequência de maneira contínua. Primeiro elas se combinam, depois não, e aí ficam se harmonizando e desarmonizando, sempre no limite de formar uma sequência previsível e, em seguida, se ramificam.

— Espera aí. Não entendi. Então *não* é um padrão? — indagou John.

— Não, mas a questão é essa. Quase faz sentido, mas não tanto. — Charlie pensou por um momento e enfim explicou: — As oscilações de tom acontecem tão rápido que só são detectadas pelo nosso subconsciente. A mente enlouquece tentando entender e acaba sobrecarregada imediatamente. É mais ou menos o oposto do ruído branco: você não consegue acompanhar e nem se desligar.

— Então os animatrônicos não estão mudando de forma, somos nós que estamos sendo distraídos. Mas qual é o propósito de tudo isso? — John se virou para elas, desistindo de fingir que ignorava a conversa.

— Conquistar a nossa confiança. Parecer mais amigáveis. Parecer mais reais. — À medida que as possibilidades iam se acumulando, um cenário sinistro começava a tomar forma na mente de Charlie.

John riu.

— Parecer mais real, talvez, mas, com certeza, não me parecem nada amigáveis.

— Fazer as crianças se aproximarem, quem sabe — continuou Charlie.

O carro se aquietou.

—Vamos nos concentrar só em sobreviver a esta noite, tudo bem? — disse Clay no banco da frente. — Na situação atual, não tenho como passar o rádio. No momento, o que temos é só lixo enterrado. Mas se você estiver certa e alguma coisa começar a se mover bem ali... — O delegado não concluiu.

John se debruçou na porta do carro e apoiou a cabeça na janela para continuar olhando o local.

Charlie reclinou a cabeça, fechando os olhos só por alguns instantes. Do outro lado do campo, a lâmpada laranja continuava a tremeluzir num pulso hipnótico.

* * *

Passaram-se minutos, depois quase uma hora inteira. Clay espiou os adolescentes. Todos tinham adormecido. Charlie e John estavam deitados um em cima do outro de um jeito constrangedor. Jessica se encolhera toda, sentada em cima dos pés e com a cabeça repousando na janela. Parecia um gato, ou uma pessoa que iria acordar com dores no pescoço. Clay alongou os ombros, tomado pelo estranho senso de alerta que sempre sentia quando era o único acordado. Quando Carlton era bebê, ele e Betty se revezavam para acordar com o garoto. Mas enquanto isso deixava Betty exausta, morrendo de sono no dia seguinte, Clay praticamente renovava as energias. Era a sensação de explorar o mundo quando mais ninguém estava presente que o fascinava. Que fazia com que se sentisse capaz de proteger a todos, de fazer tudo certo. *Ah, Betty...* O delegado pestanejou, a luz alaranjada repentinamente bruxuleando conforme seus olhos ficavam cheios de água. Ele respirou fundo e se recompôs. *Não tinha nada que eu pudesse dizer, tinha?* Espontaneamente, a lembrança da última conversa deles, a última briga, brotou lá no fundo.

— *Todas as horas da noite. Não é saudável. Você está obcecado!*

— *Você está tão consumida pelo seu trabalho quanto eu, pelo meu. Temos isso em comum, lembra? É uma das coisas que amamos um no outro. Pelo menos era.*

— *É diferente, Clay. Estou ficando preocupada.*

— *Você está sendo irracional.*

Ela gargalhou, um som como de vidro quebrando.

— *Se você acha isso, não estamos vivendo na mesma realidade.*

— *Talvez não estejamos.*

— *Talvez não.*

A luz mudou. Clay olhou ao redor, voltando ao presente. A luz alaranjada da rua se esvanecia, piscando cada vez mais, até um último esforço heroico, e então se apagou.

— Droga — praguejou ele em voz alta.

Jessica se mexeu, fazendo um ruído baixinho de protesto. Sem fazer barulho, mas agindo depressa, Clay saiu do carro segurando a lanterna que ficava ao lado do banco. Fechou a porta, foi até os montes de terra, o facho de luz balançando freneticamente pelo campo até desaparecer.

Charlie despertou. O coração disparado, mas ela não sabia se era pelo despertar repentino ou pelos fragmentos de um sonho que já não lembrava mais. Sacudiu John.

— John, Jessica, está acontecendo alguma coisa. — Antes que os dois pudessem responder, Charlie já tinha saltado do carro e estava indo até lá também, gritando: — Clay!

O homem deu um pulo ao ouvir a voz dela.

— Eles sumiram.

Charlie arquejou e tropeçou na terra revirada. Clay já estava correndo para o apartamento mais próximo.

—Volte para o carro — berrou o policial.

Charlie correu atrás dele, volta e meia olhando para trás à procura de John e Jessica. A visão dela ainda não tinha se adaptado à pouca iluminação, e a lanterna do delegado parecia afundar na escuridão à frente deles. Charlie só conseguia acompanhar o som das pegadas de Clay pela grama.

Por fim, ela chegou a uma parede de tijolos e deu a volta, correndo até a entrada do apartamento. Clay já estava à porta. Ele bateu e, impaciente, espiou pela janela mais próxima. Não houve resposta. Não havia ninguém lá dentro.

Um grito irrompeu pela noite, e Charlie congelou. Humano e bem agudo, o som reverberou pelas paredes do prédio. Outra vez. Clay apontou a luz para onde vinha o som.

— Tinha alguém lá! — gritou o delegado.

Ele disparou pela lateral do prédio, correndo de volta pelo pasto sem enxergar nada. O som parecia estar se movendo, indo depressa em direção às árvores negras.

— Bem ali! — gritou Charlie, aparecendo atrás de Clay e correndo na direção de um movimento indistinto no escuro.

— Charlie! — A voz de John rasgou a noite ao longe, mas a garota não esperou por ele.

O barulho do cascalho sob seus pés era ensurdecedor. Ela parou abruptamente, percebendo que tinha perdido o rumo.

— Charlie! — gritou alguém distante.

Os gritos se perderam no farfalhar das árvores quando o vento noturno soprou. O rosto de Charlie foi bombardeado por terra voando, mas a garota tentou manter os olhos abertos. Em seguida, quando o vento diminuiu um pouco, ela ouviu outro farfalhar de galhos ali perto, dessa vez nada natural. Charlie cambaleou em direção ao som, os braços esticados para a frente até conseguir voltar a enxergar.

Foi quando ela viu. No limiar da fileira de árvores, um vulto deformado de pé, curvado, na escuridão. Charlie parou a alguns metros, ainda em choque, e se deu conta, subitamente, de que estava sozinha. A coisa balançou para o lado e então deu um passo em direção a ela, revelando um focinho. Uma crina de lobo ia da cabeça até as costas. Estava curvada, um dos braços torcido para baixo enquanto o outro se agitava para cima. Talvez o controle sobre os membros fosse impreciso. A coisa encarou Charlie: os olhos eram de um azul lancinante e tinham luz própria. Já o restante da criatura estava em constante mudança, metamorfoseando-se de modo desorientador, mesmo enquanto Charlie observava. Num instante, era um vulto ágil e bem cuidado coberto por um pelo prateado, no outro, uma estrutura metálica velha parcialmente coberta por uma pele emborrachada translúcida. Os olhos eram bulbos brancos severos. A criatura se encolheu e convulsionou, estabelecendo-se, por fim, em sua aparência de metal bruto. Charlie arquejou, assustada, e o lobo lhe deu as costas.

O animatrônico sofreu espasmos assustadores e se curvou. O peito se abriu como uma horrenda boca de metal. As peças emitiram um som perturbador, abrasivo. Sem sair do lugar, Charlie sufocou um grito. A criatura balançou de novo, e algo caiu de dentro dela, batendo com força no chão. O lobo tombou para a frente, estremeceu e ficou imóvel.

— Ah, não. — Clay chegou por trás de Charlie, os olhos fixos na pessoa que se contorcia na grama.

Charlie continuou parada, hipnotizada pelos pontinhos de luz lupinos que a encaravam de volta. A coisa voltou a cabeça para baixo e, de repente, voltou a fazer movimentos fluidos com os pelos prateados. Dobrou as orelhas compridas e sedosas e se esgueirou para trás, desaparecendo entre as árvores. Ouviu-se um farfalhar e, em seguida, mais nada.

No momento em que Jessica chegou, Clay empurrou a lanterna nas mãos dela.

— Toma! — O delegado se ajoelhou ao lado do corpo curvado na grama e checou a pulsação. — Está viva — constatou, mas num tom ríspido.

Procurando alguma coisa, se debruçou sobre a vítima.

— Charlie! — Era John, puxando-a pelo ombro. — Charlie, vamos, temos que procurar ajuda!

John saiu em disparada, e Charlie foi atrás mais lentamente, sem conseguir tirar os olhos da mulher que parecia estar agonizando no chão. A voz de Clay foi se dissipando na escuridão atrás deles.

— Moça, você está bem? Moça? Está me ouvindo?

CAPÍTULO NOVE

A professora Treadwell parecia agitada. O rosto estava calmo como sempre, mas, enquanto os alunos faziam o trabalho, ela andava para lá e para cá pelo palco do auditório, os saltos do sapato estalando. Arty cutucou Charlie, indicando a professora, e fingiu estar gritando. Charlie sorriu e voltou a se concentrar no trabalho. Não ligava para o barulho. Os passos firmes e regulares da professora eram como um metrônomo marcando o tempo.

Ela releu a primeira questão: *Descreva a diferença entre um circuito condicional e um circuito infinito.* Charlie suspirou. Sabia a resposta, só que parecia sem sentido escrever tudo aquilo. *Um circuito condicional só acontece sob determinadas condições*, começou, então riscou e tornou a suspirar enquanto olhava para a frente do auditório.

A garota via o rosto do lobo, oscilando entre suas duas faces: a ilusão e a estrutura por baixo. A criatura encarando-a, como se seus olhos lessem algo bem profundo dentro dela. *Quem é você? Quem você deveria ser?*, Charlie pensou. Nunca tinha visto aquilo, o que era preocupante. *Não havia* lobo na Pizzaria Freddy Fazbear's.

No ano anterior, Charlie se dera conta de que tinha uma memória quase fotográfica. Por isso se lembrava com tantos detalhes até da primeira infância. Mas não se lembrava do lobo. *Que bobagem*, disse a si mesma. *Você não se lembra de uma porção de coisas.* E, ainda assim, as memórias da oficina do pai eram vivíssimas: o cheiro, o calor. O pai debruçado na bancada, e o lugar lá no canto para onde ela não gostava de olhar. Tudo isso era tão presente dentro dela, tão imediato. Até as coisas de que só lembrava com algum estímulo, como a Lanchonete Fredbear's, eram familiares logo à primeira vista. Mas não havia nenhum registro dessas criaturas na sua memória. Charlie não as conhecia, mas elas claramente conheciam Charlie.

Por que foram sepultadas desse jeito no quintal de casa? Por que não foram simplesmente destruídas? A conexão profunda de seu pai com suas criações nunca havia sido mais importante que seu pragmatismo. Se algo não funcionasse, ele desmontava para reutilizar as peças. Era o que fazia com os brinquedos de Charlie.

A garota pestanejou, lembrando-se de repente:

Ele entregou para ela um sapinho verde com óculos de armação grossa e olhos esbugalhados. Charlie olhou-o, desconfiada.

— *Não* — *disse ela.*

— *Não quer ver o que ele faz?* — *protestou o pai, e ela cruzou os braços e balançou a cabeça.*

— *Não* — *resmungou.* — *Não gosto desses olhões.*

Apesar dos protestos, seu pai pôs o sapo no chão bem à frente dela e apertou um botão escondido debaixo do plástico à altura do pescoço. O bicho girou a cabeça para um lado e para o outro e deu um pulo. Charlie levou um susto e gritou, então o pai foi correndo ampará-la.

— Desculpe, meu amor. Está tudo bem — sussurrou. — Eu não queria assustar você.

— Eu não gosto dos olhos dele — soluçou ela no pescoço do pai, que carregou-a no colo por um bom tempo.

Depois a colocou no chão e pegou o sapo. Pegou uma faquinha na prateleira e o abriu inteiro em sua bancada. Charlie cobriu a boca e fez um barulhinho esganiçado enquanto observava, de olhos arregalados, como seu pai arrancava sem o menor cuidado todo o revestimento verde do robô. O plástico se partiu com um estalo barulhento no silêncio da oficina. As pernas do brinquedo chutavam descontroladas.

— Não era isso — disse ela com a voz rouca. — Desculpa, papai! Não era isso! Papai! — A menina falava, mas sua voz quase não saía.

Soava abafada, como nos sonhos em que tentava gritar, mas não conseguia. Seu pai trabalhava compenetrado e não parecia escutá-la.

O robô esfolado jazia na bancada. Ele deu uma cutucada e o bicho se contraiu de maneira horrível, as pernas traseiras dando chutes inúteis, tentando reproduzir o salto. Até que o movimento ficou mais frenético, como se o bicho estivesse sentindo dor.

— Espera. Não machuca ele, papai. — Charlie movia os lábios, tentando, sem sucesso, produzir som.

Seu pai escolheu uma chave de fenda minúscula e começou a mexer na cabeça do sapo, desparafusando com destreza o mesmo ponto nas duas laterais. Removeu a parte de trás do crânio para acessar o interior. O corpo inteiro convulsionou. Charlie correu até o pai e segurou a perna, puxando a calça na altura do joelho.

— Por favor! — gritou, a voz ressurgindo.

Ele desconectou algo, e o esqueleto ficou completamente frouxo. Articulações que haviam sido firmes desmontaram-se numa porção de partes. Os olhos, que Charlie nem sequer notara que estavam acesos, se escureceram, bruxulearam e se apagaram. A menina soltou o pai e se escondeu num canto da oficina, onde tapou a boca com as duas mãos para que seu grito não fosse ouvido quando o sapo começou a ser metodicamente desmontado.

Charlie sacudiu a cabeça e retornou ao presente. Sua culpa infantil ainda permanecia com ela, um peso no peito. Com delicadeza, ela apertou o local. *Meu pai era pragmático*, pensou. *As peças eram caras, e ele não as desperdiçava em coisas que não funcionavam.* Ela se obrigou a pensar no problema.

Por quê, então, ele os enterraria vivos?

— Enterrar quem vivo? — sibilou Arty, e Charlie, assustada, se virou.

— Você não deveria estar ocupado com alguma coisa? — retrucou ela, envergonhada por ter falado aquilo em voz alta.

As criaturas haviam sido enterradas numa câmara que servia como mausoléu, escondidas entre as paredes da casa. Por algum motivo, seu pai preferira não destruí-las, por algum motivo, quisera-as por perto. *Por quê? Para vigiá-las? Ou será que ele nem sabia que elas estavam lá? Será que o Dave deu um jeito de escondê-las sem ele saber?* Ela balançou a cabeça. Não importava. O que importava era o que as criaturas fariam a seguir.

Charlie voltou a fechar os olhos e tentou visualizar a criatura parecida com um lobo. Só naquele momento, enquanto ela vomitava a mulher e alternava entre dois estados, vira a ilusão piscando como uma lâmpada com defeito. Charlie congelou aquela imagem, mantendo-a viva em sua mente. Concentrara-

-se primeiro na vítima, depois nos olhos do lobo, mas, ainda assim, tinha conseguido ver tudo. A esta altura, revivia a cena, ignorando o olhar do lobo e o pânico que dela se apossara, os gritos dos demais e a correria ao seu redor. Revia tudo incontáveis vezes, imaginando o peito da criatura abrindo as costelas em forma de dentes, uma de cada vez, e então a mulher caindo.

Charlie se dera conta de que tinha consigo uma imagem melhor daquele mesmo monstro: a criatura no túmulo, pouco antes de tentar engoli-la. A garota visualizava a abertura no tórax e vasculhava a mente para descobrir o que havia por trás daquela boca horrenda e dentro do peito cavernoso. Então, se debruçou na prova e começou a desenhar.

— Tempo esgotado — anunciou um dos monitores.

Os outros três começaram a percorrer as fileiras, recolhendo as provas. Charlie nem sequer tinha escrito uma resposta inteira para a primeira questão, que ainda estava rasurada. O restante da prova era uma bagunça de mecanismos e monstros. Quando a monitora estava quase chegando nela, Charlie pegou a prova, saiu da fila em que estava e se misturou aos alunos que já haviam terminado. Não falou com ninguém na saída e não andava, mas sim flutuava, mergulhada em seus próprios pensamentos enquanto seu corpo a levava a esmo pelo corredor já familiar.

Ela encontrou um banco e se sentou. Olhou para os alunos à sua volta, conversando ou reflexivos. Era como se tivessem erguido um muro ao redor dela, isolando-a por completo.

A garota abriu a página da prova em que fizera os rabiscos. Ali, olhando para ela, estavam os rostos que ela entendia: rostos de monstros e assassinos, com olhos vazios penetrantes, até mesmo nos rabiscos.

O que vocês estão tentando me dizer? Ela fechou o livreto e deu mais uma olhada ao redor.

A sensação era a de estar dando adeus a um capítulo da própria vida, que logo se tornaria mais uma de tantas lembranças perturbadoras.

— Charlie — disse John ali perto.

Ela olhou para um lado e para outro, tentando localizá-lo em meio ao intenso fluxo de alunos saindo do prédio. Por fim, Charlie o avistou ao lado da escada.

— Ah, oi! — respondeu, indo até lá. — O que está fazendo aqui?

John ficou sério.

— Não que eu não esteja contente em ver você, mas achei que tivesse que ir trabalhar — acrescentou ela, depressa, tentando acalmar os mil pensamentos que rodopiavam em sua mente.

— Clay me ligou. Foi ao alojamento, mas você devia estar aqui. A mulher que nós... A de ontem à noite. Ela vai ficar bem. Clay disse que foi até a área seguinte, ao próximo ponto no mapa e que deu uma volta por lá. — John olhou a multidão de alunos passando por ele e falou, baixinho: — Sabe, o próximo destino deles...

— Eu sei — retrucou Charlie, antes que ele pudesse concluir. — O que ele encontrou?

— Bem, um monte de terrenos baldios e pastos, basicamente. Um lote com alguma construção abandonada. Ele acha que, em vez disso, deveríamos nos concentrar em amanhã. Ele tem um plano.

Charlie estava com um semblante perdido.

—Vamos ter que enfrentá-los. Nós dois sabemos disso. Mas não vai ser hoje.

Charlie assentiu.

— Então fazemos o que hoje à noite? — perguntou, impotente e ansiosa.

— Quer sair para jantar? — sugeriu John.

—Você não pode estar falando sério! — O tom de voz dela murchou.

— Sei que tem muita coisa acontecendo, mas precisamos comer, certo?

Organizando as ideias, Charlie olhou para baixo.

— Claro. Vamos jantar. — Ela sorriu. — Tudo isso é péssimo. Talvez seja legal falar de outras coisas, mesmo que só por uma noite.

— Certo — concordou ele, meio sem graça. — Então vou correr em casa e me trocar. Não demoro.

— John, você não precisa se envolver em nada disso — disse Charlie, com delicadeza.

Ela segurou as alças da mochila, como se precisasse se agarrar àquilo para manter o equilíbrio.

— Do que você está falando? — Já sem nenhum constrangimento, John olhou para ela.

— Ninguém precisa se envolver nisso. Eles estão atrás de mim.

— Não temos certeza disso — disse ele, pondo a mão no ombro dela. — Você precisa tirar isso da cabeça um pouco. Desse jeito, vai enlouquecer. — John sorriu por um instante, mas ainda parecia preocupado. — Tenta fazer algo para relaxar um pouco, tipo tirar um cochilo ou algo assim. Vejo você na hora do jantar, tudo bem? Mesmo restaurante, às sete?

— Tá bom — confirmou Charlie.

Sem saber o que fazer para ajudar, John abriu um sorriso angustiado, se virou e foi embora.

Quando Charlie voltou para o quarto, Jessica não estava lá. Com uma sensação de alívio, ela fechou a porta. Precisava de tranquilidade. Precisava pensar e precisava agir. Olhou em volta por alguns instantes, paralisada. Seu esquema de ir empilhando tudo conforme usava podia ser prático no dia a dia, mas, quando ela queria achar algo em que não tocava havia semanas, o sistema entrava em pane.

— Onde está? — resmungou, impaciente, esquadrinhando o quarto.

Acabou avistando a cabeça de Theodore jogada ao pé da cama. Abaixou-se, catou o que restava do coelho de pelúcia e limpou a poeira, esfregando as orelhas compridas, opacas e encardidas.

— Você era tão delicada — disse para a cabeça do coelho. Deixou-a na cama, apoiada no travesseiro. — Acho que eu também — acrescentou, suspirando. — Você viu minha bolsa? — perguntou para o brinquedo desmembrado. — Debaixo da cama, talvez? — Ficou de joelhos e procurou.

Estava lá, do outro lado, esmagada por uma pilha de livros e roupas que havia caído no vão entre a cama e a parede.

Charlie se contorceu debaixo da cama até alcançar a alça e puxou-a.

Estava vazia. Ela havia esvaziado o conteúdo assim que chegou ao alojamento, num prenúncio dos hábitos bagunceiros que marcariam toda a sua experiência ali. Pegou a escova e a pasta de dentes e guardou no bolso lateral.

— Eu menti para o John. Não, não foi isso. Deixei que ele mentisse por mim. Ele precisa saber que sou eu que eles querem. Todos nós sabemos. E isso não vai parar.

Ela pegou roupas do que achou que fosse uma pilha de peças limpas, tirando de lá uma camiseta e uma calça jeans, meias e roupas íntimas, e, enfática, foi enfiando tudo na bolsa enquanto falava.

— Por que outro motivo eles estariam vindo nesta direção? — perguntou para o coelho. — Mas... como conseguiram descobrir?

Charlie jogou dois livros da faculdade na bolsa e deu um tapinha no bolso, confirmando que o disco e o teclado numérico para diagnósticos estavam lá. Ela fechou o zíper e inclinou a cabeça, olhando Theodore nos olhos.

— Não é só isso. Esse troço... — Ela analisou o pequeno disco. — Deixou John enjoado, mas soa como música para os meus ouvidos. — Ela não entendia muito bem o que aquilo significava. — Não sei se já tive tanta certeza sobre algo — disse, baixinho. — Mas tenho que fazer isso. Afton construiu aquelas coisas. E também foi Afton quem levou Sammy. Quando eu estava com John, pude sentir... alguma coisa na casa. Só podia ser ele. Era como se a parte de mim que havia desaparecido estivesse *lá*, mais perto do que nunca. Eu só não conseguia alcançá-la. E acho que esses monstros são as únicas coisas no mundo que podem me dar respostas.

Theodore a encarava, imóvel.

— Sou eu que eles querem. Ninguém mais vai morrer por minha causa. — Charlie suspirou. — Pelo menos eu tenho você para me proteger, não é? — Ela pendurou a bolsa no ombro, se virou para sair e parou. Pegou a cabeça de Theodore pelas orelhas e ficou cara a cara com ela. — Acho que hoje preciso de todo o apoio possível — sussurrou.

Ela enfiou a cabeça na bolsa e saiu às pressas do quarto.

O mapa estava no porta-luvas. Charlie o desdobrou à sua frente, dando uma olhada rápida e depois deixando-o de lado com confiança.

Saiu devagar do estacionamento. Ainda que tivesse passado por pessoas e por outros carros enquanto saía, sentia-se como se não fosse mais do que parte do cenário, invisível para o mundo. No instante em que ela e o carro saíssem de vista, já teria sido esquecida.

O céu estava nublado, dando ao mundo uma sensação de mau agouro. Parecia que Charlie tinha a estrada inteira só para si, e a tranquilidade tomou conta dela. Passara o dia preocupada em se isolar, mas a velocidade e a vastidão eram reconfortantes. Ela não se sentia sozinha. Quando olhava pela janela, a fileira de árvores parecia percorrer todo o campo, numa ilusão criada pelo carro em movimento.

Charlie começou a sentir como se houvesse algo no bosque alcançando sua velocidade, correndo em meio aos galhos, algum acompanhante solitário, alguém vindo contar tudo o que ela sempre quis saber.

Estou indo, sussurrou ela.

A rodovia definhava até uma estradinha de terra, depois dava em um caminho de cascalho que seguia por uma longa elevação, e à medida que Charlie ia subindo devagar, avistava casas e carros em áreas distantes e mais populosas. Fez uma curva e deixou tudo aquilo para trás: não havia mais casas nem carros. As fileiras de árvores tinham dado lugar a uma sucessão de cepos e vegetação rasteira acompanhados de um ou outro outdoor em branco que, era de se imaginar, algum dia anunciaria o que teria ali. Lajes de concreto e pavimento de garagem incompletos quebravam a paisagem rural, e, ao longe, via-se uma escavadeira abandonada. Charlie tirou a cabeça de Theodore da bolsa e acomodou-a no banco do carona.

— Fica de olho.

Foi quando ela avistou: uma única casa grande bem no meio de tudo aquilo, rodeada de terra escavada e dos esqueletos de casas parcialmente construídas. Ela não pertencia àquela cena: era pintada, cercada, e tinha até flores plantadas no jardim. Foi quando tudo fez sentido. *Uma casa-modelo.*

A estrada acabava poucos metros após adentrar no loteamento, e no lugar dela havia um caminho de terra desgastado por onde passava o maquinário.

Charlie desacelerou e parou o veículo.

— Nem você pode vir comigo agora — disse para a cabeça do coelho, depois saiu do carro e fechou a porta, sorrindo para Theodore pela janela.

Charlie caminhou devagar pela trilha. As imensas estruturas inacabadas das casas pareciam observá-la com ar de represensão à medida que ela invadia o local. Naquele silêncio, o cascalho rangia sob seus pés.

Não havia nem uma brisa sequer. Tudo estava inerte. Quando chegou ao ponto mais alto, ela parou e examinou os arredores por alguns instantes. Tudo mexido, revirado. Charlie olhou para cima, e um único pássaro sobrevoava tão alto que quase não dava para ver. Ela se voltou para o terreno desolado.

—Você está em algum lugar por aqui, não está?

Por fim, alcançou a única casa pronta. Ficava no centro de um quadrado bem cuidado, de grama aparada, perto das vizinhas ainda no esqueleto. Charlie ficou observando o gramado por um tempo até perceber que devia ser falso, assim como qualquer mobília que houvesse ali dentro.

Não tentou abrir a porta logo de cara, preferiu contornar o quintal, que ficava num quadrado perfeito de grama artificial igual ao da frente, mas ali a ilusão fora arruinada: tiras de grama haviam sido arrancadas. O local emanava uma sensação aflitiva que acabara se tornando misteriosamente familiar.

Por alguns instantes, Charlie só fez observar, com uma certeza pulsando dentro de si. A garota cerrou a mandíbula e voltou para a porta, que se abriu com facilidade, sem nem um ruído de resistência. Charlie entrou.

Dentro da casa, tudo estava escuro. Ela testou um interruptor, e todo o interior se iluminou no mesmo instante. Charlie foi saudada por uma sala de estar com mobília completa, com direito a cadeiras de couro, sofá e até velas na cornija da lareira. A garota começou a fechar a porta, mas hesitou e deixou-a entreaberta. Adentrou mais a sala, onde havia um sofá em forma de L e uma TV de tela plana. *Que surpresa não terem roubado!*, pensou. Mas, ao se aproximar, Charlie entendeu o motivo: não era de verdade. Não havia fios ou cabos conectados. O ambiente inteiro tinha um ar surreal, quase uma piada.

Ela foi entrando devagar na sala de jantar, os pés estalando no piso polido de tábua corrida. Lá dentro, um belo conjunto de jantar de mogno. Charlie se abaixou para olhar embaixo da mesa.

— A madeira é falsa — disse ela, sorrindo.

Era um material leve e aerado utilizado na construção de miniaturas de aviões, não em mobília. Se quisesse, era provável que conseguisse levantar aquela mesa sozinha. No fim de um corredor curto na sala de jantar, havia uma cozinha com eletrodomésticos, ou ao menos imitações, que reluziam de tão novos. No mesmo cômodo, também havia uma porta dos fundos. Charlie a destrancou e entreabriu, debruçando-se para fora e examinando mais uma vez a paisagem vasta e tortuosa, ainda deserta. Ali, avistou vários degraus de pedra que davam para um jardinzinho. Ela tornou a entrar, certificando-se de deixar a porta levemente aberta.

Havia um segundo corredor comprido na sala de estar, que levava aos quartos e a uma salinha transformada em escritório, completa com altas estantes de livros, escrivaninha e uma bandeja cheia de pastas-arquivo vazias. Charlie se sentou na cadeira da escrivaninha e se viu encantada com aquela imitação absolutamente superficial da vida. Deu um giro na cadeira e se levantou, não querendo se distrair. Ali também havia uma porta que dava para o lado de fora, embora sua localização, atrás da escrivaninha, fosse estranha. A garota a abriu, dedilhando o trinco até ter certeza de que ela ficaria aberta. Continuou explorando a casa sistematicamente, destrancando e abrindo cada janela que encontrava.

Eram vários quartos, todos mobiliados e montados com cortinas brilhosas e lençóis de seda, e um banheiro imenso com pias de mármore. A garota abriu a torneira para checar se tinha água, mas nada aconteceu, nem mesmo um ruído nos canos indicando que o registro tentava funcionar. Havia uma suíte com uma cama enorme, um quarto de hóspedes que, de alguma forma, parecia mais sem vida que o resto da casa, e um quarto de criança com animais em tamanho real pintados na parede e um móbile pendurado acima de um berço. Charlie olhou ao redor e voltou para a suíte.

A cama era larga e estava coberta por um fino mosquiteiro branco. As colchas também eram brancas, e o luar que entrava pela janela iluminava os travesseiros, causando um efeito sobrenatural, como se quem quer que dormisse ali estivesse exposto. Charlie se debruçou na janela e inalou o ar frio e reconfortante da noite. Olhou para o céu: ainda estava nublado, com apenas algumas estrelas à vista. Até então, ela viera agindo com uma energia impulsiva resoluta, mas aquela parte seria uma agonia. Longas horas poderiam se passar antes que qualquer coisa acontecesse, e o que lhe restava era esperar. O estômago começou a se agitar de nervoso. Ela desejou sair andando, quem sabe até fugir, mas fechou os olhos e trincou o maxilar.

Sou eu que eles querem.

Por fim, Charlie se afastou da janela. Tinha colocado um pijama na bolsa que estava no carro, mas aquela casa estéril repleta de objetos cenográficos e imitações era estranha demais para que ela realmente trocasse de roupa para dormir. Então, só tirou os tênis e se deu por satisfeita. Ela se esparramou na cama e tentou invocar seus pesadelos, juntando os momentos finais com

Sammy e mantendo-os perto dela como um talismã. *Aguenta firme*, pensou. *Estou indo*.

John deu uma olhada no relógio. *Ela está atrasada. Mas da última vez foi a mesma coisa*. A garçonete olhou para ele, que balançou a cabeça. *Claro, da última vez Charlie apareceu imunda*. John já tinha ligado para o quarto dela, mas ninguém atendeu. Imaginou ter visto uma secretária eletrônica lá, mas só enquanto esperava ao telefone se deu conta de que devia ser um dos projetos de Charlie ou uma sucata velha. A garçonete tornou a encher o copo com água, e John sorriu.

Ela balançou a cabeça.

— É a mesma garota? — perguntou, gentilmente.

John deixou escapar uma risada.

— É, a mesma. Mas tudo bem. Ela não está me dando um bolo, só está... ocupada. Faculdade, sabe como é...

— Claro. Se quiser pedir, é só falar. — Ela lançou um olhar compadecido e se retirou.

De repente, lembrou-se das mãos de Charlie agarradas às alças da mochila. *Eles estão atrás de mim*, dissera ela. E não era do tipo que esperava pacientemente até que algo lhe acontecesse.

John se levantou e caminhou com avidez até o telefone público nos fundos do restaurante. Clay atendeu no primeiro toque.

— Clay, é o John. Sabe por onde anda a Charlie?

— Não, o que foi?

— Nada — respondeu ele, instintivamente. — Quer dizer, eu não sei. Marcamos de nos encontrar, e ela está... vinte e quatro minutos atrasada. Sei que não é muito, mas ela falou uma coisa mais cedo que está me deixando encucado. Acho que pode acabar fazendo alguma besteira.

— Onde você está?

John passou o endereço.

— Chego em alguns instantes — disse Clay, desligando o telefone antes que o garoto pudesse responder.

CAPÍTULO DEZ

Nos primeiros minutos, Charlie permaneceu de olhos fechados, fingindo dormir, mas pouco depois eles começaram a piscar involuntariamente. Ela os apertou bem, tentando forçá-los a continuar fechados, mas aquilo logo se tornou insuportável. A garota abriu os olhos na escuridão e sentiu alívio na mesma hora.

Com o cair da noite, a casa esfriara. A janela aberta deixava entrar um ar fresco e puro. Ela respirou fundo, tentando se acalmar a cada expiração. Estava mais impaciente do que ansiosa. *Vamos logo*, pensou. *Sei que vocês estão aí.*

Mas só o que havia era o silêncio, a quietude.

Ela tirou o disco do bolso e o examinou. Estava escuro demais para identificar quaisquer detalhes, mas também não havia nada ali que ela ainda não tivesse memorizado. O luar tênue penetrava o cômodo, mas as sombras nos cantos eram profundas, como se algo escondido estivesse sugando a luz. Charlie esfregou a lateral do disco com o polegar e sentiu as protube-râncias das letras. Se já não conhecesse os detalhes, não as teria notado ali.

Robótica Afton Ltda. Ela já tinha visto fotos de William Afton, que um dia fora Dave: fotos dele sorrindo e gargalhando com o pai dela. Mas só se lembrava dele como o homem na roupa de coelho. *Meu pai devia confiar nele. Não deve ter suspeitado. Jamais teria montado um segundo restaurante com o homem que assassinou seu filho. Mas aquelas criaturas... Não tinha como ele não saber que estavam enterradas debaixo da nossa casa.* Charlie cerrou os dentes e conteve um impulso súbito e delirante de sorrir.

— Claro que havia um cemitério secreto de robôs debaixo do meu quarto — murmurou. — Claro que só podia ser ali.

Ela cobriu o rosto com as mãos. Todos os fios estavam enre-dados em sua mente.

Involuntariamente, a imagem lhe veio à cabeça. *A criatura na porta. De início, viu apenas uma silhueta bloqueando a luz. Em seguida, um homem numa roupa de coelho, e, mesmo àquela altura, não ocorreu a Charlie sentir medo. Ela conhecia o tal coelho. Sammy nem sequer tinha reparado nele. Continuou empurrando o caminhãozinho de brinquedo para a frente e para trás, quase hipnotizado. Charlie olhou para a criatura na porta, e um frio começou a se espalhar na boca do seu estômago. Aquele não era o coelho que ela conhecia. Ele olhava para os gêmeos, com toda a calma: fazendo uma escolha. Quando olhou Charlie, o frio no estômago tomou seu corpo todo, e então voltou a olhar para Sammy, que ainda não tinha se virado. Em seguida, um movimento súbito, e as fantasias pendu-radas no cabide saltaram ao mesmo tempo, cobrindo Charlie e impedindo que ela visse qualquer coisa. Ouviu apenas o caminhãozinho cair no chão, capotando por alguns instantes, e depois tudo ficou imóvel.*

Ela estava sozinha, uma parte vital de si fora arrancada.

Charlie se sentou, balançando a cabeça para se desvencilhar daquelas lembranças. Acostumara-se a dividir o quarto com Jessica. Fazia muito tempo desde a última vez em que ficara completamente sozinha no escuro com seus pensamentos.

— Esqueci como é difícil ficar em silêncio — sussurrou, a voz suave como uma respiração.

Olhou para o estranho disco em sua mão, como se fosse ele que estivesse lhe trazendo aquelas visões. Ela o arremessou para um canto do outro lado do quarto, para não ter que ver mais aquilo.

Foi então que escutou. Havia algo dentro da casa.

O que quer que fosse, estava tendo cautela. Charlie ouviu rangidos vindos de algum ponto distante, mas eram lentos e abafados. Em seguida, silêncio. O que quer que tivesse se movido, desejava que o ruído fosse esquecido. Charlie saiu da cama furtivamente e caminhou com todo o cuidado até a porta, abrindo-a um pouco mais e esgueirando-se para fora numa lentidão agoniante, até conseguir enxergar toda a sala de estar e a de jantar, que ficava mais adiante. Em parte, continuava pensando que estava na casa de outra pessoa, que a intrusa era ela.

— Olá? — gritou, quase torcendo por uma resposta, ainda que furiosa, exigindo saber o que ela estava fazendo ali.

Talvez John respondesse, feliz por tê-la encontrado, e saísse correndo da escuridão.

Só o silêncio respondeu ao seu chamado, mas Charlie sabia que não estava sozinha.

Seus olhos se arregalaram, o coração pulsando na garganta, dificultando a respiração. Charlie deu passos cuidadosos nos ladrilhos de pedra e atravessou o corredor curto até bem perto da entrada da sala de estar, onde parou para escutar de novo. Um relógio marcava as horas em outro aposento. Ela caminhou até a extremidade da sala de estar e tornou a parar. Dali, via a maior parte da casa, e rastreou a área em busca de algo fora do lugar. Portas rodeavam-na feito bocas escancaradas, fazendo correr o ar noturno vindo das janelas que ela tinha aberto.

Havia um corredor comprido que ia do canto mais distante da sala de estar até outro quarto. Era um dos únicos lugares para onde ela não tinha um campo de visão claro. A garota se esgueirou em torno do sofá de couro logo à sua frente e deu a volta no tapete redondo que preenchia a sala. À medida que avançava, tinha uma visão mais ampla do corredor, que se revelava lentamente. Ele se estendia mais e mais.

Charlie parou no meio de um passo. Dali, já dava para ver o interior do quarto mais distante. Era cheio de janelas e estava tomado pelo luar azulado, e havia algo obstruindo sua visão, algo que ela não tinha percebido enquanto estava andando. Àquela altura, a silhueta era inconfundível. Com cuidado, Charlie olhou ao redor mais uma vez, seus olhos se ajustando. À direita, outra porta grande revelava um único degrau para baixo que dava num amplo gabinete, com estantes de livros até o teto, e um ar pútrido emanando. Além das estantes, havia outra sombra estranha àquele local. Charlie esbarrou num abajur e tomou um susto. Nem sequer se dera conta de que estava caminhando para trás.

A porta da frente estava escancarada. A garota quase disparou até lá para fugir, mas se conteve. Respirou fundo e, com toda a calma, deu um passo de volta para o quarto, olhando para trás. Voltou para a cama, deslizando os pés descalços no piso de madeira para que seus passos não fizessem nenhum barulho e se moveu vagarosamente no colchão, tomando o cuidado de evitar que as molas rangessem. Deitou-se, fechou os olhos e esperou.

Suas pálpebras tremiam, cada um dos seus instintos gritando a mesma coisa: *Abre os olhos! Sai correndo!* Charlie estabilizou a respiração e tentou relaxar o corpo, fingindo estar dormindo. *Tem alguma coisa se movendo.* Ela contou os passos. *Um, dois, um, dois... não.* Eram levemente dessincronizados: havia mais de um deles ali. Dois, talvez todos os três, estavam dentro da casa. Passos passaram pela porta, e ela se permitiu abrir os olhos por alguns instantes, bem a tempo de avistar, pela fresta da porta, uma sombra indistinta passar.

Mais passos soaram no corredor e se afastaram, no entanto, o terceiro...

Charlie fechou bem os olhos. Os passos pararam lá fora. Sua respiração estremecia, e ela quase soluçou ao inspirar, tentando não abrir a boca. A porta foi se abrindo devagar. Seus pulmões se contraíram, pressionando-a em busca de ar, mas Charlie se recusava. Ficou segurando aquele único fôlego como se não fosse respirar nunca mais. *Eu vou encontrar você.* Ela cerrou os punhos, determinada a se manter imóvel.

Os passos já estavam dentro do quarto, percorrendo o local com rigidez. Ela ficou parada. O ar logo acima se agitou e, pelas pálpebras fechadas, a escuridão ficou ainda mais intensa. Charlie abriu os olhos e respirou.

O espaço logo acima dela estava vazio. Não havia nada olhando em sua direção.

A garota virou o rosto devagar, espiando o corredor livre à sua esquerda. Todos os ruídos haviam cessado.

De repente, os lençóis que a cobriam foram arrancados. Charlie se levantou depressa e enfim viu o que fora buscá-la: uma cabeça imensa repousava o queixo aos seus pés. Parecia uma espécie de prenda de uma barraca de brincadeiras em um parque de diversões, os olhos revirando de um lado para o outro, estalando a cada passo. Uma cartola preta feito o breu repousava na cabeça, ligeiramente inclinada, e as bochechas gigantescas e o nariz de botão o entregavam. *Freddy*.

Não era mais a cabeça fofa e sem expressão que ela desenterrara no terreno abandonado. Era vívida e cheia de movimento, coberta com pelo marrom ondulado e bochechas flexíveis. Ainda assim, havia algo desarmônico naquilo tudo, como se cada parte do rosto se mexesse de forma independente.

Charlie tentou ao máximo permanecer imóvel, mas seu corpo agia por vontade própria, contorcendo-se para fugir da boca que se abria na direção dela. A cabeça de Freddy deslizou pela cama feito uma cobra e perdeu a forma ao se dobrar para fora, pegando-a pelos pés e começando a engoli-la, avançando bem enquanto a garota se esforçava para não gritar ou lutar. Um braço gigante se estendeu e bateu na lateral da cama, fazendo o quarto estremecer ao se ancorar para puxar o torso imenso cada vez mais para cima. A mandíbula de Freddy fazia movimentos de mastigação enquanto seu rosto distorcido puxava as pernas de Charlie para dentro de si, as bochechas e o queixo cada vez mais pronunciados. Já não parecia mais algo com vida.

O pânico se instalou, e Charlie gritou. Ela cerrou os punhos, mas não havia mais rosto para golpear. O que se via era apenas um vórtice de pelos, dentes e fios que se espremia e espiralava. Antes que Charlie pudesse lutar mais, os braços ficaram imobilizados nas laterais do corpo, presos dentro daquela coisa. Só uma das mãos continuava livre. A garota arquejou uma última vez e, em seguida, foi tragada violentamente, consumida pela criatura.

Clay Burke parou o carro sem desacelerar. Os freios guincharam quando o carro deslizou na terra. John saltou do veículo antes que o delegado reassumisse o controle e disparou morro acima em direção à casa.

— Por trás — ordenou Clay ao alcançar John, a voz baixa e com um tom preocupado. Os dois contornaram a casa até a porta dos fundos, que estava escancarada. — Veja daquele lado. — Clay gesticulou para a direita e correu para a esquerda.

John parou perto da parede, espiando a cada porta por onde passava.

— Charlie! — gritou.

— Charlie! — ecoou Clay ao entrar no quarto principal.

— CHARLIE! — John, cada vez mais rápido, corria de um cômodo a outro. — CHARLIE! — Ele chegou à porta da frente. Abriu-a por completo e chegou para o lado, como se esperasse que tivesse alguém fugindo do local. — Clay, você encontrou? — berrou ao voltar correndo para dentro.

Clay retornou depressa para a sala de estar e balançou a cabeça.

— Não, mas ela esteve aqui. A cama estava bagunçada e tinha terra por todo o chão. E achei isso...

O delegado ergueu os tênis de Charlie. John assentiu, desalentado, só então percebendo os rastros de terra espalhados pela casa inteira. Ele tornou a olhar para a porta da frente.

— Ela sumiu — concluiu John, a voz presa na garganta. — E agora?

Clay só olhou para o chão, sem dizer nada.

CAPÍTULO ONZE

— Clay! — chamou John.

Ele se desesperou ainda mais ao ver o delegado parado olhando para as tábuas sujas do piso, aparentemente absorto em pensamentos. John tocou o braço dele, que levou um susto. Parecia ter acabado de se dar conta de que não estava sozinho.

— Temos que encontrá-la — afirmou John em tom de muita urgência.

Clay assentiu, despertando. Ele disparou, e John foi logo atrás, chegando ao banco do carona pouco antes de o delegado dar a partida no carro e pegar a estrada inacabada.

— Para onde estamos indo? — perguntou John.

Ainda tentava fechar a porta contra a força do vento. Ela batia feito uma imensa asa, enquanto Clay serpenteava morro abaixo. Por fim, John conseguiu fechá-la.

— Não sei — disse Clay, com ar sombrio. — Mas temos noção de até onde eles podem ir. — Ele desceu a colina que nem um louco e fez uma curva para entrar na estrada principal, onde acionou a sirene da viatura. Os dois percorreram menos de dois quilômetros até Clay virar depressa numa estrada de terra.

John bateu o ombro com força na porta. O garoto se agarrou ao cinto de segurança quando aceleraram, o mato alto arranhando as laterais do carro e dando pancadas no para-brisa.

— Eles vão ter que passar por aqui — afirmou Clay. — Este campo fica entre a casa e a próxima área do mapa. Só temos que esperar. — Ele parou o carro de repente, e John deu um solavanco para a frente.

Os dois saltaram da viatura ao mesmo tempo. Clay tinha estacionado às margens de um pasto. Havia algumas árvores e o mato estava alto, mas não se via nada cultivado nem animais pastando. John entrou no terreno, observando a vegetação ondular feito água ao vento.

— Acha mesmo que estamos no caminho deles? — perguntou John.

— Se continuarem seguindo na mesma direção, vão ter que vir para cá.

Longos minutos se passaram. John caminhava de um lado para outro à frente do carro. Clay foi para o meio do campo, pronto para correr em qualquer direção a qualquer momento.

— A esta altura, já deviam estar aqui — observou John. — Tem alguma coisa errada.

Clay concordou.

Ao longe, ouviram barulho de motor de carro, cada vez mais alto. Os dois congelaram. Quem quer que fosse, ia rápido. John escutava os galhos chicoteando a lataria do veículo num ritmo irregular. Alguns segundos depois, o carro apareceu cantando pneu e parou.

— Jessica. — John foi até lá.

— Cadê a Charlie? — perguntou a garota, saindo do carro.

— Como você nos encontrou? — retrucou Clay.

— Eu liguei para ela — explicou John. — Do restaurante, logo depois que falei com você.

— Já procurei em toda parte. Sorte minha encontrar vocês. Por que estamos parados aqui?

— A rota dos animatrônicos passa por aqui — explicou John, mas Jessica não estava convencida.

— O que isso quer dizer? Como vocês sabem?

John olhou para Clay, nenhum dos dois demonstrando confiança.

— Eles já estão com ela, não estão? — insistiu a garota. — Então por que continuariam indo em direção à faculdade?

Clay fechou os olhos e pôs a mão na têmpora.

— Não continuariam — concordou.

O delegado olhou para o céu, o vento castigando seu rosto.

— Então, a uma hora dessas, eles podem estar indo para qualquer direção — acrescentou Jessica.

— Não temos mais como prever o que eles vão fazer — completou John. — Eles já têm o que queriam.

— E ela queria isso? Esse foi o plano dela? — questionou Jessica, aumentando a voz. — O que deu em você, Charlie? Talvez eles nem estivessem atrás *dela*. Podia ser qualquer pessoa! Então por que Charlie tinha que ir até lá, como se fosse um... um...

— Sacrifício — completou John, quieto.

— Ela não pode ter morrido — murmurou Jessica, a voz soando trêmula.

— Não podemos pensar assim — afirmou John, sério.

—Vamos cercar a área — ordenou Clay. — Jessica, pega seu carro e começa com o John por ali — disse, apontando. — Vou dar a volta pelo outro lado. Vamos nos deslocar em círculos e torcer para alcançá-los. Não consigo pensar em nenhum outro jeito. — O delegado encarou os adolescentes com um olhar desamparado. Ninguém se mexeu, apesar do novo plano de Clay. John sentia no ar: todos tinham se rendido. — Não sei o que mais podemos fazer. — A voz do delegado perdera o vigor.

— Talvez eu saiba — soltou John, de repente, a ideia ganhando contornos enquanto ele falava. — Quem sabe não possamos perguntar para eles...

—Você quer perguntar para eles? — retrucou Jessica, sarcástica. — Vamos ligar e deixar uma mensagem: "Por favor, entrem em contato assim que possível relatando o plano assassino de vocês!"

— Exatamente — concordou John, dirigindo-se a Clay. — Os mascotes da Freddy's foram *todos* destruídos? Quando você diz que jogou tudo fora, quer dizer o quê? Temos acesso a eles? — Ele se virou para Jessica. — Eles já nos ajudaram uma vez, ou pelo menos tentaram, quando pararam de nos perseguir. Pode ser que saibam de alguma coisa, sei lá. Nem que seja numa pilha de sucata sabe-se lá onde, deve ter sobrado alguma coisa. Clay?

O delegado mais uma vez observava o céu. Jessica lançou-lhe um olhar penetrante.

—Você sabe, não sabe? Sabe onde eles estão.

Clay suspirou.

— Sim, eu sei. — Hesitou. — Não pude deixar que fossem destruídos. Não sabendo o que eles são, o que tinham sido. E não ousei dar permissão para que fossem simplesmente jogados fora, sabendo do que são capazes. — Jessica abriu a boca, prestes a perguntar algo, mas se conteve. — Eu... Eu os guardei.

Havia um raro toque de dúvida em sua voz.

—Você o quê? — John deu um passo à frente, subitamente na defensiva.

— Eu os guardei. Todos. Só que não faço ideia de como perguntar as coisas para eles. Desde aquela noite, não se moveram nem um centímetro. Estão quebrados, ou pelo menos fingem muito bem. Já faz mais de um ano que estão no meu porão. Tomei o cuidado de deixá-los sozinhos. Parecia muito claro que não deveriam ser incomodados.

— Bem, vamos ter que incomodá-los — afirmou Jessica. — Temos que tentar encontrar a Charlie.

John mal escutava, estava analisando o delegado.

—Vamos — chamou o delegado.

Ele foi para a viatura com um semblante tenso, como se tivessem acabado de lhe tirar alguma coisa.

John e Jessica se entreolharam e foram para o carro também. Antes de chegarem ao carro dela, Clay já pegava a estrada principal. Jessica pisou fundo e colou nele no exato instante em que Clay fez uma curva acentuada à direita.

Os dois não trocaram uma palavra. Jessica estava concentrada na estrada, enquanto John estava jogado no banco do carona, pensando em toda aquela situação. À frente deles, o delegado acionara as luzes do veículo, embora tivesse deixado a sirene desligada.

Durante o percurso, John olhou para a escuridão. Talvez, por um acaso qualquer, avistasse Charlie. Segurava sem muita firmeza a maçaneta da porta, pronto para saltar, sair correndo e salvá-la. Mas o que se via era apenas uma infinidade de árvores e janelas alaranjadas de casas distantes adornando as colinas como se fossem luzes de Natal.

— Chegamos — afirmou Jessica, mais rápido do que John tinha esperado.

O garoto se endireitou e espiou pela janela. Jessica fez uma curva e parou o carro, e John reconheceu o local. Alguns metros adiante ficava a casa de Carlton, cercada por uma parede de árvores. Clay estacionou na entrada da garagem, e Jessica puxou o freio de mão a centímetros do para-choque da viatura.

Nervoso, Clay balançava as chaves na mão conforme se aproximava de casa. Era um homem transtornado, não mais o delegado seguro e no controle da situação. Destrancou a porta, mas John esperou. Queria que Clay fosse na frente.

O delegado os conduziu à sala de estar, e Jessica arquejou de surpresa. Clay olhou encabulado para ela.

— Desculpem a bagunça.

John espiou o local. A sala estava, basicamente, como ele se lembrava, cheia de sofás e cadeiras dispersas em torno da lareira. Mas nos dois sofás havia pilhas de pastas-arquivo abertas e jornais, além do que parecia ser roupa suja. Seis canecas de café ocupavam uma mesa de canto. John sentiu um aperto no peito ao notar duas garrafas de uísque vazias entre a poltrona e a lareira. Olhando ao redor, localizou mais duas. Uma tinha rolado para baixo de um dos sofás, e a outra ainda estava pela metade, ao lado de um copo tingido de amarelo. John lançou um olhar furtivo para Jessica, que mordiscou o lábio.

— O que aconteceu aqui? — perguntou ela.

— A Betty foi embora — resumiu Clay.

— Ah...

— Sinto muito — sensibilizou-se John.

Clay acenou para o garoto, refutando quaisquer outras tentativas de consolá-lo, e pigarreou.

— Acho que ela fez a coisa certa. Ou, pelo menos, o que era certo para ela. — O delegado forçou uma gargalhada e gesticulou para a bagunça que o cercava. — Todos nós fazemos o que temos que fazer.

Clay se sentou numa poltrona verde, o único assento completamente livre de tranqueiras e documentos, e balançou a cabeça.

— Posso tirar isso daqui? — arriscou John, apontando para os papéis que tomavam o sofá bem à frente de Clay.

Como ele não respondeu, John os empilhou e colocou para o lado, tomando o cuidado de não deixar nada cair. Ele e Jessica se sentaram, embora ela parecesse achar que o sofá podia estar contaminado com alguma praga.

— Clay... — começou John, mas o homem voltou a falar como se nunca tivesse parado.

— Depois que todos vocês foram embora, que todos estavam em segurança, voltei lá para pegá-los. Betty e eu tínhamos decidido que seria uma boa hora para o Carlton passar um tempo fora da cidade, e então ela o levou para ficar algumas semanas com a irmã dela. Para ser sincero, não lembro se foi sugestão da Betty ou se fui eu que coloquei essa ideia na cabeça dela. Só sei que assim que vi os dois saindo de casa, fui trabalhar. A Freddy's estava trancada. Tinham retirado o corpo do policial Dunn e finalizado as buscas, tudo sob minha orientação cuidadosa, é claro. Levaram algumas amostras, mas nada além disso tinha sido tirado de lá, não àquela altura. Estavam esperando minha autorização. O lugar nem ficava sob vigilância, afinal, não havia nada perigoso lá dentro, certo? Então, esperei as coisas se acalmarem. Depois fui até St. George e aluguei um caminhão de mudança. Estava chovendo quando fui pegá-lo, e cheguei na Freddy's debaixo de uma tempestade daquelas, embora a previsão do tempo fosse de céu claro. Desta vez eu tinha as chaves. Todos os cadeados tinham se tornado responsabilidade da polícia, então foi só entrar. Eu sabia onde iria encontrá-los, ou pelo menos rezava para que ainda estivessem onde os tinha deixado. Estavam todos juntos, amontoados naquela sala do palquinho.

— A Baía do Pirata — disse Jessica, quase em um fio de voz.

— Cheguei a cogitar que não fossem estar lá, mas estavam todos sentados pacientemente, como se estivessem me esperando. Eram imensos, vocês sabem. Centenas de quilos de metal e tudo mais que tivesse ali, precisei arrastar um por um. Acabei conseguindo pôr todos no caminhão, e decidi que os traria para cá, para guardá-los no porão, mas, quando cheguei, as luzes estavam acesas, e o carro da Betty, na garagem. Ao que parecia, ela tinha voltado da viagem antes do tempo.

— O que você fez? — perguntou Jessica.

Jessica estava curvada para a frente, o queixo apoiado nas mãos. Estava gostando da história. John balançou a cabeça, achando graça.

— Esperei do outro lado da rua. Quando a última das luzes se apagou, fui até a garagem e comecei a arrastar de novo aqueles troços para o porão. Então fui devolver o caminhão em St. George e voltei para casa, tudo isso sem ninguém me ver. Nunca teria dado certo sem os trovões e relâmpagos para disfarçar o que eu estava fazendo. Quando entrei, estava ensopado e com o corpo todo dolorido. Eu só queria ir lá para cima dormir ao lado da minha esposa... — Ele pigarreou. — Mas não tive coragem. Peguei um cobertor e dormi na frente da porta do porão, para o caso de algo tentar sair de lá.

— E tentou? — indagou Jessica.

Clay balançou a cabeça devagar, como se ela estivesse muito pesada.

— De manhã, estavam exatamente como eu os tinha deixado. A partir desse dia, desci lá todas as noites depois que a Betty pegava no sono. Ficava olhando para eles, às vezes até... conversava, tentando provocá-los de alguma forma. Queria ter certeza de que não iriam nos matar enquanto dormíamos. Reexaminei os arquivos do caso para tentar descobrir como tínhamos deixado Afton escapar. Como ele tinha conseguido voltar sem levantar suspeitas? A Betty sabia que tinha alguma coisa errada. Algumas semanas depois, ela acordou, foi me procurar... e encontrou todos eles. — Burke fechou os olhos. — Não lembro exatamente como foi a conversa, mas, na manhã seguinte, ela tinha ido embora de novo, e dessa vez não voltou.

John não parava quieto no sofá.

— Não se mexeram desde então?

— Estão sentados lá feito bonecos quebrados. Já nem penso mais neles.

— Clay, a Charlie está em perigo — alertou John, se levantando. — Temos que falar com eles.

Clay assentiu.

— Bem, então vamos.

O delegado se levantou e apontou para a cozinha.

A última vez em que John estivera na cozinha dos Burke foi um dia depois de terem escapado da Freddy's. Clay preparara panquecas e fizera piadas. Betty, a mãe de Carlton, estava sentada ao lado do filho como se tivesse medo de deixá-lo sozinho. Estavam todos inebriados de alívio por aquele suplício ter acabado, mas John percebia que cada um deles à sua maneira também lidava com outros sentimentos. Havia quem interrompesse frases ao meio, esquecendo-se do resto, ou quem ficasse olhando por um bom tempo para o nada. Todos ali só estavam se recuperando como podiam. Mas a cozinha já havia sido um brinco. Todas as bancadas brilhavam de tão brancas, e o aroma de café e das panquecas era reconfortante, uma ponte para a realidade.

Dessa vez, John sofreu um forte abalo com tamanho contraste. O cheiro era rançoso, e o garoto logo percebeu do que se tratava: as bancadas e a mesa estavam tomadas de louça suja, incrustada com restos de comida, que quase não havia sido consumida. Havia outras duas garrafas vazias na pia da cozinha.

Clay abriu a porta do que parecia um armário, mas acabou se deparando com os degraus do porão. Ele acionou um interruptor, que acendeu uma lâmpada turva, e acenou para que entrassem. Jessica tomou a dianteira, mas John tocou gentilmente o ombro da garota e a conteve. Clay desceu primeiro, liderando a empreitada, e John foi em seguida, conduzindo Jessica.

Os degraus eram estreitos e um pouco íngremes. A cada passo que dava, John tinha a impressão de cambalear ligeiramente, o corpo se mostrando despreparado para a distância. Descendo mais dois degraus, o ar mudou, se tornando úmido e bolorento.

— Cuidado com este degrau aí — alertou Clay.

John olhou para baixo e viu que uma das tábuas estava faltando. Ele passou por cima com cuidado e se virou para oferecer a mão para Jessica, que deu um salto esquisito.

— Um dos muitos itens na minha lista de coisas a fazer — improvisou o delegado.

O próprio porão estava inacabado. O piso e as paredes sem pintura revelavam a superfície da construção.

Clay apontou para um canto escuro onde a caldeira os espreitava. Jessica arquejou.

Estavam todos lá, enfileirados na parede. No fim da fila, Bonnie apoiado na caldeira. O pelo azul do coelho gigantesco estava embaraçado e manchado, e suas orelhas compridas pendiam para a frente, quase obscurecendo seu rosto largo e quadrado. Ainda segurava o contrabaixo vermelho numa das imensas mãos, embora o instrumento estivesse surrado e quebrado. Metade da gravata-borboleta reluzente tinha se rasgado, dando ao rosto uma aparência assimétrica. Ao lado dele, estava Freddy Fazbear. A cartola e a gravata-borboleta pretas combinando estavam intactas, apenas um pouco arranhadas. E apesar do pelo marrom enlameado, o urso ainda sorria para uma plateia inexistente. Seus olhos azuis estavam esbugalhados, e as sobrancelhas, erguidas, como se algo empolgante estivesse prestes a acontecer. O microfone tinha sumido, e seus braços retesados encontravam-se à frente do corpo, tentando agarrar o vazio. Chica estava apoiada em Freddy, a cabeça caída para o lado. O peso do corpo amarelo inexplicavelmente coberto com pelos em vez de penas parecia estar sendo apoiado apenas pelo urso. As pernas alaranjadas compridas de galinha estavam esticadas à frente, e pela primeira vez John notou as garras prateadas dos pés, com alguns centímetros de comprimento e afiadas como facas. O babador que sempre usava estava rasgado. A inscrição nele dizia: HORA DO LANCHE, mas as letras tinham sido apagadas pelo tempo, a umidade e o mofo do porão.

Desconfiado, John observou a galinha. Algo estava faltando.

— O cupcake — disse Jessica, em sintonia.

Foi quando ele o avistou.

— Ali no chão.

Estava caído ao lado de Chica, quase recluso, o sorriso maléfico se tornara maníaco e patético.

Um pouco afastado dos três estava o Freddy dourado, que havia salvado a vida de todos eles, um ano antes. Parecia o Freddy Fazbear, só que ao mesmo tempo não parecia. Além da cor, havia algo diferente nele, mas se alguém perguntasse a John o que era, ele tinha certeza de que não conseguiria dizer. Jessica e John passaram um bom tempo olhando para o boneco, com certa admiração velada. *Nunca tive oportunidade de agradecer*, queria dizer. Mas percebeu que estava assustado demais para se aproximar.

— Cadê o... — começou Jessica, mas na mesma hora parou de falar.

Apontou para o canto escuro onde se via Foxy, apoiado na parede. John sabia o que veria: um esqueleto robótico recoberto com pelo avermelhado e escuro só do joelho para cima. O boneco já era capenga na época em que o restaurante funcionava. Foxy tinha seu próprio palco na Baía do Pirata. Ao olhar para ele ali, John achou que ainda conseguia identificar outros pontos em que o revestimento de pelos tinha sido rasgado, deixando à mostra mais da estrutura metálica. O tapa-olho de Foxy ainda estava no lugar. Enquanto uma das mãos ficava caída, o braço com o enorme gancho afiado estava erguido, pronto para o golpe.

— Você os deixou exatamente nessa posição? — indagou John, admirado.

— Foi. Assim mesmo — confirmou Clay, mas com um quê de dúvida em suas próprias palavras.

Jessica se aproximou de Bonnie com cautela e se agachou até olhar nos olhos do imenso coelho.

— Você está aí? — sussurrou.

Nenhuma resposta. A garota estendeu o braço bem devagar para lhe tocar o rosto. John observou, nervoso, porém, quando Jessica deu tapinhas no animal, não levantou nem poeira no porão bolorento. Por fim, ela se levantou, deu um passo para trás e lançou um olhar impotente para John.

— Não tem nada...

— Shhh — interrompeu ele, um barulho chamando sua atenção.

— O que foi?

John inclinou a cabeça e esticou o pescoço na direção do ruído, apesar de não ter certeza de onde exatamente ele vinha. Era como uma voz ao vento, palavras levadas embora antes que o garoto pudesse compreendê-las, tão depressa que nem sabia se de fato era uma voz.

—Tem alguém... aí? — murmurou.

Ele olhou para Freddy Fazbear, mas, quando tentou se concentrar, localizou o barulho.

John voltou-se para o Freddy dourado e perguntou:

—Você está aí, não está?

Caminhou até o animatrônico e se agachou diante dele, sem tentar tocá-lo. O garoto olhou nos olhos reluzentes do boneco em busca de qualquer centelha da vida que ele vira naquela noite, quando o urso dourado entrou no recinto e todos tinham certeza de que Michael, o amigo de infância deles, estava lá dentro. John não conseguia se lembrar com precisão de como sabia: não havia nada por detrás dos olhos de plástico, nada fisicamente diferente. Não passava de pura certeza. Ele fechou os olhos e tentou rememorar. Podia ser que, ao relembrar da essência de *Michael*, pudesse invocá-lo novamente. Porém, não foi capaz de apreendê-la, não conseguiu sentir a presença do amigo como naquela noite.

John abriu os olhos e examinou os animatrônicos um a um, lembrando de cada um deles com vida e mobilidade. Certa vez, as crianças sequestradas por William Afton os observara de dentro. Será que ainda estariam lá, adormecidas? Era terrível imaginá-las apodrecendo ali embaixo, fitando a escuridão.

Quase imperceptível, alguma coisa tremeluziu nos olhos do urso amarelo, e John arquejou. Olhou para trás em busca de alguma luz que pudesse ter sido refletida pela superfície de plástico duro, mas não identificou nenhuma fonte óbvia. *Volta*, implorou em silêncio, torcendo para tornar a avistar a centelha.

— John. — A voz de Jessica o puxou de volta para a realidade. — John, não tenho certeza de que foi uma boa ideia. — O garoto se virou na direção da voz dela e, com cãibra nas pernas, se levantou.

Por quanto tempo ficara ali encarando os olhos cegos do mascote?

— Acho que ainda tem alguém ali dentro — falou, devagar, com um tom sombrio.

— Talvez, mas isto aqui não está legal. — Ela voltou a olhar para as roupas.

A cabeça dos animatrônicos tinha se movido, inclinando-se de modo nada natural para encarar John e Jessica.

Ela gritou, e John se viu berrando alguma coisa ininteligível, pulando para trás como se tivesse levado uma ferroada. Todos os bonecos estavam olhando para ele.

John experimentou dar três passos para a esquerda, e teve a impressão de que o haviam seguido, os olhos cravados nele e em nada mais.

Clay segurava uma pá feito um taco de beisebol, pronto para atacar.

— Acho que está na hora de ir. — O delegado deu um passo à frente.

— Para, está tudo bem! — exclamou John. — Eles sabem que não somos o inimigo. Estamos aqui porque precisamos de ajuda. — John ergueu as mãos abertas para as criaturas.

Clay baixou a pá, sem largá-la. John olhou para Jessica, que assentiu rapidamente.

Ele tornou a se voltar para os mascotes.

— Estamos aqui porque precisamos de ajuda — repetiu. A resposta dos animatrônicos foi um olhar vazio. — Lembram de mim? — perguntou, sem jeito. Eles continuaram olhando, tão paralisados em suas novas poses quanto estavam antes. — Por favor, escutem. Vocês se lembram da Charlie, não é? Têm que lembrar. Ela foi levada por... criaturas parecidas com vocês, mas não muito. — John olhou para Jessica, mas ela apenas assistia a tudo, ansiosa, confiando nele. — Foram fantasias de animatrônicos que estavam enterradas debaixo da casa da Charlie. Não sabemos por que estavam lá. — Ele respirou fundo. — Achamos que não foram construídas pelo Henry, e sim por William Afton.

À menção daquele nome, todos os robôs começaram a estremecer e convulsionar sem sair do lugar. Foi como se tivessem recebido uma carga elétrica forte demais para seus sistemas absorverem.

— John! — gritou Jessica. Clay deu um passo à frente e segurou o garoto pelo ombro. — Temos que sair daqui — afirmou ela, num tom desesperado.

Os mascotes se debatiam feito loucos. A cabeça deles dava pancadas dolorosas na parede.

John não conseguiu se mexer, dividido entre a vontade de correr *até* os bonecos para tentar ajudar e o ímpeto de fugir dali, desesperado.

— Vão, agora! — bradou Clay mais alto que a barulheira, puxando John para trás.

Eles foram subindo os degraus do porão, Clay logo atrás com a pá levantada como defesa. John ficou vendo os mascotes convulsionarem no chão até sumirem de vista.

— Precisamos da ajuda de vocês para encontrar a Charlie! — gritou uma última vez, e Clay bateu a porta do porão e acionou três ferrolhos novinhos em folha.

—Vamos — disse o delegado.

Os dois o seguiram, perseguidos pelo barulho pavoroso de pancadas metálicas, não muito abafado pelo piso logo abaixo. O homem os levou de volta pela sala de estar até um pequeno escritório e trancou a porta.

— Eles estão subindo — disse John, andando de um lado para outro e observando o chão sob seus pés.

Era metal raspando em metal, e algo se estatelou como se batesse com força na parede. O eco reverberou por todo o piso.

— Bloqueiem a porta — ordenou Clay, segurando uma das laterais da escrivaninha que ficava num canto e balançando a cabeça para que John o ajudasse.

O garoto segurou a outra ponta enquanto Jessica tirava do caminho duas cadeiras e um abajur. Os dois posicionaram a escrivaninha em frente à porta no instante em que, abaixo deles, alguma coisa arranhava o concreto como se estivesse sendo arrastada.

Pegadas pesadas estremeceram a casa. O ganido agudo de eletrônicos em mal funcionamento preencheu o ambiente, tão agudo que quase não dava para ser ouvido. Jessica esfregou as orelhas.

— Estão vindo atrás *da gente*?

— Não. Quer dizer, acho que não — palpitou John. Em busca de uma confirmação, ele olhou para o delegado, mas Clay não tirava os olhos da porta.

O ganido se intensificou, e Jessica tapou os ouvidos. O som dos passos ficou mais alto. Ouviu-se o barulho de madeira rachando.

— Na porta — cochichou o delegado.

Ouviu-se um baque seco bem alto, depois outro. John, Jessica e Clay mergulharam atrás da escrivaninha, como se ela fosse escondê-los melhor. Outro baque seco ressoou e, em seguida, foi a vez do barulho de madeira estilhaçando.

Os passos que abalavam as estruturas da casa estavam ainda mais perto. John tentou contá-los para ver se as criaturas estariam todas juntas, mas os sons se sobrepunham demais. Os sons reverberavam em seu peito e faziam seus dentes rangerem. A sensação era de que aquele barulho, sozinho, poderia despedaçá-lo.

E então, rapidamente, os passos se dissiparam e sumiram. Por um eterno instante, ninguém se moveu. John arquejou, só então percebendo que estivera prendendo a respiração. O garoto olhou para os outros dois. Jessica estava de olhos fechados e apertava as mãos com tanta força que as pontas dos dedos tinham esbranquiçado. John se esticou e tocou seu ombro, fazendo a amiga dar um salto, os olhos se abrindo de repente. Clay já tinha se levantado e puxava a escrivaninha.

—Vamos, John. Me ajude a tirar isso do caminho.

— Certo — concordou John, um pouco inseguro.

Juntos, os dois afastaram o móvel e saíram apressados para o corredor. A porta da frente se escancarava para a noite. John correu até o lado de fora para observar.

Por onde os mascotes haviam passado, a vegetação tinha sido dilacerada. Os rastros eram evidentes e fáceis de acompanhar, levando direto para a mata. John saiu correndo, Clay e Jessica foram atrás. Quando os três alcançaram as árvores, diminuíram o passo. Ao longe, John avistou um borrão de movimento indistinto por apenas alguns instantes, e gesticulou para conter a garota e o delegado. Eles iam atrás, mas não ousariam ser vistos pelo que quer que estivesse lá na frente.

CAPÍTULO DOZE

O mundo trovoava em torno de Charlie, sacudindo-a para a frente e para trás em um ritmo constante, e ela era cutucada com cada vez mais força por alguma coisa estranha sempre que se movimentava. Abriu os olhos e lembrou onde estava. Ou melhor, dentro de onde estava. A imagem horrenda do Freddy distorcido sugando-a pela boca como uma espécie de serpente lhe ocorreu, e ela tornou a fechar os olhos e os lábios para não gritar. Cada baque era um passo, ela percebeu: os animatrônicos estavam em movimento.

Sua cabeça pulsava a cada pancada, impedindo-a de pensar direito. *Devo ter ficado inconsciente quando ele me jogou aqui dentro*, pensou. O torso da criatura se conectava à cabeça por um pescoço bem largo que quase se nivelava com o dela, embora a cabeça do bicho se estendesse mais uns bons centímetros para cima. Era como observar o interior de uma máscara: o espaço oco do focinho, as esferas vazias da parte de trás dos olhos.

Quando, com todo o cuidado, ela olhava para cima, conseguia até ver o parafuso que prendia a cartola preta.

As pernas de Charlie estavam apertadas, dobradas de um jeito desconfortável, imprensadas entre o maquinário. Devia fazer algum tempo que ela estava naquela posição, mas não tinha ideia de quanto. Seus braços estavam confinados, suspensos, dentro dos braços da roupa. Seu corpo inteiro ardia com pequenas feridas e cortes feitos pelos pedacinhos de plástico e metal que penetravam mais fundo a cada passo da criatura. Charlie podia sentir sangue escorrendo pela pele em meia dúzia de pontos. Estava louca para limpá-los, mas não fazia ideia de quanto poderia se mexer sem disparar as travas de mola. Por um breve momento, sua mente foi buscar a imagem da primeira vítima, com todas as lacerações que lhe cobriam o corpo de modo quase decorativo. Ela pensou nos gritos de Dave à beira da morte e no cadáver inchado debaixo do palco na Baía do Pirata. *Não pode acontecer comigo. Não posso morrer desse jeito!*

Charlie contara para Clay o que sabia sobre as roupas com trava de mola. As partes animatrônicas ficavam recolhidas, abrindo espaço para a pessoa vesti-la como uma fantasia, ou completamente destravadas, para que o mascote funcionasse como um robô. Mas isso era o que Charlie sabia sobre a Lanchonete Fredbear's, a criatura em questão era diferente. Ela estava numa cavidade projetada para um ser humano, mas a roupa se movia com plena autonomia. Seu interior era repleto de fios e de uma estrutura metálica, com a única exceção do espaço que Charlie ocupava.

O animatrônico fez um movimento inesperado para o lado, e a garota se chocou uma vez mais, e com mais violência ainda, contra a superfície cortante. Dessa vez, gritou, incapaz de se conter, mas Freddy não diminuiu o passo. Ou não tinha escutado ou não dava a mínima. Charlie cerrou os dentes e tentou amenizar as pancadas na cabeça.

Aonde estamos indo? Ela esticou o pescoço para um lado e para o outro e espiou pelos buraquinhos da fantasia surrada. Havia poucos buracos, pequenos e nos dois lados do torso da criatura. A única coisa que ela conseguiu identificar foi a floresta: árvores sucedendo-se na escuridão enquanto eles seguiam apressados rumo a um destino misterioso. Frustrada, Charlie suspirou, os olhos se enchendo de lágrimas. *Onde você está? Estou chegando perto? Sammy, é você?*

Ela desistiu de procurar pistas lá fora e olhou para a parte interna da roupa. *Fique calma*, disse a voz da tia Jen em sua cabeça. *Fique sempre calma. É a única maneira de raciocinar.* A garota olhou para a máscara e para as feições do lado de dentro do Freddy distorcido.

De repente, as esferas vazias rolaram para trás e os olhos se voltaram para dentro, encarando-a com um olhar plástico impassível. Charlie gritou e se retraiu, e algo atrás dela disparou, fazendo chicotear um pedaço de metal semelhante a um açoite que atingiu sua costela. Ela ficou paralisada de tanto terror. *Não, por favor, não.* Nada mais disparou e, instantes depois, ela se reacomodou com cautela e tentou não olhar para os olhos azuis que reluziam logo acima. O ponto onde o metal a golpeara latejava a cada vez que ela respirava. Assustada, Charlie se perguntava se teria quebrado alguma costela. Antes que tivesse oportunidade de verificar, o animatrônico tornou a se mover para o lado, e ela foi junto, batendo a cabeça com tanta força que o baque reverberou por todo o corpo. Sua visão foi escurecendo feito um túnel, e, à medida que foi perdendo a consciência mais uma vez, a única coisa que viu foram os olhos vigilantes de Freddy.

Os pulmões de John começavam a arder, e as pernas já pareciam borracha no pique incessante dos três pela floresta. Eles vinham correndo pelo que já pareciam horas, embora ele soubesse que não podia ser. Era apenas a exaustão pregando uma peça em sua mente. O rastro desaparecera. Quando eles entraram na floresta, as árvores tinham sido suas guias. O grupo seguiu cascas de árvore dilaceradas, galhos quebrados e até raízes arrancadas em que pés imensos e descuidados haviam pisado.

Os vestígios, no entanto, tinham começado a ficar mais esparsos, até sumirem por completo. Àquela altura, John corria na direção aonde as criaturas pareciam ter ido.

Na verdade, era possível que estivesse perdido.

À medida que ia contornando árvores, subia e descia pequenas elevações e tropeçava no solo irregular, John começava a perder totalmente o senso de direção. À sua frente, Jessica seguia correndo com toda a confiança. Ele a acompanhava, mas, até onde lhe cabia, era bem possível que estivessem correndo num círculo infinito.

Atrás dele, os passos de Clay vinham se desacelerando, sua respiração continuava pesada. Jessica, alguns passos adiante, virou e ficou dando saltinhos sem sair do lugar enquanto esperava os dois a alcançarem.

—Vamos, pessoal, estamos quase lá! — disse, cheia de vigor.

— Quase onde? — indagou John, esforçando-se para manter um tom de voz calmo.

— Só estou tentando incentivar a gente — explicou ela. — Fui da equipe de cross-country da escola por três anos.

— Bom, eu sempre fui mais de levantar peso, sabe? — respondeu John, ofegante, de repente na defensiva.

—Vamos, Clay, você consegue! — gritou Jessica.

John deu uma olhada para trás. O delegado havia parado de correr e estava curvado com as mãos nos joelhos, respirando com dificuldade. Para seu alívio, John diminuiu o passo para uma caminhada e deu meia-volta. Jessica deixou escapar um muxoxo e seguiu o amigo até Clay.

—Você está bem? — John quis saber.

O homem assentiu e, com um aceno, o afastou.

— Estou. Vão na frente. Eu alcanço vocês.

— Não tem mais para onde ir — retrucou John. — Estamos correndo às cegas. Quando foi a última vez que você viu algum rastro?

— Faz um tempinho — concordou Clay. — Mas eles estavam vindo nesta direção, e é só o que temos.

— Mas nós não temos nada! — Frustrado, o garoto aumentou o tom de voz. — Não temos por que achar que vieram por aqui!

— Eles vão escapar — alertou Jessica, nervosa.

Continuava dando saltinhos, o rabo de cavalo balançando atrás dela feito um animal nervoso. Clay balançou a cabeça.

— Já escaparam.

Jessica diminuiu o ritmo.

— E agora?

Algo fez as árvores à frente farfalharem. Jessica segurou o braço de John, mas, parecendo constrangida, logo tratou de soltá-lo. Ouviu-se de novo o ruído, e o garoto foi andando naquela direção com a mão erguida para que os dois ficassem onde estavam. Ele foi abrindo caminho por entre as árvores com toda a cautela e, ao dar uma espiadela para trás, notou que Jessica e Clay, apesar de sua tentativa de mantê-los longe, vinham em seu encalço.

Alguns metros mais à frente, as árvores davam num pasto: eles haviam chegado ao outro extremo da floresta. Jessica arquejou e, segundos depois, John avistou: no meio da clareira, um vulto erguia-se na escuridão. Era quase indistinto e sem feições, mal discernível das sombras. John semicerrou os olhos, tentando entender aquela imagem, certificar-se de que estava mesmo enxergando-a. Fios elétricos pretos e pesados cobriam o campo como a copa de uma árvore, mas, tirando os fios, não havia mais nada ali. Embora estivesse escuro, não havia como se aproximarem do vulto sem serem vistos.

Então, John endireitou a postura e, decididamente, começou a andar bem devagar naquela direção.

O campo era descuidado, e o mato alto raspava em seus joelhos enquanto ele caminhava. Atrás dele, cada passo de Jessica e Clay produzia um farfalhar. O vento fazia a vegetação lhes açoitar as pernas, soprando com mais fúria a cada metro que percorriam. Quase na metade do caminho, John parou, intrigado. O vulto ainda estava lá, mas dava a impressão de estar tão longe quanto no início. Ele lançou um olhar para Jessica.

— Está se mexendo? — sussurrou ela. O garoto assentiu e voltou a caminhar, sem tirar os olhos do vulto sombrio. — John, não parece o... Freddy?

— Não sei o que é — respondeu ele, com cautela. — Mas acho que quer que a gente o siga.

Não consigo respirar. Charlie tossiu e se engasgou ao despertar subitamente. Estava deitada de barriga para cima, a terra sendo despejada em cima dela. Já lhe preenchia a boca, tapava o nariz e cobria os olhos. Sacudindo a cabeça e piscando repetidas vezes, ela cuspiu. Tentou levantar as mãos, mas não podia movê-las. Num estalo, lembrou que estavam presas dentro dos braços da roupa de animatrônico e que ela seria mutilada se tentasse soltá-las.

Enterrada viva! Estou sendo enterrada viva! Charlie abriu a boca para gritar, o que fez com que engolisse mais terra, entrando goela abaixo e fazendo com que se engasgasse de novo. Ela sentia sua pulsação na garganta, sufocando-a tanto quanto a terra. O coração batia rápido demais e ela se sentia meio aérea. Numa tentativa vã de preencher os pulmões, tentou encurtar a respiração, mas só voltou e inalar terra. Cuspiu, gargarejando com força para evitar engoli-la, e virou a cabeça para o lado, afastando-a do solo que caía feito chuva. Ao respirar, estremeceu a ponto de sacudir o peito, depois de novo. *Você está hiperventilando*, disse para si mesma com severidade. *Você tem que parar. Tem que se acalmar. Precisa clarear as ideias.* O último pensamento foi na voz da tia Jen. A garota olhou para a já familiar lateral da roupa e respirou fundo, ignorando a terra que se assentava em seus ouvidos e escorria pelo pescoço, até que seu coração acelerado foi se acalmando e ela pôde voltar a respirar quase normalmente.

Charlie fechou os olhos. *Você precisa soltar os braços.* Ela concentrou toda a atenção no braço esquerdo. A camiseta de mangas curtas deixava a pele dos braços exposta e em contato com a roupa, permitindo-lhe sentir tudo que encostava nela. Ainda de olhos fechados, Charlie começou a desenhar um mapa mentalmente. *Tem alguma coisa na articulação dos ombros e um espaço logo abaixo. Tem uma sequência de espinhos que desce por fora até o meu cotovelo e, por dentro, tem... O que é isso?* Ela balançou o braço para a frente e para trás bem devagar e com toda a delicadeza, roçando nos objetos e tentando visualizá-los. *Não são travas de mola.* Charlie congelou e voltou a se concentrar no ponto em que o braço se unia ao torso. *ISTO são travas de mola. Certo, vou chegar lá. As mãos.* Ela flexionou os dedos bem de leve. Os braços da criatura eram folgados, e suas mãos, que chegavam mais ou menos até os cotovelos da fantasia, estavam menos apertadas do que qualquer outra parte do corpo. Charlie voltou a cuspir terra, tentando ignorar que ela continuava sendo despejada com a mesma frequência e que já se acumulava ao redor. *Respire enquanto ainda pode.* A garota retesou a mandíbula, visualizando a parte da roupa que lhe recobria o braço, e, lentamente, começou a se desvencilhar. Apontou o ombro para baixo, girou-o para a frente, prendeu a respiração... e puxou o braço alguns centímetros para fora. Charlie deixou escapar um suspiro arrepiante. Seu ombro estava livre das travas de mola. *A parte mais difícil era essa. Basta eu ter cuidado, e o resto do meu braço não vai encostar nelas.* Evitando os objetos que poderiam disparar e atingi-la, Charlie prosseguiu. Quando estava na metade do processo, o cotovelo já na altura da costura do ombro, ela girou o braço rápido demais e ouviu um estalo. Horrorizada, olhou para o ombro da roupa, mas não se tratava de uma trava de mola. Algo menor havia disparado ali dentro, e ela já conseguia sentir o ardor de um corte recente. *Tudo bem. Está tudo bem.* Ela voltou ao trabalho.

Minutos depois, seu braço estava livre. Naquele espaço mínimo, ela o flexionou para a frente e para trás, sentindo-se um pouco como alguém que nunca tivera um braço. *Agora o outro.* Ela enxugou o rosto com a mão e limpou a terra, fechou os olhos e começou tudo de novo com o braço direito.

Charlie precisou de menos tempo para se libertar da segunda manga da fantasia, mas a fadiga e os montes de terra cada vez maiores ao redor dela tornaram-na menos cuidadosa. Em duas ocasiões, ela disparou pequenos mecanismos que causaram arranhões dolorosos, mas que não chegaram a perfurar a pele. Na hora de se soltar, fez um movimento rápido demais, esbarrou nas travas e mal teve tempo de tirar a mão antes de os dispositivos se abrirem. Seu braço pulou e se soltou no instante em que o esqueleto robótico interno se desdobrou, produzindo um barulho semelhante ao de bombinhas. Charlie apertou a mão no peito e, enquanto assistia àquilo, aninhou-a na altura do seu coração a mil por hora. *Podia ter sido... Mas não foi. Não fui eu. Concentração. As pernas.*

Suas pernas estavam presas da mesma maneira que os braços estiveram. A única diferença era estarem numa posição esquisita, enfiadas por entre hastes de metal que percorriam todo o mascote. Sem o peso do seu corpo depositado nelas, Charlie era capaz de manobrar. Com cautela, a garota ergueu a perna direita, passando-a por cima da haste e trazendo-a para o centro do torso. Como nada disparou, repetiu o procedimento com a perna esquerda.

Com os membros soltos, Charlie olhou o animatrônico todo até a porta da cavidade peitoral. O ferrolho ficava para fora, mas aquelas criaturas eram velhas, com peças fracas e enferrujadas. Ela se esticou e tateou o metal em busca de travas e outros mecanismos. De onde sua cabeça estava enfiada, não enxergava nada, e não tinha como se mover para baixo com segurança. *A menos que...*

Quase trinta centímetros de terra já haviam se avolumado ao redor da cabeça de Charlie, cujas pernas já estavam cobertas. A garota deixou a porta momentaneamente de lado e começou a mover a terra devagar. Levantou um pouco a cabeça e esfregou os montículos com as mãos para preencher de terra o espaço que deixara. Usando as mãos para jogar terra para baixo do corpo, ela se balançou de um lado para outro até parecer que estava deitada numa cama bem fina. Aquilo não a protegeria se o mecanismo disparasse, mas lhe daria um pouco mais de amortecimento e tornaria um tantinho mais difícil esbarrar em algo e ser espetada até a morte. Ela deu uma espiadela no braço da roupa que havia disparado e que, àquela altura, estava tomado por espinhos de metal e peças de plástico duro. Um calafrio lhe subiu pela espinha.

Charlie foi descendo devagar até conseguir enxergar as placas peitorais, pôs as mãos bem no meio e começou a empurrar com toda a força. Depois de alguns instantes, elas cederam e uma cascata de terra desceu. A garota tossiu e virou o rosto, mas não deixou de empurrar. Acabou conseguindo afastar as placas uns trinta centímetros, e então se agachou sob elas e fez uma pausa momentânea. *Quão fundo será que estou?*, pensou pela primeira vez. Se tivesse sido enterrada a sete palmos, poderia estar escapando só para acabar sufocada na reta final. *O que mais me resta?* Charlie fechou os olhos, respirou fundo e prendeu o fôlego. Então, impulsionou-se para fora e começou a rastejar para sair da cova.

A terra não estava tão compacta, mas ainda assim o esforço era grande. Ela cavava com as próprias mãos, desejando uma ferramenta qualquer, as unhas quebrando e começando a sangrar. Conforme Charlie ia abrindo caminho pela terra, seus pulmões começaram a arder e se contrair na ânsia de fazê-la respirar. Ela forçava o rosto para cima o máximo que podia e arranhava com mais afinco. *Você está aí? Estou indo, mas me ajuda, por favor. Tenho que sair daqui. Por favor, não posso morrer aqui, enterrada viv...*

Sua mão irrompeu na superfície, e Charlie a puxou de volta, em choque. *Ar.* Ela arfou, grata, até não se sentir mais sedenta por oxigênio. Em seguida, fechou os olhos e socou o buraquinho acima da sua cabeça, abrindo espaço para se retorcer toda. Charlie se levantou, os pés ainda plantados na cavidade peitoral da roupa, coberta por pouco mais de trinta centímetros de terra. Ela apoiou os pés nas portas entreabertas e, impulsionando o corpo para cima, escapuliu do buraco. Tremendo de exaustão, desabou ali ao lado. *Você ainda não está em segurança*, repreendeu-se. *Precisa se levantar.* Só que Charlie não conseguiu se mover. Ficou olhando horrorizada para o buraco de onde tinha escapado, o rosto molhado de lágrimas.

O tempo passou, minutos ou horas. Ela não fazia ideia. Por fim, reunindo sua força, Charlie se sentou e enxugou o rosto. Não era capaz de identificar onde estava, mas o ar era frio e parado. Alguma área interna, e em algum ponto ao longe se ouvia o barulho de água corrente. Depois de passada a adrenalina, sua cabeça doía de novo, latejando no compasso da pulsação. Não era só a cabeça: tudo doía. Ela estava coberta de feridas, a roupa, suja de sangue, e, agora que não estava sufocando, voltara a ter a sensação da punhalada nas costelas cada vez que inspirava. Charlie cutucou-as para conferir se algo parecia fora do lugar. Os ferimentos já tinham cores vivas, em especial nos pontos em que partes da roupa haviam-na golpeado, mas nada estava fraturado.

Charlie se levantou, a dor diminuindo o suficiente para que ela conseguisse se mover e fazer um reconhecimento do local. Quando olhou ao redor, seu sangue gelou.

Era a Pizzaria Freddy Fazbear's.

Não pode ser. A onda de pânico voltou. Ela espiou em volta, aflita, se afastando do buraco no chão. *As mesas, o carrossel no canto, o palco... as toalhas de mesa azuis.*

— As toalhas de mesa da Freddy's não eram azuis — disse, mas seu alívio foi logo engolido pela dúvida. *Onde estou então?*

O refeitório era maior que o da Freddy's, embora tivesse menos mesas. O piso era de ladrilhos pretos e brancos, exceto em áreas grandes onde estavam faltando, deixando à mostra trechos de terra batida. Aquilo era estranhamente destoante de todo o resto, que parecia finalizado e novinho em folha, ainda que empoeirado. Quando se virou para a parede oposta, notou que estava sendo observada. Grandes olhos de plástico encaravam-na no escuro, como se ela fosse uma intrusa. Pelos, bicos e olhos posicionavam-se como um pequeno exército.

Por um bom tempo, ficou ali parada em estado de choque, se preparando para o pior. Mas os animatrônicos não se moveram. Charlie deu um passo lentamente para o lado, depois para o outro, e os olhos não a acompanharam. Sem enxergar nada, as criaturas olhavam para a frente para pontos específicos. Alguns rostos eram de animais, e outros pareciam pintados como palhaços. Outros tinham uma aparência perturbadoramente humana. Ela chegou mais perto e viu em cima do que eles estavam. Ao longo de toda a parede havia uma fileira de fliperamas e barracas de parques de diversão, cada qual com sua fera guardiã ou com um rosto gigantesco no topo. As bocas eram escancaradas, como se todos estivessem gargalhando e se divertindo com algum espetáculo invisível. Quando Charlie espiava na escuridão, reparou que a posição dos animais não tinha nada de natural, seus corpos retorcidos de um jeito impossível para qualquer animal. Observou novamente os rostos de boca aberta e sentiu um calafrio. Com aqueles corpos tão tortuosamente curvados, pareciam gritar de dor.

Charlie respirou fundo várias vezes. Conforme foi se acalmando, notou que os alto-falantes tocavam uma música. Era calma, familiar, mas ela não conseguiu reconhecer.

Ela foi até a atração mais próxima. Uma imensa criatura contorcida semelhante a um pássaro de bico largo e curvo impunha-se sobre uma estante bem grande pintada de azul. Patos enfileirados se sentavam naquela água de mentirinha, esperando que bolas de borracha os derrubassem. Charlie tornou a olhar para a criatura aninhada em cima da atração, as asas estendidas e a cabeça voltada para cima, como se estivesse no meio de uma dança complexa. Ela projetava uma sombra no jogo, no ponto exato onde o jogador ficaria. Sem se aproximar mais nem um passo, a garota se virou. Além do lago dos patos, havia três fliperamas lado a lado, as telas todas sujas. Três grandes chimpanzés estavam agachados no topo, as pontas dos dedos agarradas na parte de cima das telas. Seus braços estavam erguidos, paralisados, e os dentes à mostra, numa expressão de regozijo, fúria ou medo. Charlie se deteve por alguns instantes naqueles dentes: eram compridos e amarelados.

Algo naqueles fliperamas a incomodou. Ela os examinou com cuidado de cima a baixo, mas nada ativou sua memória. Nenhuma das máquinas estava ligada, e ela nunca tinha visto nenhum daqueles jogos. Charlie limpou a poeira da tela do fliperama central e revelou uma tela brilhante preta. Distorcido no vidro curvo, seu rosto só acusava um machucado discreto e alguns cortes visíveis. Timidamente, Charlie passou a mão no cabelo.

Espera aí. Na Pizzaria Freddy's, imagens fantasmagóricas tinham queimado nas telas dos fliperamas após anos de uso. Ela apertou alguns botões para ver o que aconteceria. Estavam rígidos e reluzentes... intactos.

— Por isso esse vazio tão grande — disse ela para o chimpanzé. — Nunca vieram aqui, não é?

O grande primata não respondeu.

Charlie espiou em volta. Havia uma entrada à sua esquerda, de onde emanava o brilho azulado de uma luz negra invisível. Ela entrou no aposento, que se revelou uma nova sala com jogos e atrações. Ali, também, todos eram vigiados por mascotes, alguns mais identificáveis que outros. Charlie cambaleou por um momento e pôs a mão na testa.

— Estranho — sussurrou, recuperando o equilíbrio.

Olhou pelo caminho de onde viera. *Essa luz deve ter me deixado tonta*, pensou.

— Olá? — gritou alguém ao longe, numa voz fraca.

Charlie rodopiou como se tivessem gritado em seu ouvido. Prendeu a respiração e esperou o chamado se repetir. Era uma voz aguda e assustada, de criança. A súbita impressão de vida naquele lugar mexeu com ela, como se a acordasse de um sonho.

— Olá! — respondeu. — Oi, você está bem? Não vou machucar você.

Ela olhou o aposento. O barulho de água corrente era mais alto ali, o que tornava mais difícil identificar de onde vinha a voz. Charlie se deslocou depressa pela sala, ignorando as criaturas de olhos esbugalhados e os jogos estranhamente coloridos. No canto, uma mesa simples coberta com uma toalha que ia até o chão chamou sua atenção, e na mesma hora ela foi até lá. A garota se agachou com cuidado para não perder o equilíbrio e levantou o pano. Dois olhos se voltaram para ela, que tomou um susto, mas logo se acalmou.

— Está tudo bem — sussurrou Charlie, jogando o pano para cima da mesa.

Com tanta luz, o brilho dos olhos se dissipou. Não havia ninguém ali, afinal.

Charlie pôs as mãos na testa e pressionou com força por alguns instantes, tentando se livrar da dor cada vez mais intensa.

Ela passou por outra porta, já sem ter certeza de por onde tinha vindo, e descobriu de onde vinha o som de água corrente. Brotando do centro da parede à sua esquerda, havia uma cascata. Ela descia pela face de uma rocha que se projetava vários centímetros para a frente e se unia a um leito logo abaixo. A água vinha de um cano largo que a rocha só escondia em parte. O córrego devia ter mais ou menos um metro de largura e cruzava todo o cômodo, dividindo-o em dois até desaparecer na boca de uma caverna.

Charlie ficou observando por alguns instantes, hipnotizada pela água. Depois de um tempo, percebeu uma fresta bem estreita na face da rocha por trás da cascata, do tamanho preciso para que uma pessoa passasse por ela.

— Olá? — chamou a voz de novo, mas sem o mesmo entusiasmo.

Ali, o ruído branco da água era mais intenso do que em qualquer outro ponto. Um segundo depois, ela se deu conta de que se tratava de uma gravação que se sobrepunha ao barulho verdadeiro.

Charlie inspecionou o resto do aposento. Tirando a cascata e o riozinho, estava vazio, mas notou que havia uma borda cinza no piso. *Não, é um caminho*. Era mais estreito que uma calçada e pavimentado com paralelepípedos quadrados cinzentos. Seguia por toda a extensão da parede curva, levando até a cascata, e dava numa passagem estreita que ficava sob a própria queda d'água. Charlie se agachou para tocar nas pedras: pareciam de um plástico duro com acabamento áspero. Era bem possível que o caminho servisse para quando o local estivesse cheio de outras atrações. Era provável que Charlie pudesse simplesmente atravessar o cômodo em linha reta. *Provável*.

Ela pisou com cuidado nos paralelepípedos, esperando que cedessem ao seu peso, mas eles aguentaram. A granulação artificial da superfície das rochas era afiada, e doía um pouco caminhar por ali. Charlie seguiu com cuidado pelo caminho, mantendo-se bem próxima da parede. Tinha uma vaga percepção de que andar pelo piso vazio poderia ser perigoso.

Quando chegou à cascata, foi até a fresta e, com cautela, tateou a superfície rochosa. Era feita do mesmo plástico que os paralelepípedos. A exemplo do caminho, a elevação era de um plástico duro e sólido, mas apesar de parecer de pedra, era macio. Charlie limpou as mãos na calça jeans. Com cuidado, foi andando de lado e passou pela abertura atrás da cascata. A caverna só tinha alguns metros de extensão, mas ela parou bem no centro por um momento. Sentia-se aprisionada na escuridão, apesar de ver a luz nas duas extremidades. *Aprisionada*. Ela sentiu um aperto no peito e fechou os olhos com força. *Fique calma. Concentre-se no que está ao seu redor*, pensou. Charlie inspirou profunda e continuamente, e ouviu.

Atrás da cascata, a gravação soava abafada. Ela achou que estivesse ouvindo a água correndo por cima da sua cabeça e se derramando à sua frente, embora não pudesse vê-la. Também se ouvia algo mais, bem baixinho, mas nítido. Vindo de cima dela, ou talvez de trás, Charlie escutava engrenagens trabalhando. Alguma máquina colocava a água em movimento, mantendo-a fluindo num ciclo gigantesco e fazendo todo aquele troço funcionar. O som da máquina em operação a acalmou, seu pânico crescente arrefeceu, e ela abriu os olhos.

Charlie deu mais um passo de lado, aproximando-se da luz, e esbarrou em algo rígido. Uma onda de dor tomou conta de seu corpo. O objeto tombou e caiu com um esguicho. Com os dentes cerrados, ela esperou um pouco até que seu dedo parasse de doer, e então deu um jeito de se agachar. Era uma lata de combustível. *Para a cascata*, concluiu, enquanto o maquinário rangia logo acima. Havia várias outras, todas perfeitamente arrumadas ao longo da parede, mas aquela estava bem no meio da passagem. Se estivesse indo mais rápido, teria caído por cima dela. Charlie depositou-a com firmeza ao lado das demais e passou rápido para o outro lado do aposento.

— Olá? — repetiu a voz, dessa vez um pouco mais alta.

Charlie se empertigou, imediatamente alerta. O som tinha vindo de cima. Ela não respondeu dessa vez, preferindo ir com cuidado na direção dele, mantendo-se no caminho e permanecendo junto à parede.

O corredor se abria para outro aposento, onde as luzes eram mais baixas. No canto oposto ao de Charlie, via-se um pequeno carrossel, mas não parecia haver muito mais que isso. Charlie examinou o local, e foi então que perdeu o fôlego: a criança estava lá, imóvel, quase escondida nas sombras do canto oposto do aposento.

Charlie se aproximou devagar, apreensiva com o que poderia encontrar. Pestanejou e sacudiu a cabeça com força, voltando a ficar tonta. Todo o cômodo parecia girar em torno dela. *Quem é você? Você está bem?*, queria perguntar, mas continuou em silêncio. Deu mais um passo, e o vulto ganhou forma. Era só mais um animatrônico, ou talvez só um boneco normal, feito para se parecer com um garotinho vendendo balões.

Talvez tivesse pouco mais de um metro de altura, com cabeça e corpo redondos, os braços quase tão longos quanto as pernas robustas. Usava uma camisa com listras vermelhas e azuis e um gorro com hélice das mesmas cores. Era feito de plástico, mas o rosto reluzente tinha um aspecto antigo, e as feições entalhadas em madeira, um ar de conto de fadas. O nariz era triangular, e as bochechas, coradas, com dois círculos rosa-escuros em relevo. Os olhos azuis eram imensos, arregalados e vidrados, e a boca se abria num sorriso que deixava à mostra todos os seus dentes brancos e simétricos. As mãos eram bolotas sem dedos, cada qual empunhando um objeto. Numa, um balão vermelho e amarelo preso a um pauzinho e com quase metade do tamanho dele. Na outra, o garoto erguia uma tabuleta de madeira onde estava escrito BALÕES!.

Não tinha nada a ver com as criaturas que o pai de Charlie criava, nem mesmo com os animatrônicos que a tinham sequestrado, que eram horríveis, mas claramente cópias deturpadas do trabalho do seu pai. Este garoto era algo novo. Ela o contornou, tentada a tocá-lo e cutucá-lo, mas se conteve. *Não corra o risco de acionar nada.*

— Nada mau — murmurou Charlie, tomando o cuidado de não tirar os olhos do boneco, que apenas sorria, os olhos arregalados para a escuridão.

Voltando sua atenção para o restante do ambiente, Charlie olhou pensativa para o carrossel, a única outra coisa que havia ali. Ela estava longe demais para identificar os animais.

— Olá? — disse a voz, bem atrás dela.

Charlie girou bem a tempo de ver o garoto se virar na direção dela com um único passo gingado. Ela gritou e saiu correndo por onde tinha entrado, mas o solo sob seus pés começou a se agitar. O piso saltava, como se algo o estivesse golpeando de baixo para cima. Charlie recuou aos trancos e barrancos quando a terra tornou a subir, e algo irrompeu na superfície.

A garota correu para o carrossel, a única proteção que havia no aposento. Ela se abaixou por trás dele, deitando de bruços de modo que seu corpo ficasse encoberto pela base do brinquedo. Charlie olhou para o chão e ouviu os arranhões abafados e os baques de alguma criatura libertando-se da sua cova. Voltou a ter a sensação de que tudo estava girando. Os ladrilhos pretos e brancos nadavam sob seu corpo. Ela tentou se levantar um pouco para espiar por cima do carrossel, mas sua cabeça parecia feita de chumbo. Seu peso a impedia de se mexer, ameaçando prendê-la novamente ao solo. *Tem alguma coisa errada neste lugar.* Charlie trincou os dentes, se forçou a levantar a cabeça, ficando de pé e se apoiando no carrossel, e, sem olhar para trás, saiu correndo na direção de onde tinha vindo.

A sala de jogos e a incômoda luz negra também a deixavam tonta, inundando o cômodo. Tudo parecia bem mais afastado do que antes, cada parede a quilômetros da outra. A mente de Charlie estava entorpecida. Ela tinha dificuldade de se lembrar onde estava, incapaz de dizer que lado era qual. A garota tropeçou, e um outro monte de terra se ergueu diante dela. Algo tremeluziu. Os olhos de Charlie se iluminaram nas silhuetas dos fliperamas, suas superfícies reflexivas funcionando como faróis na escuridão.

Ela cambaleou até eles, a cabeça girando e pesando tanto que mal conseguia ficar de pé. As paredes fervilhavam de agitação. Por todo o teto, objetos pequenos deslizavam caoticamente de um lado a outro, mas Charlie não conseguia ver o que eram, pois estavam *por baixo* da tinta. A superfície se ondulava. Havia um zumbido estranho no ar, e, embora só o tivesse registrado àquela altura, ela se deu conta de que estivera ressoando o tempo inteiro. Charlie ficou parada e, desesperada, procurou de onde vinha, mas sua visão estava enevoada, e seus pensamentos, lentos. Mal podia dizer o nome das coisas que via. *Retângulo*, pensou, confusa. *Círculo. Não. Esfera.* Alternava-se entre uma e outra forma indistinta, tentando se lembrar de como se chamavam. O esforço acabou atrapalhando-a de se manter de pé, e, com um baque seco, ela caiu de novo no chão. Charlie se viu sentada com a coluna ereta, mas a cabeça pesava tanto que ameaçava puxá-la para baixo.

— Olá? — chamou novamente uma voz.

Charlie colocou a mão na cabeça, forçando-a para trás, levantou o rosto e deu de cara com várias crianças de pé ao seu redor, todas com corpinhos rechonchudos e rostos largos sorridentes. *Sammy?* Instintivamente, se deslocou até elas. Estavam borradas, e Charlie não conseguia distinguir suas feições. Ela piscou, mas sua vista não desembaçou. *Não confie nos seus sentidos. Tem alguma coisa errada.*

— Para trás! — gritou Charlie.

Muito desnorteada, forçou-se a ficar de pé e cambaleou até as sombras projetadas pelos fliperamas. Ali, pelo menos, poderia se esconder de quaisquer coisas ainda piores que estivessem à espreita no aposento.

As crianças foram também, deixando rastros coloridos ao redor dela, às vezes sumindo de vista. Pareciam mais flutuar do que andar. Charlie manteve os olhos nas torres. As crianças eram uma distração, mas ela sabia que havia algo pior por perto. Ouvia o ranger nauseante do metal, o plástico se retorcendo e o barulho de algo arranhando, que ela reconheceu. Pés afiados raspavam o piso, criando ranhuras nos ladrilhos.

Ela se abaixou bem, fixou o olhar na porta aberta mais próxima e teve certeza de que havia sido por lá que tinha vindo. Rastejou desesperada naquela direção, movendo-se o mais rápido possível sem estar totalmente de pé. Por fim, não aguentou o próprio peso e desabou de novo nos ladrilhos. *Você tem que se levantar, agora!* Charlie deixou escapar um grito e ficou de pé. Mal mantendo o equilíbrio, saiu correndo meio sem jeito até o aposento seguinte e, derrapando, parou. O local era repleto de mesas de jantar e atrações de parque de diversões. Era onde tudo aquilo tinha começado, mas alguma coisa estava diferente.

Todos os olhos a estavam seguindo. As criaturas se moviam, sua pele se esticando de forma quase humana, as bocas tentando morder. Charlie correu para a mesa de jantar no centro do aposento, a maior de todas, com uma toalha que quase arrastava no piso em todos os lados. Ela escorregou pelo chão e rastejou para baixo dela, encolhendo-se toda feito uma bola e puxando as pernas para bem perto do corpo. Por um momento, só houve silêncio, e então as vozes recomeçaram.

— Olá? — chamou uma delas de algum ponto ali perto. A toalha de mesa ondulou.

Charlie prendeu a respiração. Deu uma olhada para a frestinha entre a toalha de mesa e o piso, mas só conseguiu enxergar um fragmento do ladrilho preto e branco. Algo passou tão rápido que não deu para ver direito, então ela arquejou e recuou, esquecendo-se de ficar em silêncio. O pano tornou a ondular, balançando sutilmente para dentro. Alguém do outro lado o atingia. Só com as mãos e os joelhos, mas sentindo-se como se tivesse braços e pernas em excesso, Charlie se moveu. O pano se mexeu de novo, e, dessa vez, uma espiral de cor apareceu e sumiu na fresta. *As crianças.* Ela tinha sido encontrada. A toalha voltou a balançar, mas para todos os lados e sacudindo para baixo e para cima conforme as crianças encostavam nela. Os estranhos rastros coloridos apareciam e desapareciam em todo o entorno do esconderijo de Charlie, cercando-a feito uma parede de bonecas de papel vivas.

Olá? Olá? Olá? Agora ela ouvia mais de uma voz, mas não em coro. As vozes das crianças se sobrepuseram até que a palavra se transformou numa camada de som sem sentido e indistinta, como as próprias crianças flutuantes.

Charlie virou o rosto para o lado. Uma das crianças a fitava de volta. Estava debaixo da toalha e a encarava com um sorriso estático e os olhos vidrados. Charlie saltou e bateu a cabeça no tampo da mesa. Olhou ao redor: estava cercada. Para onde quer que olhasse, um rosto embaçado e sorridente a fitava. *Uma, duas, três, quatro, quatro, quatro.* Ela se encolheu, sem muito jeito. Duas crianças tentaram ludibriá-la, dando pulinhos como se estivessem prestes a saltar. Ela tornou a se virar, e a criança seguinte pulou em cima dela e, sob o pano, andou num rastro brilhante azul e amarelo. Charlie ficou paralisada. *O que eu faço?* Ela brigava com seu cérebro lento, tentando desesperadamente revivê-lo. Outro raio de cor, todo roxo, passou sibilando por ela, e seu cérebro despertou: *CORRE.*

Charlie engatinhou até a toalha de mesa, segurou e puxou ao se levantar. Ela a jogou para trás e saiu correndo, sem virar o rosto quando alguém tornou a chamar:

— Olá?

Disparou na direção de uma placa bem no meio do aposento e derrubou-a. Em seguida, uma sombra perto do palco chamou sua atenção, e ela desviou bruscamente. Charlie tropeçou numa cadeira e quase não conseguiu se apoiar na mesa seguinte. A cabeça ainda pesava demais e acabou puxando-a para a frente, então ela empurrou a mesa para o lado e deu um jeito de ficar ereta. Charlie alcançou o palco, e, à sombra, havia uma porta.

Ela se atrapalhou com a maçaneta, que era esponjosa e macia demais para ser girada. Segurou-a com as duas mãos, empurrou com toda a força e, por fim, a porta abriu. Charlie entrou apressada, fechou e ficou procurando um trinco, mas sua mão encontrou um interruptor.

Uma lâmpada piscou por alguns instantes e acendeu uma luz tênue, e um único feixe laranja cintilante iluminou o ambiente. Charlie o observou por um instante, esperando o resto da luz. Mas nenhuma lâmpada se acendeu.

Ela se escorou num armário ao lado da porta e foi escorregando até se sentar no chão, as duas mãos nas têmporas, tentando fazer a cabeça voltar ao tamanho normal. A relativa escuridão do aposento a acalmou. Ela ficou olhando para o chão, torcendo para que o que quer que estivesse acontecendo chegasse ao fim. A garota olhou para cima. Tudo rodava, causando uma sensação de náusea. *Ainda não acabou.* Charlie fechou os olhos, respirou fundo aquele ar parado, e voltou a abri-los.

Pelos. Garras. Olhos. Ela tapou a boca para não gritar. Uma descarga de adrenalina interrompeu brevemente sua confusão. O aposento estava repleto de criaturas, mas ela não conseguia compreendê-las. O pelo escuro de um braço símio jazia no chão a centímetros do pé dela, mas molas e fios soltos derramavam-se para fora. O resto do macaco não estava em lugar nenhum por ali.

Havia algo grande e cinzento bem à frente dela, um torso com braços e patas anfíbias com membranas, mas sem cabeça. Em vez disso, alguém equilibrara uma caixa de papelão bem grande onde deveria ser o pescoço. Depois do torso, havia vultos de pé, uma falange de sombras. Enquanto a garota as observava, elas se transmutaram em algo compreensível. Eram mascotes inacabados, tão distorcidos quanto os lá de fora.

Um coelho se encontrava ao fundo. Sua cabeça era marrom como a de uma lebre e as orelhas eram caídas para trás, mas os olhos não passavam de cavidades vazias. O corpo do animal estava debruçado para o lado, e os braços eram curtos, voltados para cima como quem se rende. Havia duas estruturas de metal à frente dele. Uma não tinha cabeça, e a outra tinha a cabeça de um cão negro com olhos vermelhos que babava, e cujas presas se projetavam para fora da boca. O bicho estava imóvel. Bem ao lado...

Charlie se encolheu e, com a cabeça baixa, cobriu o rosto com os braços. Nada aconteceu. Com cautela, ela baixou as mãos e tornou a olhar.

Era Freddy... O Freddy distorcido que estivera enterrado. A garota olhou para a porta e depois voltou-se para o urso, que tinha os olhos inexpressivos e o chapéu torto. *Não pode ser ele*, disse para si mesma. É só mais uma fantasia. Em resposta, Charlie se encolheu, desejando diminuir até sumir.

Algo alisou seu cocuruto com delicadeza. Charlie gritou e se afastou. Ao se virar, viu um braço humano sem corpo na prateleira em cima de onde estivera sentada, a mão alcançando sua cabeça. Havia outros braços empilhados ao lado e por cima dela, alguns cobertos de pelos, outros não. Alguns tinham dedos, enquanto outros simplesmente acabavam, cortados no ponto onde seria o pulso. As demais prateleiras estavam repletas de objetos similares: uma com couros peludos, outra com pilhas de pés. Uma continha apenas dezenas de cabos enrolados num emaranhado bem feio.

Charlie voltou a ouvir a voz, do outro lado da porta. *Olá?* A maçaneta fez barulho. Ela foi se espremendo por entre os fliperamas quebrados e peças decepadas, trincando os dentes ao passar por objetos macios que, por força do seu peso, eram esmagados. Charlie deu um passo para trás, e seu ombro bateu numa das estruturas metálicas que estavam de pé, a que não tinha cabeça. Chacoalhou em seus pés sem apoio, ameaçando tombar. Tentou se afastar, mas a estrutura veio junto, balançando por um momento enquanto Charlie tentava soltar as mãos. Acabou conseguindo puxá-las e se abaixou no instante em que outras estruturas metálicas caíram no chão.

Charlie se agachou ao lado de um dos grandes fliperamas. Seu invólucro plástico estava tão detonado que as palavras e imagens eram totalmente ilegíveis. Bem ao lado da garota, a poucos centímetros, estavam as pernas corpulentas de Freddy. Charlie se encolheu no fliperama como se fosse capaz de se fundir a ele. *Não se vira*, pensou, encarando o urso inerte. A luz tênue dava a impressão de se mover feito um holofote. Ela cintilou nos olhos vermelhos do cachorro, depois na presa reluzente, e então em algo pontudo bem no fundo da cavidade ocular do coelho.

No limiar do seu campo de visão, algo se moveu. Charlie virou a cabeça para um lado e para o outro, mas não havia nada ali. De soslaio, avistou o coelho esticar as costas. Quando ela se virou rapidamente de volta para ele, deu de cara com a criatura curvada na mesma postura agonizante de antes. Devagar, sem tirar as costas do fliperama, ela olhou ao redor.

Olá? A maçaneta tornou a fazer barulho. Ela fechou os olhos e apertou os punhos nas têmporas. *Não tem ninguém aqui, não tem ninguém aqui.* Alguma coisa farfalhou à sua frente, e Charlie abriu os olhos. Mal respirando, observou Freddy ganhar vida. Um barulho doentio de algo girando preencheu todo o cômodo, e o torso de Freddy começou a se virar. *Olá?* Charlie olhou para a porta por alguns segundos e, ao voltar a olhar na direção de Freddy, ele estava imóvel. *Tenho que sair daqui.*

Charlie levou um tempo para medir o trajeto, olhando primeiro para a porta, depois para Freddy logo ali à sua frente, e mapeou uma rota confusa. E finalmente foi, olhando apenas para as próprias mãos e nada mais ao passar engatinhando sem parar em volta das pernas inertes de animatrônicos e pelos jogos quase animalescos. *Não olha para cima.* Algo roçou em sua perna quando ela passou, mas Charlie, de cabeça baixa, apertou o passo. Foi então que alguma coisa agarrou-a pelo tornozelo.

Ela gritou e se debateu para tentar soltar a perna, mas a pegada de ferro ficou mais apertada. Ela olhou desesperada para trás: Freddy estava agachado atrás dela, a luz refletida em seu rosto fazendo parecer que sorria. Charlie puxou o pé para trás com toda a força, mas Freddy puxou com ainda mais firmeza, arrastando-a para perto. Charlie se agarrou no pé de uma máquina de pinball e se levantou até ficar de joelhos. Conforme Freddy tentava arrastá-la, a máquina balançava e chacoalhava como se estivesse a ponto de cair. Agarrada a ela com toda a força, Charlie forçou o corpo para cima e para a frente. As garras de Freddy rasgavam a pele quando ela se retorcia para se soltar, até que a máquina desabou com o peso da garota.

Freddy se jogou para a frente. Aquela boca tenebrosa voltando a gingar como se fosse uma cobra imensa. O urso se agachou e foi até ela com movimentos sinuosos. Charlie passou aos trancos e barrancos pelo jogo quebrado e partiu para a porta. Atrás dela, algo emitia um som e arranhava o chão, mas Charlie não olhou. Com a mão na maçaneta, a garota só parou quando o aposento em torno dela balançou. O barulho ficou mais alto, mais próximo, e quando se virou deu de cara com Freddy rastejando em sua direção numa postura predatória. Sua boca se abria cada vez mais, derramando terra num fluxo constante.

— Olá? Charlie? — disse uma voz.

Mas esta era diferente. Não se tratava da criança animatrônica. Charlie brigando com a maçaneta, tudo ao redor girando com cada vez mais intensidade à medida que Freddy se aproximava devagar, decididamente mais perto. O aposento tornou a balançar, e a mão da garota se fechou na maçaneta e a girou. Ela empurrou para abrir a porta e, aos tropeções, voltou para a luz.

— Charlie! — gritou alguém, mas ela não olhou.

O brilho súbito foi como um punhal, e ela ergueu uma das mãos para proteger os olhos enquanto forçava para fechar novamente a porta. O zumbido não parara durante o tempo em que ela esteve no depósito, mas estava mais alto, entrando nos ouvidos de Charlie e perfurando seu cérebro inchado. Ela caiu de joelhos, tentando proteger a cabeça com os braços.

— Charlie, você está bem? — Algo a tocou, e a garota se afastou, os olhos bem fechados contra a luz. — Charlie, é o John — disse a voz por entre aquele barulho horrível, e algo nela se acalmou.

— John? — sussurrou ela, a voz rouca.

A terra da cova se alojara em sua garganta.

— É.

Charlie virou o rosto e espiou por entre os dedos que tampavam seu rosto. Lentamente, a luz fluorescente se abrandou e ela viu um rosto humano. *John.*

—Você é de verdade? — perguntou ela, sem saber que resposta a convenceria.

Ele a tocou novamente, e dessa vez Charlie não se afastou. Ela piscou, e sua visão clareou um pouco. Olhou para cima, sentindo sua guarda baixar. Visualizou mais duas pessoas, e sua mente, congelada, lentamente as identificou.

— Jessica? Clay?

— Sim — respondeu o garoto.

Ela pegou a mão dele e tentou se concentrar. Conseguiu ver Jessica, que estava curvada, as mãos tapando os ouvidos.

— O barulho — disse Charlie. — Ela está ouvindo o barulho. E você? — O ruído aumentou, silenciando John, e Charlie pegou na mão dele. *É real. Isto é real.* — As crianças! — gritou, de repente, quando um feixe ondulante de cores saiu de debaixo das mesas. Elas voaram, os pés sem encostar no chão e os corpos deixando rastros de cor parecidos com cometas. — Está vendo? — sussurrou Charlie para John.

— Jessica! — berrou ele. — Cuidado!

Jessica baixou as mãos, se endireitou e gritou algo indistinto.

As crianças foram até ela como um enxame, dançando ao seu redor, aproximando-se e afastando-se, como se aquilo fosse um jogo, ou uma emboscada. Duas delas correram na direção de Clay, que as encarou até elas se encolherem e, com um giro, se juntarem ao círculo em torno de Jessica.

— As luzes! — gritou Jessica, a voz se elevando sobre aquele zumbido penoso. — Clay, está vindo das luzes nas paredes! — A garota apontou para cima, onde Charlie só havia identificado uma longa fileira de luzes coloridas decorativas perfeitamente espaçadas.

O som de um tiro interrompeu o clamor, e Charlie segurou a mão de John com mais força. Jessica voltou a tapar os ouvidos. As crianças ainda estavam se movendo, mas de forma nervosa e bruxuleante. Haviam parado. Clay estava de costas para elas, a arma apontada para a parede. De olhos arregalados, Charlie observou o delegado mirar de novo e atirar na lâmpada do segundo ponto de luz. O cômodo ficou mais escuro, e Clay passou para o terceiro, depois para o próximo e então o último. A cada tiro, a cabeça de Charlie começava a se estabilizar, como se o que quer que tivesse tomado sua mente quase ao ponto de explodir estivesse sendo lentamente drenado. O ambiente ficou escuro, uma lâmpada de cada vez. *Bang, bang.* O rosto de John estava bem nítido.

— É você mesmo? — perguntou ela, a voz ainda sufocada pela terra.

Bang.

— Sou eu mesmo — respondeu ele.

Bang.

O bruxulear das crianças se desvaneceu, oferecendo apenas lampejos de braços, pernas e rostos. Jessica tirou as mãos dos ouvidos.

Bang.

Clay atirou na última lâmpada, e as crianças pararam de tremeluzir. Elas fraquejaram por um breve instante, quase se tornando concretas, um ondular de luzes doentio numa harmonia dispersa, e então ficaram inertes. O aposento era só silêncio. Ainda aceso pelas luzes no alto, mas com todas as outras apagadas. Jessica olhou em volta, a expressão alternando entre frustração e terror. As crianças não eram mais crianças. Eram apenas brinquedos de corda, garotos de plástico com camisas listradas que exibiam sorrisos plásticos, gorros com hélice e ofereciam balões.

— Jessica, venha aqui — chamou Clay com a voz baixa, estendendo a mão.

Ela deu um passo na direção do delegado, observando com cautela os garotos com balões enquanto passava entre eles. O homem pegou na mão dela para ajudá-la como se estivesse puxando-a de um precipício. Charlie soltou a mão de John devagar e pôs as mãos nas têmporas, verificando se tudo ainda estava no lugar. A cabeça não doía mais, a visão estava nítida. O que quer que tivesse lhe acometido já tinha passado.

— Charlie — disse Jessica. — Você está bem? O que está havendo aqui? Eu me sinto... drogada.

— Esses troços não são reais. — Charlie se equilibrou e, devagar, se levantou. — Quer dizer, são reais, mas não do modo como estamos vendo. Todo este lugar é uma ilusão. De alguma forma, é distorcido. Esses troços... — Ela apontou para a parede onde estavam as luzes em que Clay atirara. — Esses troços são como o disco que encontramos. Eles emitem algum tipo de sinal que distorce a maneira como enxergamos. — Charlie balançou a cabeça. — Temos que ir embora. Tem coisas piores do que eles neste lugar.

Ela empurrou um dos garotinhos, que tombou com facilidade. Assim que bateu no chão, a cabeça se soltou do corpo e saiu rolando.

— Olá? — murmurou, a voz bem mais fraca que antes.

CAPÍTULO TREZE

Com o pé, John cutucou a cabeça de plástico do garotinho dos balões, que rolou um pouco mais, mas não voltou a falar.

— Charlie? — chamou Jessica com a voz trêmula. — Cadê eles, os grandões?

— Não sei. Minha cabeça ainda está girando. — Charlie olhou ao redor depressa. Em seguida, se aproximou dos demais, que inspecionavam o aposento.

Tudo havia mudado quando Clay despedaçou as luminárias. As feras realistas e criaturas ferozes não existiam mais, substituídas por versões estranhas e sem pelos de si mesmas. Já não tinham mais olhos, apenas saliências lisas de plástico vazio.

— Parecem cadáveres — observou John com a voz tranquila.

— Ou algum tipo de molde — afirmou Clay, pensativo. — Não parecem concluídos.

— Foram as luzes — disse Charlie. — Elas criavam uma ilusão, como o chip.

— Do que você está falando? — questionou Jessica. — Que chip?

— É um... É uma espécie de transmissor embutido num disco — explicou Charlie. — Embaralha a mente, entulhando-a de bobagens para que você veja o que ele espera.

— Então por que eles não são daquele jeito? — Clay apontou para os cartazes nas paredes, que exibiam uma versão animadíssima do Freddy Fazbear, com bochechas rosadas e um sorriso caloroso.

— Ou daquele?

John encontrara outro, mostrando Bonnie dedilhando com jovialidade uma guitarra vermelha tão brilhante que parecia feita de doces.

Charlie ficou pensativa por alguns instantes.

— Porque não estivemos aqui primeiro. — Ela foi andando em direção aos cartazes. — Se vocês fossem criancinhas e assistissem aos comerciais fofos e depois vissem estes cartazes, brinquedos e todas estas coisas, acho que eles teriam sido exatamente assim.

— Porque já temos estas imagens na mente — disse John, arrancando o cartaz do Freddy da parede. Fitou-o momentaneamente, antes de jogá-lo no chão. — Mas nós sabemos a verdade. Sabemos que são monstros.

— E temos medo deles — completou Charlie.

— Então estamos vendo-os exatamente como são — concluiu John.

Clay foi novamente até os mascotes dos fliperamas.

Ele andou para um lado e para outro à frente dos monitores de vídeo, observando-os por vários ângulos, a arma ainda em punho.

— Como vocês me encontraram? — perguntou Charlie, de repente. — Vocês apareceram bem na hora. Não acredito! Como sabiam que eu estava aqui? Como sabiam que tudo isso estava aqui?

Ninguém respondeu a princípio. John e Jessica olharam para Clay, que examinava o local como se estivesse procurando alguma coisa específica.

— Nós seguimos...

Charlie olhou para cada um dos três.

— Quem? — perguntou ela.

Mas no exato instante em que ela falava, a porta do depósito se escancarou, batendo na parede com um clangor intenso. O Freddy distorcido que raptara Charlie saiu com um estrondo, a boca ainda agitada, balançando de um jeito nem um pouco natural.

Tratava-se de uma versão horripilante daquele Freddy que eles haviam conhecido na infância. Esse tinha olhos vermelhos abrasadores e musculatura de monstro. Ele virava sua cabeça alongada de maneira selvagem, de um lado a outro, a mandíbula abrindo e fechando.

— Corram! — berrou Clay, acenando com os braços e tentando conduzir todos para a porta.

Charlie não se mexeu, incapaz de tirar os olhos da bocarra da fera.

— Esperem! — gritou Jessica de repente. — Clay, estes não estão possuídos como os outros. Eles não são as crianças desaparecidas!

— O quê? — perguntou o delegado, interrompendo por alguns instantes seu movimento frenético e aparentando estar completamente confuso.

— *Atira!* — gritou Jessica.

Clay trincou a mandíbula, levantou a arma e mirou na boca escancarada do bicho. Atirou uma vez. O tiro passou a poucos centímetros do ouvido de Charlie, e foi ensurdecedor. Freddy recuou, a mandíbula tal qual um píton se contraindo, e, por uma fração de segundo, sua imagem ficou borrada e distorcida. A boca anormalmente aberta começou a se fechar, mas, antes disso, Clay atirou de novo, mais três tiros em rápida sucessão.

A cada bala, a criatura entrava mais em pane: sua superfície ficava borrada e perdia definição em alguns pontos. A boca de Freddy se contorceu para dentro, não chegando a fechar, mas encolhendo, enquanto o urso se curvava para a frente por conta dos danos. Clay disparou uma última vez, mirando na cabeça. Por fim, o animatrônico tombou para a frente, uma montanha sem forma desabando no chão.

A imagem de Freddy tremeluziu feito estática numa tela de televisão. A cor do pelo desbotou e, então, tudo o que fazia dele Freddy tremeluziu e desapareceu, e só restou um vulto de plástico. Semelhante aos outros animais do aposento, um manequim em branco cujas feições lhe haviam sido extirpadas. Charlie se aproximou com cautela daquilo que antes era Freddy. O zumbido nos ouvidos começava a se dissipar. Ela se agachou ao lado da criatura e inclinou a cabeça para o lado.

— Não é como os outros mascotes da Freddy's. Estes aqui não são feitos de pelo e tecido, eles são feitos por nós, uma distorção da nossa mente. — As palavras saíam com uma repugnância que ela não esperava.

— Charlie — disse John com delicadeza.

Ele deu um passo à frente, mas ela o ignorou, tocando a pele macia da criatura. A sensação era de algo entre plástico e pele humana: uma substância maleável estranha, um pouco macia e lisa demais, uma sensação que lhe causou náuseas. Ignorando a repulsa, Charlie se inclinou por cima do corpo e enfiou os dedos num dos buracos de bala. Fingindo não ouvir os protestos de Jessica e Clay, ela afundou a mão na matéria inorgânica escorregadia da cavidade peitoral e acabou encontrando: seus dedos encostaram no disco, que estava dobrado ao meio, quase quebrado. Charlie também retirou um segundo pedaço de metal que estava enfiado ao lado dele.

Ela se levantou e mostrou uma bala na palma de sua mão.

— Você acertou o chip. Você matou a ilusão.

Ninguém falava nada. Na quietude momentânea, Charlie de repente se deu conta da balbúrdia que eles haviam causado no local tão acostumado à calmaria. O silêncio foi quebrado por estalidos: o som de garras no ladrilho.

Todos se viraram para ver do que se tratava, e, aparentemente de um canto escuro e vazio, uma espécie de lobo surgiu das sombras e foi a passos largos até eles, ereto, mas curvado para a frente, com uma postura meio animal, meio humana.

Todos recuaram de uma só vez. Quando Charlie reparou que Clay estava a ponto de tropeçar no corpo caído de Freddy, gritou:

— Cuidado!

Quando ele parou e se virou, arregalou os olhos para algo atrás de Charlie.

— Ali! — alertou ele, disparando um tiro no escuro.

Eles se viraram: um Bonnie distorcido de quase dois metros e meio, a versão coelho da criatura no chão, estava bloqueando a porta atrás deles. A cabeça era grande demais para o corpo, com olhos de um branco reluzente que brilhavam na escuridão. Estava de boca aberta, revelando várias fileiras de dentes fosforescentes. Clay atirou mais uma vez, mas a bala não surtiu efeito.

— Quantas balas você ainda tem? — indagou John, calculando as duas ameaças ainda presentes no local.

Clay deu mais três tiros em Bonnie e baixou a arma.

— Três — respondeu, seco. — Eu tinha três.

De soslaio, Charlie viu John e Jessica ficarem bem juntos, movendo-se um pouco atrás de Clay. Enquanto os outros recuavam, a garota ficou onde estava, fascinada pelas duas figuras que avançavam, o lobo e o coelho. E foi até eles.

— Charlie — advertiu John. — O que você está fazendo? Volta!

— Por que vocês me trouxeram para cá? — perguntou ela. Sentia um aperto no peito e os olhos doíam, como se estivesse prendendo as lágrimas durante horas. — O que querem de mim?!

Os animais a encaravam com aqueles olhos de plástico implacáveis, vidrados.

— Que lugar é este? *O que vocês sabem sobre o meu irmão?* — berrou ela, a garganta seca.

Ela pulou no lobo, atacando a fera gigantesca como se fosse capaz de dilacerá-la com as próprias mãos. Alguém segurou-a pela cintura. Mãos humanas levantaram-na e a puxaram de volta, e Clay falou com toda a calma no ouvido dela.

— Charlie, temos que ir *agora*. — Ela deu um jeito de se soltar, mas permaneceu onde estava, a respiração irregular. Queria gritar até seus pulmões não aguentarem mais. Queria fechar os olhos, ficar sentada sem se mexer e jamais emergir da escuridão.

Em vez disso, voltou a olhar para Bonnie e para o lobo sem nome e, com uma voz tão calma que lhe causou arrepios, perguntou:

— Por que vocês estão atrás de mim?

— Eles não estão nem aí para você. Fui eu que a trouxe para cá — disse uma voz no mesmo canto sombrio de onde o lobo surgira.

O coelho e o lobo endireitaram suas posturas, como se respondessem a um comando.

— Eu conheço essa voz — sussurrou Jessica.

Um vulto saiu mancando da escuridão. Ninguém se mexeu. Charlie notou que estava prendendo a respiração, mas naquele silêncio também não escutava mais ninguém respirando, apenas os passos assimétricos que se aproximavam. Quem quer que fosse, era do tamanho de um homem. O corpo era contorcido, torto.

— Você tem algo que pertence a mim — disse, aparecendo sob a luz.

Charlie arquejou e ouviu a respiração de John. Em seguida, sussurrou:

— Impossível.

John foi para o lado dela, mas não ousou tirar os olhos do homem diante deles.

Seu rosto era escuro, manchado e inchado por algum fluido. Bochechas que haviam sido encovadas se distendiam pelo inchaço da putrefação. Os olhos eram injetados de sangue, os capilares estourados enfileirando-se em globos oculares um pouco translúcidos demais. Algo dentro deles havia se estragado, ganhando um aspecto gelatinoso. Na base do pescoço, Charlie via duas peças de metal brilhando. Estendiam-se desde o interior do pescoço, saliências retangulares projetando-se de sua pele manchada. Ele usava o que, algum dia, tinha sido uma roupa de mascote de pelo amarelo, embora o que restasse dela àquela altura fosse verde de tanto mofo.

— Dave? — Jessica arquejou.

— Esse não é meu nome — rosnou o homem. — Faz muito tempo que não sou mais Dave.

Ele estirou suas mãos novas: ensopadas de sangue e presas para sempre dentro de uma roupa que apodrecia.

— William Afton, então? Da Robótica Afton?

— Errou de novo — sibilou ele. — Eu aceitei a nova vida que você me deu. Você me uniu à minha criação. Meu nome é Springtrap! — O homem que um dia fora Dave gritou seu nome numa voz rouca, exalando prazer, e então tornou a franzir o rosto grotesco. — Sou mais do que o Afton jamais foi, e *muito* mais que seu pai, Henry.

— Bem, você está fedendo — debochou Jessica.

— Desde que Charlie me refez, libertando-me para viver meu destino, virei o mestre de todas estas criaturas. — Ele curvou os dedos e fez um gesto incisivo para a frente. Em uníssono, Bonnie e o lobo deram dois passos. —Viram? Todos os animatrônicos estão conectados por um sistema projetado para controlar a coreografia das apresentações. Agora, eu controlo o sistema. Controlo a coreografia. Tudo isso é meu.

Springtrap se aproximou a passos arrastados, e Charlie recuou.

— Também tenho uma dívida de gratidão com vocês duas — continuou. — Estava aprisionado naquela tumba debaixo do palco, mal conseguindo me mexer, enxergando apenas através da visão das minhas criaturas. — Ele gesticulou para os dois animais que estavam atrás dele. — Até onde eu sabia, estava preso. No fim, *eles* teriam me libertado, mas foi uma deliciosa surpresa vocês terem feito isso por mim.

Ele encarou Charlie, e o rosto da menina se contorceu.

Sai de perto de mim. Como se lesse os pensamentos dela, o sujeito deu outro passo e chegou mais perto. Se estivesse respirando, Charlie teria sentido o hálito dele em seu rosto.

Springtrap levantou a mão retorcida. O tecido da roupa estava esfarrapado, as frestas revelando pele humana. Ela reconheceu os pontos em que pinos e hastes metálicas tinham se cravado ao lado de ossos e tendões, criando um esqueleto paralelo enferrujado. Com o dorso da mão, o homem tocou o rosto de Charlie e acariciou sua bochecha como se ela fosse uma filha querida. John deu um passo à frente.

— Não, está tudo bem — disse ela para John, com muito esforço.

— Não vou machucar seus amigos, mas preciso de um favor seu.

— Você só pode estar brincando — rebateu ela com a voz aguda.

A boca do homem se contorceu, transformando-se em algo que, grotescamente, lembrava um sorriso.

John escutou um clique baixinho e se virou bem a tempo de ver Clay, com toda a calma, carregar mais uma bala em sua arma. O delegado deu de ombros.

— Nunca se sabe quando um cadáver pode aparecer das sombras vestindo uma roupa de coelho.

E atirou.

Springtrap se encolheu.

— Meninos! — berrou Clay. — Para a porta!

Charlie desviou o olhar do Springtrap de maneira quase dolorosa, como se ele estivesse exercendo nela algum tipo de força hipnótica. Bonnie havia deixado a saída livre. Clay, John e Jessica começaram a correr. Charlie deu uma olhadela para trás, relutando, mas acabou se juntando aos demais.

Os quatro correram pelo caminho de onde tinham vindo, Clay conduzindo-os enquanto eles serpenteavam por entre as barracas de jogos e a monotonia dos mascotes que pairavam por ali. Determinado, o delegado seguia a passos largos, como se conhecesse o caminho. Charlie se lembrou da pergunta que ninguém respondera: *Como vocês me encontraram?*

Ruídos os seguiam: o arranhar de metal e o crepitar das garras do lobo. No espaço aberto, os sons ecoavam de maneira estranha, parecendo vir de todos os lados. Era como se um exército os perseguisse. Charlie apertou o passo. Em busca de algum conforto, deu uma olhadinha para John, mas os olhos do garoto estavam em Clay, à frente.

Eles chegaram ao cômodo da cascata e, uma vez mais, o delegado conhecia o caminho. Clay foi direto para a passagem debaixo do promontório, de onde a água brotava. Um a um, o grupo se espremeu e passou. Clay e John eram altos demais e precisaram se curvar para passar, e Charlie sentiu uma pontinha de alívio. *Os monstros não vão passar.* No meio da passagem, o delegado parou numa posição esquisita. Estava com o pescoço esticado e examinava alguma coisa que ela não podia ver.

— Clay! — sibilou ela.

—Tenho uma ideia — disse ele.

Duas sombras emergiram na extremidade oposta do aposento. Jessica espiou o túnel com luz negra ao lado deles, pronta para correr para lá, mas Clay fez que não. Em vez disso, guiou o grupo para trás, sem tirar os olhos dos monstros. A essa altura, a única coisa que os protegia era o rio que cortava o aposento. Os animatrônicos se aproximaram da água com hesitação. O lobo farejou-a e sacudiu a pelagem, enquanto Bonnie simplesmente se curvou e ficou olhando.

— Não corram — advertiu Clay, severo.

— Eles não conseguem atravessar aquela passagem, certo? — indagou Charlie.

Como se pegassem a deixa, os dois mascotes, meio sem jeito, puseram os pés no rio. Jessica arquejou e Charlie deu um passo involuntário para trás. De modo lento e deliberado, os animatrônicos continuaram indo em direção a eles em meio àquela água na altura da cintura. O lobo escorregou no leito liso e caiu. Por um momento, ficou inteiramente submerso, antes de ser levado pela correnteza, debatendo-se. Bonnie também se desestabilizou, mas conseguiu se agarrar à margem do rio e se equilibrar, e então seguiu em frente.

— Não é possível — disse Charlie.

Charlie ouviu uma gargalhada e se virou.

Era Springtrap, seus olhos quase ocultos, espiando pelo túnel de luz negra ali perto.

— Era esse o seu plano? — perguntou, incrédulo. — Você achava que os *meus* robôs seriam tão mal projetados quanto os do seu pai?

— Bem, então tenho certeza de que eles também são à prova de fogo! — gritou Clay, sua voz reverberando naquele aposento cavernoso.

Intrigado, Springtrap franziu a testa e olhou para a água do córrego, que brilhava na luz fraca, as cores dançando na superfície em redemoinhos reluzentes, feito...

— Gasolina.

Havia uma fileira de latas de gasolina na parede, algumas caídas, mas todas vazias.

Clay acendeu um isqueiro e o jogou na água. A superfície do rio se incendiou, a chama ganhando corpo feito um tsunami que obscureceu os animatrônicos lá dentro. As criaturas tentaram alcançar a lateral do rio, emitindo ganidos guturais muito agudos. Conseguiram rastejar até a margem, mas era tarde demais.

O mecanismo que projetava as ilusões se desativaram, a pele plástica ficou exposta, liquefazendo-se, soltando-se dos corpos e formando pequenas poças de fogo no chão. Charlie e os outros observavam enquanto as criaturas iam se dissolvendo, retorcendo-se em gritos agonizantes.

Todos permaneceram paralisados, hipnotizados por aquele espetáculo pavoroso. Então, atrás dela, Charlie ouviu um arranhar sutil. A garota se virou a tempo de ver Springtrap desaparecendo na estreita caverna com luz negra. Ela disparou atrás dele, em direção àquela estranha luz.

— Charlie! — bradou Clay.

O delegado foi atrás dela, mas as criaturas em chamas haviam engatinhado pelo piso, talvez tentando alcançar seu mestre, talvez num ímpeto irracional de desespero, e, àquela altura, bloqueavam a boca da caverna com seus restos em brasa. Charlie se concentrou no caminho à frente. Não podia se permitir olhar para trás.

A passagem era estreita e tinha um cheiro úmido de coisas velhas. A sensação do chão sob seus pés era como a de rochas, mas, ainda que fosse irregular, não doía. A superfície era lisa e desgastada.

Assim que a escuridão da caverna a cobriu, ela sentiu a centelha de um de seus sonhos, como se puxada por algo tão parecido com ela que *era* ela, sangue do seu sangue.

— Sammy? — sussurrou.

O nome do irmão reverberou nas paredes da caverna, envolvendo-a. O vazio dentro de Charlie a impulsionou, atraindo-a para a promessa de completude. *Tem que ser você*. A garota correu mais rápido, seguindo um chamado interior.

De tempos em tempos, ouvia o eco distante da gargalhada do Springtrap, mas não conseguia vê-lo. Vez ou outra, pensava ver lampejos do homem, mas ele sempre sumia antes que seus olhos tivessem tempo de estabelecer o foco no brilho desorientador da luz negra. A caverna virava e revirava, até ela já não fazer a menor ideia da direção para onde estava indo, mas continuava correndo.

Quando algo se moveu em sua visão periférica, Charlie pestanejou. A garota balançou a cabeça e seguiu correndo, mas, em seguida, aquilo tornou a acontecer: uma forma não natural, brilhante como néon, deslizou em zigue-zague pela parede.

Charlie parou e tapou a boca para não gritar. A coisa ondulou pela parede, movendo-se como uma enguia escalando uma pedra. Ao alcançar o teto, desapareceu, mas a garota não enxergava nenhuma fissura na pedra. *Não para.* Começou a correr de novo, mas de repente outras mais subiram pela parede. Dezenas de formas dançavam, deslocando-se pelo chão da caverna como se estivessem no fundo do mar. Três foram diretamente até Charlie. Passaram por cima dos seus pés, mordiscando os dedos. Ela gritou, só então se dando conta de que não sentia nada.

—Vocês não são reais — afirmou.

Chutou as criaturas, e seus pés passaram no vazio. As criaturas tinham desaparecido. A garota cerrou os dentes e voltou a correr.

À sua frente, enormes criaturas brilhantes que lembravam dançarinas feitas de névoa apareciam e sumiam uma atrás da outra. Elas dispararam como se mudando de rumo repentinamente.

Quando Charlie estava quase perto o bastante para tocá-las, a mais próxima foi perdendo definição até se apagar. Escutando os risinhos maníacos do Springtrap e torcendo para que aquilo fosse o suficiente para orientá-la, ela continuou correndo.

Uma curva acentuada mudou radicalmente a direção do corredor. Charlie quase deu de cara com a parede, mas conseguiu se segurar no último segundo. Ela deu meia-volta e procurou o caminho. O choque foi tão grande que a deixou desnorteada, sem saber de onde viera. Respirou fundo e fechou os olhos. Escutava uma vozinha no ar. *Esquerda*. Começou a correr outra vez.

Uma explosão de luz azul quase a cegou quando uma forma imensa se ergueu na escuridão. Charlie gritou, batendo as costas na parede da caverna e protegendo o rosto com os braços. O troço à sua frente era uma boca escancarada repleta de dentes, todos azuis fluorescentes. A bocarra gigantesca a engoliu.

— É uma ilusão — sussurrou Charlie.

Ela se jogou no chão e tentou escapar rolando pelo espaço estreito. Seu ombro bateu numa rocha e o braço ficou dormente. A garota agarrou-o instintivamente e olhou para cima: não havia nada.

Encostou-se na parede da caverna, respirando fundo enquanto a sensibilidade do braço ia retornando pouco a pouco.

— É outro transmissor — afirmou, tranquila. — Nada do que estou vendo aqui é real.

Sua voz estava bem fraca naquela passagem rochosa, mas pronunciar as palavras em voz alta foi o suficiente para fazê-la se levantar de novo. Fechou os olhos. A conexão que havia sentido ficava mais forte à medida que ela corria, a sensação de estar correndo em direção a um pedaço seu que estava faltando. Era insuportável, mais forte do que o ímpeto de lutar ou fugir do perigo. Era mais intenso que fome, mais profundo que sede, e repuxava suas entranhas. Desistir daquela busca seria como desistir de respirar. Correu novamente, mergulhando mais fundo caverna adentro.

Bem ao longe, a gargalhada do Springtrap ainda ecoava.

— Charlie! — chamou John novamente, mas sem esperança.

Ela estava longe demais, nos confins da caverna, e o que restava de Bonnie e do lobo ainda pegava fogo na entrada.

— Temos que ir! — gritou Clay. — Podemos encontrar outro caminho! — Jessica pegou John pelo braço e ele cedeu, acompanhando o delegado em direção aos fliperamas.

No exato instante em que alcançavam a porta, o Freddy distorcido pulou das sombras na direção deles, quase caindo no chão. Jessica deu um grito e John ficou paralisado, completamente inerte só de vê-lo. A ilusão do urso perdeu a definição e se despedaçou. Um braço bruxuleou até sumir, expondo o plástico maleável logo abaixo. Em seguida, o pelo reapareceu e o torso se esvaziou, revelando os buracos de bala e a feiura do metal retorcido sob o revestimento. O rosto era o pior: ali faltava não só a ilusão como também todo o material. Do queixo à testa, a metade esquerda do rosto de Freddy havia sido arrancada, deixando à mostra placas de metal e fios enroscados. No olho esquerdo, apenas a luz central brilhava, vermelha, em meio ao maquinário exposto, enquanto o direito estava completamente apagado.

Um barulho atrás deles acordou John de seu horrendo devaneio. Ao olhar para trás, viu que Bonnie e o lobo, ainda em chamas, haviam se levantado. O invólucro plástico tinha derretido quase por completo e gotejava lentamente de seus corpos, mas a estrutura robótica logo abaixo parecia intacta. Com movimentos contínuos, eles se aproximaram, e John, Clay e Jessica se viram cercados.

— Ainda tem alguma bala? — perguntou John, baixinho, para o delegado.

Clay fez que não devagar. Cauteloso, o homem observava os dois animatrônicos como se tentasse calcular qual seria o primeiro a atacar.

Charlie corria num ritmo constante, muito atenta ao caminho. Ao fazer mais uma curva, pestanejou. Algo azul brilhava à frente dela. *Não é real*, disse para si mesma. Ela parou por um momento, mas as formas brilhantes não se moveram. A garota continuou, dando-se conta, ao se aproximar, de que o corredor estava ficando maior, abrindo-se, por fim, numa pequena alcova em que o brilho azul se tornava nítido.

No chão havia vários canteiros de cogumelos, a parte de cima reluzindo num azul-néon intenso sob a luz negra. Charlie diminuiu o passo, foi até o agrupamento mais próximo e se curvou para tocá-los. Ao sentir uma substância esponjosa, puxou a mão rapidamente, surpresa.

— São de verdade.

— São — disse uma voz bem junto ao seu ouvido, e Charlie perdeu o fôlego.

Springtrap agarrou-a pelo pescoço, esmagando sua traqueia. Charlie só entrou em pânico por poucos instantes, antes que a raiva voltasse e lhe desse algum discernimento. Esticou o braço o máximo que pôde e, com toda a força, deu uma cotovelada na boca do estômago do seu agressor. O sujeito soltou o pescoço de Charlie, que deu um pulo e se virou para ele.

— As coisas mudaram desde que você morreu — falou a garota, surpresa com o desprezo sereno em sua voz. — Tenho feito abdominais, por exemplo!

— Acho que é o fim — conformou-se Jessica, calma, virando-se enquanto os três monstros se aproximavam, encurralando-os ali.

John sentiu um aperto no peito, o corpo protestando. Mas a amiga tinha razão. Ele pôs a mão no ombro dela.

— Quem sabe a gente pode se fingir de morto.

— Acho que não vamos precisar fingir — resignou-se ela.

— Fiquem de costas um para o outro — berrou o delegado, e os três recuaram até formarem um pequeno triângulo, cada um encarando uma criatura.

O lobo estava agachado, pronto para dar o bote. John o encarou. Os olhos do boneco abriam e fechavam: ora escuros e malévolos, em seguida completamente vazios. A fera se retesou, e o garoto se preparou. Jessica e John deram as mãos. O lobo saltou... e caiu no chão ganindo quando levou um golpe violento na cabeça. O vulto, escondido pelas sombras, agarrou as patas do lobo e o puxou para trás, arrastando-o para longe de suas presas humanas enquanto a fera uivava e arranhava o chão com suas garras. O animal deu um coice, se soltou e voltou a atacar. Jessica gritou, John fez o mesmo e depois ficou assistindo, sem ar, enquanto o lobo tornava a ser agarrado pelas pernas. A coisa que o segurava virou-o de barriga para cima e saltou por cima dele. O novo predador parou por alguns instantes, encarando-os com um brilho prateado no olhar, e Jessica arquejou.

— Foxy — disse John, respirando novamente.

Como que incitado por ter ouvido seu nome, Foxy enfiou o gancho no peito do lobo e começou a rasgar o maquinário. O chiar do metal se partindo perfurou seus ouvidos. Foxy continuou golpeando furiosamente, cavoucando o corpo do lobo enquanto fios e peças voavam pelos ares. A raposa abocanhou o vazio e mergulhou no estômago do lobo, arrancando-lhe as entranhas e jogando-as de lado com uma eficiência brutal. O lobo foi subjugado, seus membros se debatendo indefesos antes de caírem com um baque no chão.

Por trás deles, ouviu-se outro grito inumano. John girou depressa, a tempo de ver Bonnie sendo consumido pelas chamas, arrastado para as sombras. Seus olhos acendiam e apagavam em pânico, descontroladamente. O bicho tornou a gritar quando, com um ruído horrível, acabou triturado pelo que se esgueirava na penumbra. Pedaços de metal e plástico despedaçado se espalharam no chão diante do coelho, de modo que ele conseguia enxergar os restos da sua própria carcaça. Ele gritou mais uma vez, enfiando as garras no ladrilho, num último e inútil gesto de defesa, mas acabou sendo puxado para a escuridão aos guinchos, como se estivesse caindo num moedor. Nas sombras, quatro luzes se acenderam. John piscou e se deu conta de que eram olhos. Ele deu um cutucão em Jessica.

— Estou vendo — sussurrou. — A Chica e o Bonnie! A *nossa* Chica e o *nosso* Bonnie!

Ao lado do rio, Foxy arrancara as patas do lobo.

Pulou para longe do torso destroçado e assumiu uma posição de ataque em relação ao grande Freddy distorcido, que, por um momento, se encolheu e bruxuleou, e então baixou a cabeça enorme. Foxy pulou e atingiu com toda a força a cabeça do Freddy distorcido, derrubando-o de costas e atacando a cabeça já deformada.

Alguma coisa agarrou John e o tirou de seu transe. O Bonnie distorcido o segurou com o braço de metal, mas olhos brilhantes logo surgiram na escuridão atrás. O Bonnie original agarrou o torso do Bonnie distorcido e o arremessou para onde Chica aguardava. Ela pegou o coelho deformado e arrancou sua cabeça, numa chuva de faíscas.

John protegeu os olhos. Quando a fumaça baixou, restava apenas o cadáver oco incendiado de um monstro impossível de se identificar. Bonnie e Chica tinham desaparecido nas sombras.

Charlie correu até a entrada da caverna, mas Springtrap saltou em cima dela com uma velocidade sobrenatural. Ele a derrubou no chão e tornou a tentar agarrá-la pelo pescoço com as mãos inchadas. Charlie saiu rolando, e então algo bateu com força em suas costas. A garota esticou o braço e se viu segurando um cogumelo. Então ficou de joelhos no instante em que Springtrap se levantou e a cercou, procurando uma brecha. Charlie olhou para baixo e percebeu que um pino de metal havia segurado o cogumelo no lugar. Ela agarrou firme com as duas mãos a base do pino e, com o corpo, impediu que Springtrap o visse.

Charlie olhou para cima, para os olhos gelatinosos do homem, desafiando-o, em silêncio, a atacá-la. Como se percebesse a deixa, ele investiu contra ela, saltando com os braços estendidos, mirando mais uma vez no pescoço da garota. No último momento, Charlie baixou a cabeça e cravou o pino no peito do sujeito com toda a força, ignorando os gritos enquanto ele tentava, em vão, se livrar dela. A garota se levantou, as mãos tremendo por terem enfiado aquela estaca o mais fundo que conseguiram. O homem tombou para trás, e Charlie se ajoelhou ao lado dele, torcendo uma vez mais o espinho metálico.

— Quero saber por quê — sibilou ela. Era a pergunta que a consumia, a dúvida que continuava ressurgindo em seus pesadelos. Dessa vez, ele não disse nada, e ela puxou o pino para a frente e o empurrou novamente no peito do homem, que soltou um grito de dor engasgado. — *Quero saber por que você o levou! Por que o escolheu? Por que você levou o Sammy?*

— Para dentro da caverna! — gritou John. — Temos que ir atrás da Charlie!

Eles correram para a entrada, mas ouviu-se um retinido estranho e ensurdecedor.

Os três deram um passo para trás quando uma horda dos garotinhos dos balões emergiu da caverna, sacudindo-se para um lado e para outro com seus pés nervosos, o som dos dentes pontudos batendo enquanto os meninos trepidavam à frente com os olhos arregalados.

— De novo, não! Eu odeio esses troços! — gritou Jessica.

Clay assumiu uma postura de combate, mas John percebeu que eles seriam dominados. Havia algo diferente naquelas crianças, algo coordenado. Embora chacoalhassem e cambaleassem, aquilo não parecia mais um sinal de fraqueza. Em vez disso, John pensou em guerreiros agitando os escudos: a afronta antes da batalha.

— Temos que nos afastar — disse ele. — Clay!

Algo fez a terra estremecer — pancadas, talvez até passos — no instante em que uma sombra surgiu sobre eles. John olhou para cima e viu Freddy Fazbear sorridente, se aproximando, o chapéu inclinado, com estilo, e seus braços enormes balançando.

— Ah, não! Ele de novo, não! — ganiu Jessica.

— Não, esperem! É o *nosso* Freddy! — John segurou Jessica e, com os braços, protegeu-a.

Freddy passou a passos pesados por eles, em direção aos garotos dos balões. Com uma única investida, esmagou a multidão, num estilhaçar ensurdecedor de metal e plástico. O ambiente foi tomado por braços, pernas e lascas quebrados. Freddy pegou um dos garotos e o levantou como se não pesasse nada. O urso esmigalhou a cabeça do menino, jogou o corpo no chão e pisou nele, partindo atrás dos demais, que fugiam. Eles se dispersaram, mas o urso se movia depressa, e o barulho de plástico quebrando reverberou pelo lugar.

— Vamos, para a caverna! — berrou Clay mais alto que o estrépito, e todos correram para lá.

Passaram às pressas pelo corredor estreito, o delegado à frente e John por último, olhando para trás para garantir que não estavam sendo seguidos. De repente, Clay parou, e

Jessica e John quase deram um encontrão no homem. Apertando-se ao lado dele, os dois perceberam por que ele havia parado: o caminho se bifurcava, e não havia nenhum rastro de Charlie.

— Por ali — disse Jessica, subitamente. — Tem uma luz!

John piscou. Era bem tênue, mas dava para ver. Em algum lugar lá dentro, havia um brilho azul, embora fosse impossível dizer a que distância.

— Vamos — disse ele, num tom sombrio, espremendo-se para ultrapassar Clay e conduzir o grupo.

— *Por que você levou o Sammy?* — gritou Charlie.

Springtrap ofegou e sorriu, mas não disse nada. Ela agarrou a cabeça do homem com as duas mãos, desesperada de tanta fúria, e afundou-a com toda a força na rocha onde ele estava caído. Ele deixou escapar outro gemido agudo de dor, e ela repetiu o gesto. Dessa vez, algo começou a escorrer pela nuca do sujeito, um fluído espesso deslizando pela pedra. — Por que você fez isso com ele? Por que o levou? Por que escolheu justo *ele*?

O homem olhou para ela, uma das pupilas engolindo a íris do olho. Abriu um sorriso vago.

— Eu não escolhi.

Duas mãos agarraram Charlie pelos ombros, puxando-a para cima e afastando-a do Springtrap, que estava semiconsciente. Ela gritou e se virou para lutar, contendo-se apenas quando viu Clay. Os outros estavam atrás dele. Tremendo de raiva, a garota tornou a se virar.

— Eu vou matar você! — gritou. Ela levantou Springtrap pelos ombros e o empurrou na rocha. A cabeça dele sacudiu e tombou para o lado. — Como assim não escolheu? — questionou Charlie, aproximando-se dele como se fosse capaz de obter as respostas em seu rosto deformado. —Você o roubou de mim! Por que o levou?

Os olhos transtornados do Springtrap aparentaram ter foco por alguns instantes, e com dificuldade ele murmurou as seguintes palavras:

— Eu não o levei. Eu levei você.

Charlie o encarou, afrouxando os dedos na roupa bolorenta. *O quê?* Toda a fúria que a preenchia a ponto de quase explodir foi drenada de uma só vez. Ela sentia como se tivesse perdido muito sangue e estivesse entrando em choque. Springtrap não tentou se afastar, apenas ficou ali, tossindo e cuspindo, os olhos mais uma vez sem foco, fitando um vazio que Charlie não era capaz de enxergar.

De repente, o solo debaixo deles chacoalhou. As paredes balançaram e se fecharam quando a caverna inteira estremeceu, e se ouviu um estrondo mecânico do outro lado da parede. O barulho de metal rangendo preencheu o ambiente.

— A terceira guerra mundial está acontecendo lá fora! — bradou Clay. — Este lugar está desabando!

Charlie deu uma olhada para ele e, assim que virou o rosto, sentiu Springtrap lhe escapulindo dos dedos. Ela virou de volta bem a tempo de vê-lo rolar por uma porta secreta na base de uma rocha enorme a alguns centímetros de distância. Charlie pulou para ir atrás dele, mas o solo estremeceu violentamente. Ela perdeu o equilíbrio e quase caiu quando metade das paredes da caverna desabou. Parou e, confusa, deu uma olhada ao redor: rochas e terra de verdade caíam feito cascata em torno deles.

— Não é a caverna falsa que está desabando! — gritou. — É o prédio inteiro!

— Está todo mundo bem? — berrou o delegado. Charlie assentiu e viu que John e Jessica ainda estavam de pé. — Temos que ir!

A luz brilhou por uma fenda na parede à frente. Clay foi até lá e gesticulou para os outros irem também. Charlie hesitou, sem conseguir tirar os olhos do último ponto onde vira Springtrap. John pôs a mão no braço dela.

As paredes da caverna falsa já haviam desabado quase por completo e, àquela altura, era possível ver o verdadeiro interior do complexo.

— Por ali! — gritou o delegado, apontando para um corredor estreito que parecia não ter fim. — Nenhuma dessas criaturas vai conseguir passar por ali! — Clay e Jessica correram para a entrada, mas Charlie titubeou.

— Charlie, podemos dar um jeito nele outro dia — gritou John, mais alto que a barulheira. — Mas primeiro temos que sair vivos daqui! — O chão voltou a tremer, e o garoto olhou para Charlie.

Ela assentiu, e todos correram.

Clay conduziu-os depressa pelo túnel, o barulho do desabamento cada vez mais próximo. O ar estava cheio de poeira, que obscurecia o caminho. Charlie olhou para trás uma vez, mas as ruínas se perderam na névoa. O estrondo das rochas caindo acabou por se reduzir a um trovejar distante. Quanto mais se afastavam, mais o corredor ficava limpo e estreito, dando a sensação de que eles haviam deixado toda aquela loucura para trás.

— Clay, precisamos parar — reclamou Jessica, com a mão nas costelas como se sentisse dor.

— Estou vendo alguma coisa lá na frente. Acho que estamos quase na saída. Ali! — O corredor acabava numa porta metálica pesada, parcialmente quebrada, e Clay chamou John para ajudar a abri-la.

A porta guinchou e ofereceu certa resistência, mas acabou cedendo, revelando um aposento simples de pedra escura. Uma das paredes havia sido derrubada, e o local era totalmente aberto, o ar fresco da noite invadindo-o.

John olhou para Charlie.

— Saímos! Estamos salvos! — O garoto deu uma gargalhada.

— Não está vendo onde estamos? — sussurrou ela. Devagar, a garota percorreu todo o local, gesticulando para quatro enormes fossos no solo, um deles contendo um robô sem cabeça parcialmente enterrado. — John, é a casa do meu pai. Este é o cômodo que encontramos.

— Vem, Jessica. — Clay ajudou Jessica a passar pela fenda na parede derrubada.

O delegado parou e olhou para John.

— Está tudo bem — disse o garoto. — Vamos estar bem ali.

Clay assentiu e saiu carregando Jessica.

— O que está acontecendo? — Charlie pôs a mão na barriga, com uma sensação estranha.

— O que foi? — indagou John. Alguma coisa lampejou em torno deles, um clarão desorientador, rápido demais. Um estrondo muito alto ecoou no corredor de onde eles tinham acabado de sair. — Charlie, acho melhor irmos com o Clay.

— Sim, estou indo. — Ela seguiu John pela fenda na parede assim que o garoto a atravessou.

—Vamos lá — gritou ele, estendendo-lhe a mão.

Estavam no lugar que um dia havia sido o quintal da garota. Quando estava prestes a ir com ele, as luzes voltaram a lampejar, e ela parou. *O que está acontecendo?*

Eram as paredes. O concreto caiado sumia e voltava, estremecendo feito uma lâmpada prestes a queimar. Era a parede para onde Charlie fora atraída na primeira vez em que os dois estiveram ali. Agora, ela sentia a parede puxá-la, do mesmo modo que ocorrera na caverna. Estava mais forte do que nunca naquele ponto, até mesmo nos sonhos que a deixavam exausta e dolorida. *Eu estou aqui.* Ela deu um passo na direção da parede mais distante e sentiu outra pontada no estômago. *Aqui. É, aqui.*

— Charlie! — gritou John outra vez. —Vamos!

— Eu preciso... — respondeu ela, tranquila. Foi até a parede e, como fizera antes, pôs a mão nela. Dessa vez, porém, o concreto estava morno e, de alguma forma, liso, apesar do acabamento grosseiro. *Eu preciso entrar.* Por um momento, ela se sentiu em dois lugares ao mesmo tempo: ali, dentro daquele aposento pequeno, e no outro lado da parede, desesperada para passar. De repente, Charlie recuou e, como se a parede estivesse em chamas, tirou as mãos. A ilusão tremeluziu e, de uma só vez, se dissipou.

A parede de concreto na verdade era feita de metal, e havia uma porta ao centro.

Charlie ficou olhando, paralisada de choque. É esta porta. Era isso que ela vinha desenhando sem saber. Charlie estava se aproximando cada vez mais de algo que nunca tinha visto. Voltou a dar um passo à frente e tocou a superfície. Ainda estava morna. Ela encostou o rosto.

— Você está aí? — perguntou com delicadeza. — Tenho que tirar você daí.

Seu coração estava a mil, o sangue subindo com tanta força pelos ouvidos que ela mal conseguia ouvir qualquer outra coisa.

— Charlie! Charlie! — gritavam John e Jessica do lado de fora, mas as vozes pareciam tão distantes quanto uma recordação.

Ela se levantou sem tirar as mãos do metal, mas tateando-o. Sua sensação era de que soltá-lo, pelo menor instante que fosse, lhe causaria dor. Tocou a rachadura na parede: não havia maçaneta nem dobradiças. Era apenas um contorno, e lá estava ela correndo o polegar para cima e para baixo pela lateral para tentar encontrar alguma forma de abrir, de entrar.

A garota ouviu John se aproximar devagar, mas não muito, como se não quisesse assustá-la.

— Charlie, se você não sair daqui, vai morrer. Não importa o que está do outro lado dessa porta, não vai trazer sua família de volta. *Nós* estamos aqui para apoiar você. — A garota olhou para John. Ela estava assustada, de olhos arregalados. Deu um pequeno passo na direção dele. — Já perdemos muita coisa. Por favor, não me faça perder você também — implorou ele.

Charlie olhou para o teto, que estremecia. Nuvens de fumaça saíam aos montes do corredor por onde eles tinham passado. John tossiu, estava engasgando. Ela olhou para ele. O amigo estava aterrorizado, não pretendia se aproximar mais do que aquilo.

Charlie se virou de novo, e o mundo à sua volta se dissipou. Ela não ouvia a voz de John atrás dela nem sentia o cheiro da fumaça que preenchia o ar. Espalmou a mão na parede. *Uma pulsação. Sinto uma pulsação.* Ainda que não tenha feito nenhum movimento intencional, seu corpo se virou para a porta. Ela se retesou, comprometida a permanecer onde estava, sem sequer pensar a respeito. Algo começou a sibilar: o ruído delicado e contínuo de ar escapando. Da base da porta vieram estalidos ritmados. Charlie fechou os olhos.

— Charlie! — John a agarrou e a virou energicamente em sua direção, sacudindo-a para tirá-la do seu estupor. — Olha para mim. Não vou deixar você aqui.

— Eu tenho que ficar.

— Não, você tem que vir com a gente! — gritou o garoto. —Você tem que vir *comigo*.

— Não, eu... — Charlie sentiu sua voz se esvaindo. Estava perdendo as forças.

— Eu te amo — disse John. Os olhos de Charlie pararam de vagar sem rumo e focaram nele. —Vou levar você comigo agora mesmo.

Ele segurou a mão dela com força. Charlie sabia que John era forte o bastante para puxá-la contra sua vontade se quisesse, mas ele estava esperando que ela cedesse.

Charlie olhou nos olhos dele, esperando que eles a trouxessem de volta. A sensação era a de tentar acordar de um sonho perturbador.

O olhar de John era como uma âncora, e ela se agarrou, permitindo que ele a mantivesse firme, a atraísse de volta.

— Tudo bem — aceitou Charlie, a voz tranquila.

— Tudo bem — repetiu John, pronunciando as palavras com um suspiro.

Estivera prendendo a respiração. Ele foi recuando, conduzindo-a.

A garota foi até o topo da parede quebrada e parou, reunindo forças contra a persistente atração da porta e do que havia do outro lado. Charlie respirou fundo... e então foi arrebatada para trás por uma força colossal. Foi arrancada, sem conseguir mexer os braços. A garota gritou e tentou se soltar. Também ouviu os gritos de John ali perto em meio a toda a confusão.

Enquanto se debatia, Charlie olhou de soslaio para o troço imenso que a capturara. O Freddy distorcido tinha olhos vazios, ou pelo menos o que restara dos olhos, vidrados. Segurava-a com um dos braços. O outro já não existia mais, e fios pendiam do ombro como tendões. O invólucro plástico havia derretido, e só restavam suportes e placas metálicas, um esqueleto desfigurado. O rosto era um buraco, com dentes e fios caídos para fora numa massa disforme. Charlie não enxergava as pernas, e, segundos depois, se deu conta de que estas também não existiam mais. Com um único braço, a criatura se arrastara pelos escombros. Fios se derramavam do seu corpo feito tripas, e, ao ver o estômago, Charlie ficou gelada de tanto terror.

O peito do monstro se partira ao meio. Havia dentes tortos e afiados dos dois lados. Charlie chutava o animatrônico, mas não adiantava: o monstro a abraçou e a puxou para seu peito.

Os dois tombaram para trás. A caixa torácica de metal se fechou: ela estava presa.

— Charlie! — John estava ajoelhado ao lado dela, que se esticou por entre a estrutura metálica. Ele segurou na mão dela. — Clay! — gritou. — Jessica!

A amiga apareceu em questão de segundos. Charlie viu o delegado se esforçando para passar de volta pela estreita abertura.

— Espera! — gritou Charlie quando Jessica tentou abrir o peito da criatura. — As travas de mola vão me matar se você tocar no lugar errado!

— Mas se não tirarmos você daí, você vai morrer do mesmo jeito! — berrou Jessica.

Charlie percebeu pela primeira vez que a boca não se fechava totalmente. Havia alguma coisa ali embaixo: placas metálicas começaram a se abrir em cima dela feito as pétalas de uma flor horrenda. John começou a se levantar, mas Charlie apertou a mão dele.

— Não me solta! — implorou a garota, em pânico. Ele tornou a se ajoelhar e levou a mão dela ao peito. Ela ficou olhando para ele mesmo quando as placas metálicas se fechavam ao seu redor, ameaçando isolá-la. Jessica tentou pará-las delicadamente, sem disparar as travas. — John... — Charlie arquejou.

— Não — rebateu ele com rispidez. — Estou com você!

As placas continuaram deslizando e se fechando. O braço de Charlie estava preso no canto daquela boca estranha, na única fresta em que as placas não alcançavam. Ela olhou ao redor, desesperada: mais uma camada estava se fechando. Charlie estava enfiada naquela roupa, o corpo inteiro comprimido no torso de Freddy, e a única coisa que conseguia ver eram vultos cada vez mais disformes, conforme outras camadas de metal e plástico se fechavam. Acima de Charlie, Jessica tentava impedir que a próxima camada emergisse, e ela sentiu o corpo mutilado de Freddy cambalear.

— Jessica, cuidado! — gritou Charlie a plenos pulmões.

Jessica pulou para trás bem a tempo de evitar o movimento violento do braço de Freddy. O animatrônico estava deitado de costas, mas desferia golpes aleatórios para afastar Clay e Jessica. Seu corpo balançava para a frente e para trás, e Charlie via molas e peças robóticas cercando por toda a parte. Para tentar diminuir a área que ocupava, a garota puxou os joelhos na direção do peito.

John soltou sua mão, e ela tentou se agarrar ao que restava, porém não conseguia mais ver nada do lado de fora.

— John!

O corpo de Freddy chacoalhou, atingido por uma tremenda pancada.

— Solta ela! — gritou John.

Clay levantou uma viga metálica do chão e golpeou a cabeça de Freddy. O urso distorcido tentou contra-atacar com o braço que lhe restava. O delegado se abaixou para desviar e, fora de alcance, bateu do outro lado. Jessica ainda estava junto ao peito da criatura, tentando encontrar uma saída, mas as camadas se fechavam. Não havia onde segurar. John foi até o lado dela para tentar ajudar. Clay continuava golpeando a cabeça do monstro, fazendo todo o corpo de Freddy sacudir.

— Não consigo alcançá-la! — berrou Jessica. — Ela vai sufocar! — A garota tentou acalmar Charlie, que tremia.

Clay bateu mais uma vez na cabeça de Freddy, e ouviram o estrondo de metal rachando no instante em que a cabeça foi arrancada do corpo da criatura.

— Será que conseguimos tirar Charlie daí pelo pescoço? — sugeriu John, nervoso.

O braço do urso continuava se debatendo, mas enfraquecido, dando a impressão de se mover sem propósito.

— Clay, socorro! — gritou Jessica. O delegado correu para assumir o controle da situação e enfiou os dedos entre as placas para tentar abri-las à força. Jessica continuava segurando na mão de Charlie, que amolecera. — Charlie! — chamou. Charlie tornou a apertar a mão da amiga, que respirou aliviada. — John, Clay, ela está bem! Rápido! Charlie, você está me ouvindo? É a Jessica. — Não se ouvia som algum vindo do tórax vedado de Freddy, mas Charlie segurava a mão da amiga com toda a força enquanto os outros dois, tensos, tentavam libertá-la.

De repente, um estalo agudo reverberou. John e Clay ficaram paralisados, suas mãos ainda hesitantes sobre o peito do animatrônico. Por um momento, o ar congelou, e, em seguida, o corpo de metal convulsionou violentamente. Ele se lançou para cima, e um barulho horroroso de metal esmagado preencheu o ambiente. Por puro instinto, os três recuaram. Clay e John saltaram de cima da criatura, e Jessica cambaleou para trás, soltando a mão de Charlie.

O urso tornou a desabar e ficou inerte, o braço esticado no chão num ângulo esquisito. O ambiente ficou silencioso.

— Charlie? — chamou John, com delicadeza, e seu rosto empalideceu. O garoto saiu correndo até o local onde o braço estava para fora e se ajoelhou com tudo para segurar a mão dela. Estava flácida. John virou-a e bateu com os dedos na palma. — Charlie? Charlie!

— John — disse Jessica num tom muito tranquilo. — Sangue. — Confuso, ele olhou para a amiga, sem soltar a mão de Charlie.

Foi quando algo pingou em sua mão. Havia sangue escorrendo da fantasia e pelo braço de Charlie. Sua pele estava vermelha e escorregadia, exceto a mão que ele segurava. John ficou observando, incapaz de desviar o olhar, enquanto o sangue escorria sem parar de dentro da roupa, fazendo uma poça no chão e começando a encharcar o jeans. O sangue cobriu a mão dele e a dela, até que a pele do garoto ficou escorregadia também e ele não conseguiu mais segurá-la. Charlie estava lhe escapando.

De repente, ouviram-se sirenes ali perto, e John se deu conta de que já as vinha escutando ao longe. Atordoado, olhou para Clay.

— Passei um rádio para eles — explicou o delegado. — Não estamos seguros aqui. — Clay tirou os olhos do animatrônico e olhou para o teto.

Estava encurvado e rachando, a ponto de desabar.

John não se mexeu. As pessoas gritavam lá fora, e lanternas se moviam para cima e para baixo conforme corriam para a casa à beira do colapso. Jessica tocou no ombro dele. Fraturas e rachaduras ressoavam por todo o espaço.

— John, nós temos que ir. — Como que para reafirmar o que Jessica dissera, o chão tornou a chacoalhar debaixo deles, e algo se espatifou ruidosamente não muito longe dali.

A mão de Charlie não se moveu.

Um policial uniformizado se espremeu pela fenda na parede.

— Delegado Burke?

— Thomson. Temos que tirar os meninos daqui. Agora.

Thomson assentiu e gesticulou para Jessica.

— Venha, senhorita.

— John, vamos — Jessica conseguiu dizer, e se ouviu um enorme estrondo atrás deles.

Clay tornou a se dirigir para o policial.

— Tire-os daqui.

Thomson tomou Jessica pelo braço, e a garota tentou empurrá-lo.

— Não toca em mim! — gritou, mas o policial puxou-a com firmeza em meio aos escombros, quase arrastando-a para fora.

John mal prestava atenção naquela comoção quando alguém também tocou seus ombros. Sem olhar para trás, ele se desvencilhou.

— Estamos indo — avisou Clay, num tom de voz baixo.

— Não sem a Charlie — respondeu John.

O delegado suspirou.

De canto de olho, John o viu fazer um sinal para alguém, e em seguida foi levado à força por dois homens bem grandes.

— Não! Me soltem! — Os policiais foram empurrando-o bruscamente pela parede quebrada, e Clay passou com certa dificuldade logo atrás.

— Todos já saíram? — perguntou uma policial.

— Já — respondeu Clay, hesitante, mas com um quê de autoridade.

— NÃO! — berrou John.

Ele se soltou dos policiais e correu de volta para a abertura. Quando estava com um pé dentro, parou assim que um holofote fez uma varredura pelo local à sua frente, iluminando-o por um breve período.

Uma mulher de cabelo escuro estava ajoelhada ao lado da poça de sangue, segurando a mão de Charlie. Ela lançou um olhar cortante no fundo dos olhos negros e penetrantes de John. Antes que pudesse se mexer ou falar, mãos tornaram a lhe agarrar pelos ombros e a puxá-lo para fora, então a casa inteira desabou diante de todos.

CAPÍTULO CATORZE

— **Não temos certeza — disse** Jessica, colocando bruscamente na mesa da lanchonete o garfo com que estivera brincando.

O objeto fez um ruído decepcionante.

— Não faz isso — advertiu John.

Ele não tirou os olhos do cardápio, apesar de não ter lido uma única palavra desde que o pegara.

— É que... nós só vimos sangue, sabe? As pessoas sobrevivem a muitas coisas. Dave... Springtrap, sei lá como ele quer que o chamem, sobreviveu *duas vezes* a uma daquelas roupas. Até onde sabemos, ela pode estar presa nos escombros. Deveríamos voltar lá. Nós podíamos...

— Jessica, *para*. — John fechou o cardápio e o pôs na mesa.

— Por favor, eu não consigo ouvir isso. Nós dois vimos quando aconteceu. Nós dois sabemos que ela não deveria ter... — Jessica abriu a boca de novo, prestes a interromper. — Eu disse para *parar.* Você não acha que eu *quero* acreditar que ela está bem? Eu também me importava com ela. Me importava muito. Não há nada que eu deseje mais do que, de alguma forma, descobrir que ela escapou. Queria que ela viesse dirigindo aquele carro velho e saltasse dele toda zangada dizendo: "Ei, por que vocês me deixaram para trás?" Mas nós vimos o sangue. Era muito. Eu segurei a mão dela, e não houve reação. Assim que toquei nela, eu... Jessica, eu *sabia*. E você também sabe.

Jessica tornou a pegar o garfo e, sem olhar para o garoto, girou-o entre os dedos.

— Sinto como se estivéssemos esperando alguma coisa acontecer — revelou, a voz calma.

John voltou a pegar o cardápio.

— Eu sei. Mas acho que é assim mesmo. — Vindo por trás, ele ouviu a garçonete se aproximar pela terceira vez. — Ainda não sabemos — falou, sem erguer o rosto. — Por que estou lendo este troço? — O garoto largou o cardápio mais uma vez e cobriu o rosto com as mãos.

— Posso sentar com vocês?

John levantou o olhar e viu um jovem desconhecido de cabelo castanho aparecer na mesa.

— Oi, Arty — cumprimentou Jessica, abrindo um sorriso discreto.

— Oi — respondeu o garoto, alternando o olhar entre ela e John, que não disse nada. — Vocês estão bem? — perguntou, por fim. — Soube que houve um acidente. Cadê a Charlie?

Jessica olhou para baixo e tamborilou o garfo na mesa. John fez contato visual com o recém-chegado e, então, fez que não com a cabeça. Arty empalideceu, e John olhou pela janela. O estacionamento lá fora ficou borrado quando ele concentrou a atenção no vidro manchado e engordurado.

— A última coisa que ela me disse foi... — John bateu de leve com o punho na mesa. — Não me solta. — O garoto voltou a olhar pela janela.

— John — sussurrou Jessica.

— E eu fiz isso. Eu soltei. E ela morreu sozinha. — Houve alguns minutos de silêncio.

— Eu não acredito! — exclamou Arty, com a testa enrugada. — Mal tínhamos começado a sair, sabe?

Jessica manteve o rosto sereno, mas John olhou para Arty com raiva. O garoto titubeou.

— Quer dizer, a gente ia sair. Eu acho. Seja como for, ela gostava muito de mim. — Ele olhou para Jessica, que assentiu.

— Ela gostava de você, Arty — falou.

John se virou para a janela de novo.

— Tenho certeza disso — disse ele, num tom insosso.

Pensamentos aleatórios rodopiavam por sua mente. A bagunça no quarto dela. A pontada de preocupação quando ele viu o brinquedo de infância, o coelho de pelúcia Theodore, dilacerado. *Charlie, qual era o problema?* Havia tantas outras coisas que ele queria perguntar. Aqueles rostos cegos de semblantes tranquilos, quase inexpressivos, e seus joguinhos de palavras. Alguma coisa, ou tudo neles o incomodara, e, agora que os imaginava novamente, ficava incomodado por outro motivo. *Eram parecidos com os projetos do William Afton... aqueles rostos vazios sem olhos. Charlie, o que levou você a pensar nisso?*

Jessica soltou um gemido indistinto, e John se assustou e retornou para o presente a tempo de vê-la correr para a porta, onde Marla aparecera. Tendo um déjà-vu, ele se levantou mais devagar e a seguiu. Estava esperando sua vez de cumprimentá--la, enquanto Jessica a abraçava com força, acariciava seu cabelo e cochichava algo que John não conseguiu ouvir.

Marla soltou Jessica e se virou para ele.

— John — disse ela, pegando as mãos do garoto.

O que acabou com ele foi a dor no olhar dela. John se inclinou e lhe deu um abraço apertado, escondendo o rosto no cabelo de Marla até conseguir se recompor. Quando sua respiração se normalizou, ela o afastou gentilmente e segurou seu braço. Os três voltaram para a mesa onde Arty aguardava e espiava com insegurança. Todos se sentaram de novo; Marla ao lado de John.

— Vocês precisam me contar o que aconteceu — pediu, a voz tranquila.

Jessica assentiu, deixando o cabelo cair no rosto por um minuto, numa reluzente cortina castanha.

— É, eu também quero saber — intrometeu-se Arty, e só então Marla percebeu a presença dele.

— Oi — disse, um tanto intrigada. — Sou a Marla.

— Arty. A Charlie e eu éramos... — O garoto olhou para John. — Éramos bons amigos.

Marla assentiu.

— Bem, eu gostaria que estivéssemos nos encontrando em outras circunstâncias. Jessica? John? Por favor, me contem.

Os dois se entreolharam. John tornou a se voltar para a janela. Por ele, deixaria Jessica encarregada da explicação, mas sentia obrigação de falar — não com Marla, e sim *sobre* Charlie.

— A Charlie estava investigando algo sobre seu passado — começou John, a voz tranquila. — Ela encontrou, e isso não a deixou ir embora.

— Houve um desabamento — acrescentou Jessica. — Na casa do pai dela.

— A Charlie não conseguiu escapar. — John se limitou a dizer, pigarreou e se esticou para pegar o copo de água à sua frente.

John registrou vagamente quando Marla e Jessica trocaram palavras de conforto, mas sua mente estava em outro lugar. *A mulher, ajoelhada na poça do sangue de Charlie, segurando a mão dela.* Tinha visto a cena só por alguns instantes, e a mulher parecia quase tão surpresa quanto ele. Mas havia algo familiar nela.

Ele se virou novamente na direção dos demais e fechou os olhos, tentando imaginar. *Cabelo escuro, olhos escuros. Ela parecia severa e destemida, mesmo com o chão chacoalhando e a construção desabando na cabeça dela. Eu a conheço.* A mulher de quem ele se lembrava tinha outra aparência, mais jovem, mas o rosto era o mesmo... De repente, ele entendeu. *No último dia em que vi você, Charlie, quando ainda éramos crianças. Ela veio buscar você na escola, e no dia seguinte você já não foi mais, nem no outro, nem no outro. Aí, até nós, crianças, começamos a ouvir os boatos de que seu pai tinha feito aquilo. E foi quando me dei conta de que nunca mais veria você.* John estremeceu.

— O que houve, John? — perguntou Marla, abruptamente, e então enrubesceu. — É que... no que você está pensando?

— A tia dela estava lá — respondeu ele, devagar. — A tia Jen.

— O quê? — perguntou Marla. — Onde?

— Fazia meses que elas não se falavam — observou Jessica, sem entender nada.

— Eu sei — retrucou o garoto. — Mas ela estava lá. Quando corri de volta, pouco antes de me puxarem de novo, eu a *vi*. Com a Charlie.

O pensamento o atingiu feito uma paulada no peito, e, para não ter que encarar ninguém, ele tornou a olhar pela janela.

— A tia da Charlie estava lá — repetiu, olhando para a vidraça suja.

— Pode ser que o Clay tenha ligado para ela — conjecturou Jessica.

John não respondeu. Ninguém falou nada por um bom tempo.

— Acho melhor não procurar mais mistérios — disse Marla, devagar. — A Charlie era...

— Querem fazer o pedido? — perguntou a garçonete, toda animada.

John se virou para encará-la com impaciência, mas Marla o interrompeu.

— Quatro cafés — pediu, firme. — E quatro ovos mexidos com torradas.

— Obrigado, Marla — cochichou John —, mas não tenho certeza se consigo comer.

Ela olhou para os demais. Por um breve instante, Arty deu a impressão de que queria dizer algo, mas então desviou o olhar. A garçonete se retirou.

— Todo mundo tem que comer. E não se pode passar o dia inteiro sentado numa lanchonete sem pedir nada.

— Que bom que você está aqui, Marla — disse John.

Ela assentiu.

— Todos nós amamos a Charlie — respondeu ela, olhando para cada um deles. — Não há a o que dizer, não é? Nada que melhore a situação, porque não tem como.

— Todas aquelas experiências malucas — Jessica se lembrou de repente. — Eu não entendia, mas ela ficava tão empolgada, e agora nunca vai ter a oportunidade de terminar.

— Não é justo — opinou Marla, com delicadeza.

— O que fazemos, então? — indagou Jessica com um tom melancólico.

A garota olhou para Marla como se fosse encontrar a resposta na amiga.

— Jessica, meu bem — começou Marla —, a única coisa que podemos fazer é recordar a Charlie que todos nós amávamos.

— Acabou — disse John, com a voz rouca, virando a cabeça na direção da janela de supetão. — Aquele... psicopata a matou, assim como fez com Michael e todas aquelas outras crianças. Ela era a pessoa mais fascinante e mais incrível que já conheci, e morreu por *nada*.

— Ela *não* morreu por nada! — irrompeu Marla, inclinando-se na direção dele, o olhar tomado de raiva. — Ninguém morre por nada, John. Toda vida tem um sentido. Todo mundo morre, e odeio que ela tenha morrido dessa forma. Está me ouvindo? *Odeio!* Mas não temos como mudar isso. A única coisa que podemos fazer é nos lembrar da Charlie e honrar a vida dela do início ao fim.

Por um bom tempo, John não desviou do olhar intenso de Marla, mas acabou por baixar o rosto, voltando-se para as próprias mãos na mesa. E ela repetiu o movimento do amigo, segurando as mãos dele.

Jessica arquejou, e John, exausto, voltou-se para eles.

— O que foi, Jessica? — perguntou ele.

O nervosismo da garota começava a exauri-lo. Ela não respondeu, mas lançou a ele um olhar incrédulo e tornou a virar para a janela. Marla se inclinou na direção de John, esticando o pescoço para ver. Relutantemente, o garoto também olhou, pela primeira vez prestando atenção no estacionamento lá fora, e não no vidro da janela.

Era um carro. Uma mulher desligou o motor e saltou. Era magra e alta, com um cabelo castanho, liso e comprido que reluzia à luz do sol. Estava usando um vestido vermelho na altura do joelho e coturnos pretos, e, a passos largos, caminhou com determinação até a lanchonete. Todos olhavam para ela, imóveis, como se o menor ruído pudesse quebrar aquela ilusão e fazê-la ir embora. A mulher estava quase à porta. Arty foi o primeiro a dizer:

— Charlie?

Marla balançou a cabeça e, num pulo, se virou e gritou:

— Charlie!

Ela correu para a porta, e Jessica foi logo atrás, gritando seu nome. As duas correram para falar com a amiga assim que ela entrasse.

John ficou onde estava, o pescoço esticado para a porta. Arty pareceu confuso, a boca meio aberta e a testa enrugada. John observou por um bom tempo, e então se virou, decidido, os olhos cravados no outro lado da mesa e o semblante sério. Só falou quando Arty o encarou.

— Esta não é a Charlie.

intrinseca.com.br

@intrinseca

editoraintrinseca

@intrinseca